KB274055

박신애 판타지 장편 소설
FANTASY FRONTIER SPIRIT
Aza Riah
아사랴

# 아사랴 2

박신애 판타지 장편 소설

초판 1쇄 찍은 날 § 2008년 4월 23일
초판 1쇄 펴낸 날 § 2008년 4월 30일

지은이 § 박신애
펴낸이 § 서경석

편집장 § 문혜영
편집책임 § 정서진

펴낸곳 § 도서출판 청어람
등록번호 § 제1081-1-89호
등록일자 § 1999. 5. 31
어람번호 § 제1-0966호

주소 § 경기도 부천시 원미구 심곡1동 350-1 남성B/D 3F (우) 420-011
전화 § 032-656-4452 팩스 § 032-656-4453
http://www.chungeoram.com
E-mail § eoram99@chollian.net

ⓒ 박신애, 2008

ISBN 978-89-251-1292-3 04810
ISBN 978-89-251-1290-9 (세트)

FANTASY FRONTIER SPIRIT
AzuRiah
박신애
판타지 장편 소설
아사랴
기껏 나왔더니만…
2

도서출판
책
람

# Contents

Chapter 7
정든(?) 산을 떠나게 되었다

"걸어가자, 우리 손을 잡고오~ 노래하며 이 길을 걸어가자~
산들바람이 옷깃을 스치면 우리 발길은 더욱 가벼워지네에~"

입으로는 노랫가락을 흥얼거리며 열심히 팔다리를 움직이
고 있는데, 뒤쪽에서 어이없다는 돈소리가 들려왔다.

"너 지금 뭐 하냐?"

돌아보니 아저씨가 황당하다는 시선으로 날 바라보고 계신
다.

"아핫핫핫! 오셨어요?"

'으에… 쪽팔려.'

내가 머쓱하게 웃으며 말하자 아저씨가 다가오더니 내 얼굴

을 빤히 보시고는 고개를 절레절레 흔드신다. 도대체 뭔 생각
을 하신 건지…….

"요상한 춤이구나. 도대체 그런 건 어디서 배운 거냐?"

"하하하! 춤이 아니라 체조입니다만……."

'대한민국의 어느 여고에서요' 라고는 대답할 수 없어 그냥
그 정도로 얼버무릴 수밖에 없었다.

내 거처에 재침입한 조사단(?) 놈들의 일이 끝나고 아저씨
가 동굴 안쪽으로 들어가자 나는 잠시 중단했던 '줄어든 몸
에 익숙해지기' 프로젝트를 재개했다. 바로 국민체조로 말이
다.

그러나 이것도 한두 번이지, 십여 번 반복하니 질려서 못하
겠는 것이다. 그리하여 다른 것이 없나 고민하다가 떠올린 것
이 바로 이것.

'새마을체조였던가, 새천년체조였던가?'

제목은 정확하게 기억나지 않는다. 단지 고등학교 1학년 무
용 시간에 이 체조를 배웠다는 것밖에는.

'어쩔 수 없었지. 실기 점수에 들어갔었으니…….'

최근 학교에서는 수행평가라고 하던데, 내가 학교 다닐 때
는 실기라고 했었다. 하여간 그때 열심히 외웠던 덕에 아직까
지 그럭저럭 기억에 남아 있었다. 뭐, 지금 다시 하려고 보니
중간중간 잊어버린 부분도 있었지만 상관없었다. 다른 걸 한
다는 것에 의미가 있으니까.

해서 신나게 하고 있을 때 아저씨가 짠! 하고 나타났던 것이다.

"체조? 아무리 봐도 춤 같은데?"

아저씨의 말에 나는 풋, 하고 웃었다. 나도 이걸 배울 때 아저씨와 같은 생각을 했었던 것이다.

"그런데 어쩐 일이세요?"

내 질문에 아저씨가 아차, 하는 얼굴로 날 바라보셨다.

"아, 그래. 네 꼴이 웃겨서 나도 깜빡하고 있었는데… 어라? 너 이제 날개를 집어넣을 수 있게 된 거냐? 그런데 왜 말을 안 했어?"

이제야 내 모습을 알아차리신 모양이다. 아저씨의 질문 덕분에 나도 아차 싶어서 입을 열었다.

"에에… 그게… 말씀드린다 생각하고 있었는데 타이밍이 안 맞아서 지금까지 못했네요. 어쩌다 보니 집어넣을 수 있게 되었지 뭡니까? 키도 줄일 수 있게 되었어요. 그래 봤자 지금이 최대한 줄인 거지만… 여기서 더 줄지는 않더라구요."

내 말에 아저씨는 새삼스레 날 훑어보더니 고개를 끄덕이셨다.

"적당한 거 같으니 더 줄일 필요 없다. 어쨌든 잘됐어. 마나가 많이 드는 건 아닌가 걱정했는데 때마침 네 능력을 깨달아서 다행이지 뭐냐."

'뭔 소리야?'

　여전히 외계어—아니, 정확히 말하면 이계어지만—를 듣는 심정이다. 내가 아저씨의 말을 단번에 이해할 수 있는 날이 언제나 올는지… 아니, 오기는 하려나?

　이런 내 심정을 아는지 모르는지 아저씨는 무지 뿌듯한 얼굴로 나에게 뭔가를 척 내미셨다.

　"자, 선물이다."

　"에에?"

　아저씨가 내미는 무언가를 반사적으로 받아 든 나는 당혹스러운 시선으로 아저씨와 그 물체를 번갈아 바라봤다.

　'이기 뭐꼬?

　처음에는 가죽 제품을 접어놓은 건 줄 알았는데 받아 들고 보니 뭔가 단단한 물체가 잡히는 것이다. 가죽으로 무언가를 둘둘 말은 형식이었는데, 전체적인 모양새가 길쭉한 끈 같다.

　'이마에 매는 머리띠? 아니면 목에 딱 맞게 차는 목걸이? 그것도 아니면 두어 번 감게 한 팔찌?

　아니, 그 용도야 어쨌든 이게 아무리 좋게 보려고 해도 절대 착용하고 싶지 않은 모양새라는 게 문제였다. 선물로 주셨으니 아저씨의 심정을 헤아려서라도 착용하고 다녀야 할 텐데 말이다.

　"이거… 뭐 하는 겁니까?"

　그래 부디 몸에 착용하는 액세서리 쪽이 아니길 진심으로 바라며 조심스레 묻자 아저씨가 인상을 살짝 찌푸리셨다.

"이런, 내 미처 사이즈를 고려하지 못했군. 그래도 뭐, 어차피 이건 견본이고 나중에 다시 만들 거니까 일단 제대로 작동하는지만 보자. 그런데 길이는 확실히 조절해야겠군."

내 손에 든 정체불명의 물체를 다시 가져가 친절하게도 직접 팔에 둘러주는 아저씨.

'헛, 결국 팔찌였습니까?

내가 탐탁지 않다는 표정을 드러내지 않기 위하여 애쓰는 사이, 아저씨는 어정쩡한 팔찌의 길이를 가지고 고민하시더니—한 번 감으면 너무 헐렁해서 빠지고, 두 번 감으면 매듭을 만들 여유가 충분치 못했다—결국 한 번만 감고 매듭을 크게 만드는 것으로 팔찌를 채우셨다.

'하아, 며칠만 차고 다니는 척하고 대충 빼놔야겠군.'

매듭이 지어진 모습을 봐도 너무 볼품이 없어 내가 속으로 그런 결심을 하는 사이, 아저씨가 그 팔찌를 쓰다듬으며 낮은 목소리로 뭐라 중얼거리셨다. 대충 이미지 변신인지 이미지 변화인지 그런 말이었는데, 그 말이 끝나자 신기하게도 가죽 팔찌에서 마나가 슬금슬금 뻗어 나오더니 팔부터 시작하여 천천히 내 몸을 덮어가는 것이었다.

하양이 까망이를 만나고 난 뒤, 나는 어느 순간 문득 마나의 기운을 느낄 수 있게 되었다. 아저씨의 말에 의하면 천족이나 마족이면 다 그 정도는 할 수 있을 거라지만, 난생처음 느껴보는 그 기분은 되게 신기했다. 이런 게 무협 소설에서 말하는 기라든지 내공을 느끼는 기분일까나?

그래서 아저씨에게 그 볼품없는 가죽 팔찌를 건네받았을 때도 그게 마나를 품고 있다는 건 진작에 눈치 챘기에 팔찌에서 마나가 뻗어 나와도 그리 놀라지는 않았다. 단지 뭘 하려는 건지 궁금했을 뿐.

그 마나가 내 몸을 완전히 감싸고 나자 밝은 빛이 터지면서 그 마나들이 내 피부에 달라붙어 뭔가 변화를 일으키는 것이 느껴졌다.

"어엇?"

빛이 완전히 사라진 후 내 몸을 살펴보니 놀랍게도 완전 짐승의 그것이었던 하반신이 쭈욱 뻗은 인간의 맨다리로 변해 있었고, 하반신을 덮고 있던 은빛 털은 몽땅 사라져 매끈한 피부를 드러내고 있었다. 혹시나 싶어 엉덩이 쪽으로 손을 가져가 보니 그 크고 우아하다 할 수 있는 모피 뭉텅이도 어디론가 사라져 버리고 없는 거다.

상반신도 변해 있었다. 뭐, 원래 인간의 형태를 가지고 있어서 하반신처럼 큰 변화는 없었지만, 팔뚝에 그려져 있던 붉은 줄이라든지 가슴을 덮고 있던 털이 모조리 사라졌고, 날카로운 짐승의 손톱은 인간의 손톱으로 변해 있었다.

그렇게 변한 건 좋다. 그런데 문제는 '무쇠 팔, 무쇠 다리!!'라고 자랑이라도 하려는 듯 엄청 굵은 근육질의 팔뚝과 다리로 변했다는 것이다. 보디빌더 분들이 엄청 부러워할 몸매이긴 했지만, 나는 결코 기뻐할 수가 없었다.

다시 한 번 말하지만, 비록 지금은 이런 몸을 하고 있으나 난 원래 가녀린 여성이었으니 말이다.

"허거걱!"

나는 내 변한 모습에 기겁을 하고 있건만, 아저씨는 내 주위를 빙빙 돌며 아래위로 훑어보더니 무척이나 흡족한 표정으로 고개를 끄덕끄덕하시는 거다.

"훗훗, 난 역시 대단해. 이렇게 한 번에 인간으로 완벽하게 변신시키다니. 어떠냐, 너도 마음에 들지? 나도 뭐… 뇌까지 근육으로 만들어진 멍청한 놈들처럼 우락부락하게 만들고 싶지는 않았다만, 네가 이제 와서 학자가 되겠느냐, 마법사가 되겠느냐? 아무래도 힘과 체력이 받쳐 주니 몸으로 때우고 다니겠지. 그러려면 역시 비리비리한 것보다는 한 덩치 하는 모습이 나을 거 같아서 이렇게 만들었다. 너도 이게 낫지?"

그러면서 마지막에는 동의를 구하는 시선으로, 아니, 당연히 자신의 말에 동의를 할 것이라 믿어 의심치 않는 시선으로 날 바라보시는데… 미안하지만 난 차라리 괴물로 살면 살았지 떡대 씨 몸은 사양하고 싶었다.

그래서 확실한 어조로 입을 열었다.

"전 근육이 있으면서도 늘씬한 타입이 좋아요."

하지만 한편으로는 아저씨가 기껏 만들어주신 걸 싫다고 한 것에 화를 내실까 봐 조마조마했는데, 의외로 아저씨는 담담

한 목소리로 받아들이시는 거다.

"그러냐? 그럼 바꾸지 뭐."

'뭐?'

나는 순간적으로 내가 잘못 들은 줄 알았다. 최소한 인상을 찌푸리며 한마디 하실 줄 알았는데 말이다.

그러나 아저씨는 내가 어리둥절해하든 말든 덤덤한 얼굴로 내 몸을 이리저리 살펴보면서 면적 계산(?)에 여념이 없으셨다.

"으음… 이 상태에서 근육의 크기를 20% 정도 축소하면 되겠냐?"

"…아… 그… 뭐… 예……."

아저씨의 믿을 수 없는 반응에 순간 얼이 빠지는 바람에 나는 아저씨의 질문에 제대로 답하기는커녕 얼빠진 목소리만 냈다.

그러자 아저씨가 눈썹을 꿈틀거리며 날 매서운 눈초리로 바라보시는 거다.

"이놈이? 야, 네가 줄여달라고 했으면서 왜 그런 얼빠진 대답이냐? 20% 가지고는 성에 안 차? 설마 50% 정도 줄이라는 건 아니겠지? 너… 혹시 툭 건들면 톡 쓰러지는 비리비리한 몸을 원하는 거냐?"

"아, 아닙니다, 아니에요. 예, 예, 20% 정도면 적당하겠네요."

아저씨의 말에 화들짝 놀란 나는 얼른 대답했다. 제대로 대답을 안 했다가는 이 모습으로 가거나 진짜 비리비리한 길쭉이로 만들어 버릴지도 모른다는 두려움이 들었던 것이다.

"그래? 흠… 하긴, 나도 이게 좀 과한 건 아닌가 생각은 했다. 그럼 그것하고 팔찌 길이를 다시 조절해야겠군."

아저씨가 다시 팔찌에다 대고 뭔가를 하시자 내 몸을 뒤덮고 있던 마나들이 떨어져 나갔고, 그와 함께 내 모습은 다시 본래대로 돌아왔다.

그걸 확인한 아저씨가 팔찌를 풀어낸 뒤 동굴 안쪽으로 걸어가려 하자 나는 황급히 아저씨를 불러 세웠다. 두터운 근육의 떡대이든 늘씬한 몸매의 남자이든 간에 그건 두 번째 문제이다. 일단은 갑자기 왜 날 변신시키려고 하는 건지가 의문이었던 것이다.

"아저씨, 그런데 이건 뭡니까?"

내 말에 아저씨는 고개만 돌려 날 바라보셨다.

"뭐냐니?"

"아니, 그게… 갑자기 이런 건 왜 만드신 거예요?"

"왜 만들었겠냐? 다 필요하니까 만들었지."

"그러니까 이게 왜 필요하신 건데요?"

"원래 슬슬 필요할 것이란 생각은 하고 있었다. 단지 이렇게 빨리하게 될 줄은 몰랐지만."

"예?"

아저씨의 말을 이해 못한 내가 되묻자 아저씨가 어깨를 으쓱하며 다시 입을 열었다.

"그러니까… 너 말이다. 이런 데서 혼자 콕 박혀 살다가 죽으면 그것만큼 처량한 일이 어디 있겠냐? 그래서 이 몸이 넓은 아량으로 너에게 세상 구경을 시켜줄 계획을 가지고 있었다, 이거지. 천천히 인간 세상에 대해 이것저것 이야기도 해주고, 좀 더 많은 재료를 모아서 잘 만들어주려고 했건만… 갑자기 웬 엉뚱한 놈이 나타나는 바람에 일정이 당겨진 거지."

"아… 하……!"

나, 지금 엄청 감동했다. 그동안 한마디 언급은커녕 어떤 기색도 없었건만, 언제 혼자 이런 걸 계획하고 계셨던 걸까?

아저씨 말대로 사실 난 진짜 죽을 때까지 이곳에서 살 생각이었다. 원래 인간이었던 난 이대로 인간 세상으로 나가면 어떤 일이 일어날지 쉽게 예측할 수 있었기에 절대로 나갈 생각이 없었던 것이다.

하지만, 그렇다고 해서 아예 인간 세상에 대한 호기심이나 그리움 같은 게 없는 건 아니었다. 단지 어쩔 수 없으니 체념하고 있을 뿐이었지.

그런데 지금 아저씨가 나에게 인간 세상으로 나가볼 수 있는 기회를 마련해 준다고 말씀하신 것이다.

"아… 저… 진짜요?"

너무 감격해서 말도 제대로 안 나왔다.

‘아… 나, 눈물 나오려고 그래.’

“그럼 진짜지 가짜냐? 그런 표정 짓지 마라. 괴물 모습으로 감동의 물결이 넘치는 표정을 지으니까 오히려 엽기다.”

그렇게 말하면서도 쑥스러운지 나와 시선을 마주치지 못하고 고개를 돌리시는데, 아저씨의 귓불이 새빨개져 있었다.

그 상태로 아저씨는 전에 작업하던, 그러니까 더 깊숙한 동굴로 향하셨다.

“하여간, 난 이놈을 다시 수리하고 올 테니까 기다려. 몇 시간 정도면 될 거다.”

사람의 모습으로 세상에 나갈 수 있게 되었는데 까짓 거 몇 시간이 아니라 며칠이라도 못 기다리겠는가?

“감사합니다, 아저씨!!”

아저씨이~ 아저씨이~ 저씨이~ 저씨이~

진심으로 고마움을 담은 목소리로 외쳤건만, 돌아오는 건 아저씨의 호통 소리였다.

“이놈앗, 귀청 떨어져! 여기가 동굴이라는 걸 잊은 거냐?”

“아하하, 죄송해요.”

하지만 그 호통 소리조차도 정겹게 들린다는 건 좀 오버일까나?

‘인간 세상이라……. 에헤헤헤, 나가면 제일 먼저 뭘 할까?’

여기가 한국이 아니라는 게 좀 아쉽긴 했지만, 한편으로는 오히려 그게 더 다행스럽게 느껴지기도 했다.

만약 한국이었다면 이 모습으로 어찌 가족들을 만나며, 만나서 뭘 어떻게 하겠는가? 아저씨의 도움으로 사람 모습을 하고 있다고 해도 말이다.

거기다 내 진짜 육체가 어찌 되었는지도 모르는 판에 말이다.

'그러고 보니 정말 내 육체는 어찌 되었나 몰라. 영혼만 여기로 오고 몸만 한국에 있으려나? 앗, 혹시… 혼만 여기로 오는 바람에 식물인간이 되었다든가 그런 건 아니겠지? 으에, 그럼 큰일인데? 울 집이 부자가 아니라서 병원비가 좀 많이 부담될 텐데……. 가만, 그 경우에도 보험료가 나오려나? 얼마 전에 든 게 질병보험이라서 입원하면 하루에 3만 원씩 나온다고는 했으니 최소한 입원비는 괜찮겠다. 어휴, 울 엄마가 보험 아줌마 꼬임에 넘어가서 바보같이 들었다고 화를 냈는데 들길 잘했잖아? 역시 사람은 미래를 대비해야 해. 아참, 이거 야근하고 나오다 회사 앞에서 쓰러졌는데 산재보험에는 해당될까? 안 될 거 같기도 하고.'

끝도 없이 이어지던 생각이 결국 산재보험에까지 이르자 나는 결국 길게 한숨을 내쉬며 생각을 중단했다.

내가 직접 한국으로 날아가서 '나 여기 멀쩡하게 잘 있어요~!'라고 외칠 수도 없는 이상, 여기서 홀로 이러쿵저러쿵 생각해 봤자 아무 소용이 없다는 걸 잘 알고 있기 때문이다.

'에잇, 알아서 잘하시겠지. 울 엄마가 어떤 엄마인데. 보험

회사에서 보험료 안 내주면 소송이라도 걸걸? 어쨌든, 오마니 파이팅입니다요~!!'

엄마에게 모든 걸 맡겨 버린(?) 난 마음 편하게, 그리고 얼마 후 인간 세상으로 나가기 위하여 두 주먹을 불끈 쥐고 열심히, 부지런히 새마을체조를 했다.

"걸어가자아~ 우리 손을 잡고오~"

계획이고 뭐고, 일단은 이 축소된 몸(?)에 완벽하게 적응하는 것이 우선 과제였다. 아저씨가 기껏 사람으로 변신시켜 놨는데 어떤 자극을 받아 다시 본래 크기로 돌아오면 큰일이니 말이다.

그렇게 열정적으로 체조에 전념하면서도 한편으로는 동굴 안쪽을 향해 귀를 기울이며 이제나저제나 아저씨가 돌아오시길 기다렸다.

대략 두세 시간 정도 흘렀을 즈음,

저벅저벅.

드디어 기다리고 기다리던 발걸음 소리가 들려와 이때만을 기다리고 있던 나는 그 즉시 동작을 멈추고 아저씨가 나오시는 방향으로 시선을 돌렸다.

그래도 존심이 있어 기다리고 있었다는 티를 내고 싶지 않아 즉시 아저씨 쪽으로 달려가려는 다리는 막았는데, 미처 시선까지는 관리하지 못했던 모양이다.

어둠 속에서 모습을 드러내 나와 눈이 마주친 아저씨는 흠칫 놀란 표정이었다.

"뭐, 뭐냐, 그 시선은?"

"예?"

"나한테 불만이라도 있어? 사람을 뭘 그리 뚫어져라 쳐다봐, 부담스럽게시리?"

"아니, 뭐… 아하, 아하하하!"

아저씨의 말에 나는 얼른 시선을 딴 데로 옮기며 멋쩍은 웃음을 터뜨렸지만, 스스로도 뒷북을 치고 있다는 건 절절하게 인식하고 있었다.

하지만 다행히도 아저씨는 그거 가지고 뭐라고 하는 대신 들고 있던 팔찌를 넘기셨다.

"이거 다시 차봐라."

"예, 예."

나는 '잽싸게'란 느낌이 들지 않을 정도로, 그러나 최대한 빠른 스피드로 팔찌를 넘겨받았다.

아까는 그렇게 볼품없어 보이던 팔찌가 지금은 금테를 두른 것마냥 귀하게 보이다니, 스스로의 마음에 실소가 나왔다. 그래 팔찌를 다시 차는 와중에 헤벌쭉 입이 벌어지는 걸 막을 수가 없었다.

그걸 또 아저씨가 본 모양이다.

"이놈아, 그리 좋냐?"

"에헤헤~ 그럼요."

내가 너무 바보같이 웃었던 걸까?

아저씨가 황당하다는 시선으로 바라봤지만 더 뭐라고 하지는 않으셨다. 아마도 내 심정을 조금은 이해하셨기 때문일지도 모른다.

"그래 좋다니 잘됐다. 자아, 팔찌는 다 찼고, 그럼 어디……."

아저씨가 팔찌의 매듭을 지어준 후 팔찌에 손을 대고 뭔가를 하시자 아까처럼 팔찌에서 마나가 흘러나와 내 온몸을 덮어가기 시작했다.

빛이 번쩍하고 내 몸이 변화되었다는 걸 느낀 난 빛이 사라지자마자 팔다리를 내려다봤다.

"어떠냐?"

"우와~ 딱 좋은데요?"

아까의 불끈거리는 근육질의 팔다리가 아닌, 길게 쭈욱 뻗은 늘씬한 팔다리가 눈앞에 펼쳐졌다.

"얼굴도 한번 봐라."

"옙!"

아까는 근육질의 팔다리에 실망해 얼굴을 볼 생각도 못했는데, 지금은 기대감에 부풀어 나는 지체하지 않고 가까이에 있던 샘으로 달려갔다.

"우오오~"

괴물 모습이었을 때의 내 얼굴은 비록 사람의 모습을 하고 있었지만, 선이 굵고 눈이 째져 위로 치켜 올라간 것이 영화에서 나오는 악역의 전형적인 험상궂은 모습을 하고 있었다.

그러던 것이 부드러워진 선에 치켜 올라갔던 눈매가 반듯해지고, 이목구비를 비롯하여 얼굴이 전체적으로 좀 작아졌을 뿐인데, 그것만으로도 제법 단정한 얼굴이 되어 있는 거였다.

나이는 대략 24나 25, 26살 정도?

'연령대도 무지하게 마음에 드는구나. 므흐흐흐.'

거기다가 머리카락과 눈 색이 멋지니까 신비한 분위기가 풍겨 보이기도 한다.

아저씨는 처음에는 눈 색과 머리카락 색까지 바꾸려고 했었지만, 그러기에는 아까워 그대로 둔다고 하셨다.

나도 이 예쁜 색을 그대로 유지할 수 있어 꽤나 반가웠다. 그렇게 하니 비록 뛰어난 미남까지는 아니더라도 미남 축에 겨우 발을 올려놓은 정도의 외모는 되었다. 하지만 난 이 정도도 충분히 감지덕지였다.

아니, 오히려 이 정도가 더 좋았다. 너무 잘난 외모를 가지고 있으면 그건 그것대로 불편한 일이라는 걸 잘 알고 있었으니 말이다.

"이야아! 이게, 이게 제 얼굴이란 말이죠? 대단하십니다! 아저씨는 역시 천재셨어요~!"

가슴속에서 솟구치는 감격과 감탄을 서슴없이 드러내자 아저씨의 어깨가 으쓱해지신다.

"훗훗훗, 당연하지. 나 같은 천재 마법사가 또 있는 줄 아느냐? 너는 날 만난 것이 엄청난 행운이라는 걸 알아야 해."

"암요, 암요. 원래도 행운이라 생각했지만 지금 보니 크나큰 행운이네요. 제 일생일대의 행운이에요."

"크헛헛, 녀석, 아부 떠는 걸 보니 좋기는 무지하게 좋은가 보구나. 자, 그럼 그건 그쯤 하고, 이걸로 앞이나 가려라."

"예?"

아저씨가 던진 이불 대용으로 쓰는 커다란 가죽을 얼결에 잡아채면서도 내가 얼빠진 표정으로 묻자 아저씨가 가볍게 턱짓을 하는 거다.

"언제까지 그렇게 발가벗고 뛰어다닐 거냐? 내 작품 감상하는 것도 한두 번이지, 계속 보니까 눈 버릴 거 같다. 예쁜 여자도 아니고 똑같은 남정네 몸을 너 같으면 계속 보고 싶겠냐?"

"뜨어어어억~!!"

그제야 내 몸을 제대로 내려다본 나는 황급히 들고 있던 가죽을 뒤집어썼다.

"이씨, 진작 좀 말씀해 주시죠오~!!"

그동안은 털이 다 가려주고 있었기에(?) 옷을 안 입어도―어차피 옷도 없었고 말이다―별 상관이 없어 그냥 살아왔는데 그것이 버릇이 되어 지금도 깜빡했던 것이다.

버릇이란 정말 무서운 것이었다. 지금도 난 온몸을 샅샅이 살펴보고 있었음에도 불구하고 아저씨가 말하기 전까지 내가 발가벗고 돌아다니고 있다는 걸 조금도 깨닫지 못하고 있었으니 말이다.

"이놈아, 그런 걸 누가 일일이 말해주냐? 네가 알아서 깨달아야지."

"아씨, 그렇다고 보고만 계시기에요?"

"나 원… 같은 남자끼리인데 뭘 그렇게 부끄러워해."

'겉은 몰라도 속은 여자랍니다아아~!!' 라고 외치고 싶었지만, 그냥 억울함의 눈물을 삼킬 수밖에 없는 내 신세여!

'으어어어~ 쪽팔려어어어~!!'


쪽팔림에 의하여 한동안 가죽을 푸욱 뒤집어쓰고 바닥에 쪼그려 앉아만 있자, 기다리기 지겨웠는지 아저씨가 날 툭툭 건드리셨다.

"야, 야, 이제 그만 좀 하고 일어나라. 뭘 그렇게 창피해하냐?"

'아저씨가 내 입장이 되어봐요오~!! 난 섬세한 여자란 말이야~! 비록 겉은 남자 모습이라 해도… 잠깐, 이거 모습을 괴물에서 인간으로 바꿀 수 있으면 여자 모습으로도 할 수 있는 거 아닌가?

세상을 돌아다니는 데 여자 모습보다는 남자 모습이 편할지도 몰랐다. 하지만 원래 난 여자였기에 불편함이 있더라도 익숙한 여자 모습으로 다니고 싶었다.

뭐, 나중에 정 안 되겠다 싶으면 그때 남자 모습으로 바꾸면 될 거 아니겠는가?

"저기, 아저씨?"

뒤집어쓴 가죽 이불(?) 사이로 고개만 쏘옥 내밀고 묻자 아저씨가 픽, 하고 웃으신다.

"이제야 진정했냐? 왜?"

"저기… 혹시 절 여자로 바꿔주실 수도 있습니까?"

날 사람 모습으로 바꿔준 지금의 아저씨라면 조금 더 인심 써서 내가 원하는 모습으로 바꿔주는 것도 가능할 것 같았다.

그러나, 이런 내 기대와는 달리 아저씨는 단칼에 거부하는 것이었다.

"안 돼."

"에? 왜요? 혹시 귀찮으셔서……?"

"그런 게 아니라 지금 내 능력으로는 불가능하니까 안 된다고 하는 거야."

"에? 정말요? 천재 마법사님께서 왜……?"

"야, 이놈아, 내가 천재 마법사라고 해도 난 이제 8서클의 마법사일 뿐이야. 네 성까지 바꾸려면 9클래스의 마법인 폴리모프뿐인데, 난 아직 불가능하단 말이다. 정, 네가 원한다면 지금의 모습을 좀 더 바꿔서 여장을 하고 다녀도 어색해 보이지 않게끔 해줄 수는 있다만 성을 바꾸는 건 불가능하다."

"아니… 성 하나 바꾸는 게 그렇게 어렵습니까? 그냥 모습을 바꾸듯 바꾸면 될 거 같은데… 여기서 몸만 좀 더 가늘게 하고, 얼굴을 여성스럽게 바꾼 뒤 가슴을 나오게 하면 되는 거 아닌가요?"

"그래 네가 원하면 그렇게 만들어줄 수는 있다만, 그건 겉모습만 바꾼 거지 여자가 된 게 아니잖냐. 가슴을 만들어준다 해도 그건 남자가 여성 속옷을 입고 빈 공간에 천 뭉치를 넣은 것과 똑같은 거란 말이다. 그렇게라도 하고 다니고 싶다면 그렇게 해주고. 단, 그렇게 해도 볼 일은 서서 봐야 할걸?"

처음에는 여자가 되는 거나 그거나 별로 다를 것 같지 않아서 해달라고 하려다가 마지막 말에 얌전히 포기했다.

'서서 쉬야를 해야 하다니… 헛. 헛. 헛!'

"그냥… 이대로 가죠 뭐. 지금도 충분히 만족스러워요. 단지 여자로도 바뀔 수 있는지 궁금해서… 아핫핫!"

다급히 변명을 주워섬긴 게 변변치 않았음인가? 아저씨가 수상하다는 눈초리로 나를 바라보셨다. 하지만 잠시 후 길게 한숨을 내뿜은 아저씨는 지나가는 말투로 툭 내뱉으셨다.

"정 여자가 되고 싶으면 나중에 드래곤이랑 친분을 쌓거나 천족이나 마족의 고위 마법을 터득하거라. 폴리모프가 가능한 건 그들 정도니까."

"폴리모프라면… 모습을 바꾸는 마법이죠? 지금 아저씨가 저에게 해주신 거 아니에요? 뭐가 다르다는 거지요?"

"아니야. 겉으로 나오는 결과물은 비슷한 거 같아도 두 마법의 차이는 하늘과 땅 차이다. 에에… 비유를 들어 설명하자면 말이다, 내가 지금 한 건 새하얀 종이 겉에다 사과를 그리고 빨간색으로 칠한 것뿐이야. 그래 봤자 안에 있는 종이가 어디 가거나 어떻게 변하는 건 아닌데 겉에서 보기에는 사과가 보이는 거지. 뭐, 그게 그림의 사과라고 해도 말이다. 그러나 폴리모프는 하얀 종이를 아예 빨간 사과로 바꾸는 것이다. 그림 안의 사과가 아니라 잡을 수 있고 먹을 수도 있는 사과 말이다. 알겠냐? 이게 바로 내가 한 마법과 폴리모프의 차이지. 그 차이점을 알겠냐?"

대략 알 거 같다.

"비슷해 보이지만 둘 사이에는 정말 엄청난 차이가 있군요."

"그래. 그게 바로 8클래스와 9클래스의 차이지."

"휘유, 마법이라는 건 정말 대단하군요. 꼭 폴리모프가 아니라 해도 아저씨의 마법도 정말 놀라워요."

내 말에 아저씨가 훗, 하고 웃으셨다.

"그걸 이제야 알았냐? 뭐, 그거야 어쨌든 여장을 할 생각이 없으면 다음으로 넘어가자. 거기에는 네 모습을 변형시키는 것 말고도 다른 기능이 있거든? 네 기운을 한번 드러내 봐라."

"기운이요?"

"그래. 천기와 마기를 같이 드러내되, 한꺼번에 다 뿜어내지 말고 처음에는 조금만 뿜어내다 천천히 힘을 키워봐라."

아저씨는 내가 어느 정도 천기와 마기를 마음대로 다루는 줄 알고 계시지만, 그건 오해다. 난 무협 소설에 나오는 내공의 고수들처럼 천기나 마기를 마음대로 몸 이곳저곳으로 이동시키거나 쏘아낼 수 있는 건 아니고, 단지 하양이와 까망이를 불러내서 그 애들에게 부탁을 하는 것뿐이었다. 그러면 그 애들이 다 알아서 내가 원하는 대로 조절해 주는 것이다.

하양이와 까망이가 원래 내 몸에 있는 기운이 형상화된 것이니 내가 하는 것과 마찬가지라면 할 말은 없지만.

'얘들아.'

아저씨에게는 아직 하양이와 까망이에 대해 이야기를 안 했기 때문에 나는 속으로 아이들을 불렀다. 일부러 숨기려던 건 아니었는데 어쩌다 보니 이야기할 타이밍을 놓쳐서 지금까지 숨기게 되어버렸다. 하기야, 나 또한 그 애들에 대해 아는 게 거의 없어서 이야기하려 해도 어찌 설명해야 할지도 모르겠다.

게다가 지금은 왠지 하양이와 까망이를 나만의 비밀로 두고 싶은 심정이라……. 왜, 여자에게는 자신만의 비밀이 필요하다고 하지 않은가 말이다. 해서, 아마 아저씨가 그 아이들의 존재를 알게 되는 건 좀 나중의 일이 되지 않을까 싶다.

나의 부름에 까망이와 하양이가 모습을 드러냈지만 여전히 아저씨는 알아채지 못했다. 까망이와 하양이는 내 기운으로 형상화된 거라 그런지 나만 볼 수 있는 것 같았다. 그러니 지금도 아저씨 앞에서 떡하니 불러낼 수 있었던 거다.

　그런데 밖으로 나온 하양이와 까망이의 모습이 어째 이상했다.

　'어라? 너희들, 언제 옷을 마련한 거니?

　그랬다.

　지금 하양이와 까망이는 마치 애완견 옷이라도 입은 양 얇은 반투명한 막에 둘러싸여 있었다. 뭐, 딱히 하양이와 까망이를 불편하게 하는 것이 아니라 그냥 몸 위에 천 하나를 뒤집어쓴 폼이었기에 하양이와 까망이도 그냥 두고 보는 것 같았는데, 그래도 마음에는 안 드는지 불퉁한 얼굴들이었다.

　'나 원 참… 도대체 이게 어디서 나타난 거지?

　나도 모르는 사이에 갑자기 나타난 그 수상스런 막을 살펴보던 나는 곧 그 막이 내 팔찌에서 나오는 막이라는 걸 깨달을 수 있었다.

　'에엥? 뭐야, 내 몸을 뒤덮다 보니 이 애들까지도 뒤덮은 건가?

　내가 아이들을 살펴보는 시간이 길었던지 아저씨가 재촉을 하신다.

　"뭐 해? 기운을 뿜어보라니까?"

　"예? 아니… 저기 아저씨, 기운들이 좀 이상한데요? 뭔가 막에 덮여 쓰인 것 같은 것이… 제가 변한 것과 관련이 있는 건가요?"

혹시 내가 변신하는 과정에서 생긴 무슨 부작용은 아닌가 싶어 걱정되어 물어본 건데, 오히려 아저씨는 내 말에 반색을 하신다.

"그래? 잘 덮였냐?"

마치 그러기를 바랐던 것마냥 말이다.

"어? 그럼 이거 아저씨가 일부러 그런 겁니까?"

"그래. 그렇다고 너에게 해가 되는 건 아니고, 그냥 마기를 살짝 가린 거야. 혹시라도 모를 만약을 대비한 거지. 마기를 풀풀 풍기면서 내려갔다가 신관 녀석들에게 걸리면 엄청 귀찮아지거든. 끈질기고 고리타분하기로 둘째가라면 서러워할 족속들이 바로 그놈들이라서."

신관이란 족속이 어떤 족속인지는 잘 모르겠지만, 대충 마기를 엄청 싫어하는 족속들이라는 건 알아듣겠다.

"아, 그럼 마기를 억제하는 건가요?"

"억제가 아니고 그냥 가리는 거야. 눈속임이라고 해야 하나? 뭐, 힘이 커지면 억제하기도 하지만… 일단은 가리는 게 목적이긴 하지."

그냥 단순한 위장복(?)이라니 다행이다. 하기야 애들이 불편하면 가만있었겠는가?

"근데 마기를 가리는 거라면 마기만 감싸면 될 걸 왜 천기까지 감싸는 거예요?"

"그거야 신관이라는 족속들에게 천기를 보여도 골치 아프거든. 널 신관으로 만들려고 하든지, 아니면 인간이 아니라는 걸 눈치 채고 정체를 밝히려 눈에 불을 켤 거다."

'헤에, 신관들은 천기를 사용하나 보지? 어? 그럼 천족과 관련있는 건가?

그에 대해 좀 더 자세하게 물어보려는 찰나, 아저씨가 다시 설명을 이어갔기에 나는 자연스레 하려던 말을 삼키고 아저씨의 말에 귀를 기울였다.

"신관뿐만이 아니라 나 정도의 천재는 아니라 해도 어느 정도 실력있는 마법사라면 강한 마기나 천기는 금방 눈치 챌 거다. 그들에게 걸려도 귀찮은 건 마찬가지야. 그러니 애초에 둘 다 숨기는 게 나아. 어쨌든, 내가 느낄 수 있을 정도로 기운을 더 세게 뿜어봐."

"아, 예."

신관에 대해 물어보려는 것도 깜빡 잊은 채 아저씨의 재촉에 휘말려 시키는 대로 이것저것 하던 나는—내가 아니라 하양이, 까망이가 했지만—아저씨가 만든 위장막(?)이 생각 외로 무척 질기다는 걸 알 수 있었다. 아니면 내가 가진 기운이 아직은 약하거나 말이다.

하양이와 까망이를 처음 봤을 때, 그러니까 뱀 모습을 하고 있을 때보다 대략 두 배—까망이는 두 배 반—정도 커졌기에 나는 제법 큰 기운을 가지고 있다고 생각했건만, 그런 하양이와 까망이가 온 힘을 다해 기운을 내뿜어내는 데도 불구하고 위장막은 거뜬하게 달라붙어 있었던 것이다. 아저씨가 무척 흡족해하실 정도로 말이다.

하지만 그렇게 완벽할 것 같은 위장막도 취약한 부분이 있었다. 바로 내 날개였다.

위장막이 예상만큼 좋은 성과를 거두자 아저씨는 내침김이라 생각했던지 날개까지 드러내 보이라고 하셨다. 그래 시키는 대로 날개를 드러냈더니, 그때까지 가뿐하게 버티고 있던 위장막이 산산조각이 나서 흩어져 버리는 거였다. 신기한 건 하양이와 까망이가 기운을 드러내지 않은 상황에서도 날개만 드러내면 제 구실을 못한다는 거다.

'그거 참, 날개가 날아다니는 거 말고도 다른 능력이 더 있는 건가? 날개를 드러내나 숨기나 하양이와 까망이의 크기가 변하는 건 아닌데 어떻게 위장막이 깨지는 거지?

궁금함을 참지 못해 아저씨에게 물어봤지만, 아저씨도 자세한 건 몰랐다. 솔직히 나는 날개가 있고 없고에 영향을 받았지만, 하양이나 까망이는 날개가 있건 없건 별로 상관없어 보였던 것이다.

"아직은 네 기운이 약하다는 뜻일지도 몰라. 어쨌든, 그런 건 천천히 알아보자꾸나. 일단은… 단순히 눈가림용이라 해도 와이번의 내단 정도로는 이 정도가 한계인 거 같구나. 나중에 기회가 있을 때 좀 더 손을 봐야겠다. 그건 그렇고, 넌 세상에 나가면 날개는 될 수 있는 한 드러내지 않는 게 좋겠다."

아저씨의 말에 나는 순순히 고개를 끄덕였다. 아닌 게 아니라 애초에 날개를 드러내고 싶은 마음이 없었던 것이다. 날개를 사람들 앞에서 꺼냈다가 뭔 일을 당하려고. 난 그저 사람들 틈에서 평화롭게 세상 구경을 하고 싶은 것뿐이다.

"그럼 이제 우리는 여기서 나가는 건가요?"

내가 당장이라도 이 산을 떠날 것처럼 엉덩이를 들썩거리자 아저씨가 어이없다는 듯 바라보신다.

"급하기는. 이놈아, 우리가 왜 이 동굴에 온 건지 벌써 잊은 거냐?"

"아, 맞다."

세상에 나갈 수 있다는 기쁨에 다른 건 깡그리 잊고 있다가 아저씨의 말에 그제야 아차 싶었다.

"그렇군요. 밖에 그 녀석들이 있을지도 모르겠네요. 그런데… 그놈들, 지금이면 며칠 지났을 텐데 아직까지 있을까요?"

빛 한 점 들어오지 않는 깊숙한 동굴 안에서만 지내다 보니 시간관념이 희박해져 정확하게 며칠이 지났는지는 모르겠다.

"그걸 지금부터 알아봐야지. 따라와라."

그러면서 아저씨는 몸을 돌려 동굴 깊숙한 곳으로 걸어가기 시작하시는 거였다.

"어디 가시게요?"

며칠을 이곳에서 머물러 있었다 해도 동굴이 싫은 건 여전했기에 아저씨가 더 깊숙한 곳으로 데려가려 하니 거부감부터 들었다.

그러나 아저씨는 냉정했다.

"따라와 보면 알아."

"으윽!"

내가 무슨 힘이 있겠는가? 오라고 하면 가야지.

그래 될 수 있는 한 주변은 안 보려고 아저씨의 등과 바닥만 바라보며 쫄래쫄래 뒤쫓아가고 있는데 아저씨가 뜬금없이 툭 말을 내뱉으셨다.

"아, 그러고 보니 아까 말한다는 걸 깜빡했는데… 비스닉 팔라디노를 기억하고 있어라."

"예? 비스… 뭐시기요?"

"비.스.닉.팔.라.디.노!"

한 자 한 자 또박또박 말씀해 주시는 아저씨의 폼을 보니 더 이상은 말 안 해줄 거 같아 나는 그걸 외우려고 입속으로 몇 번이나 따라 했다.

"비스닉팔라디노요? 비스닉팔라디노 맞지요?"

"그래 맞다."

"이게 왜요? 뭔 뜻이 있는 건가요?"

마지막에 고개를 갸웃하며 묻자 아저씨가 발걸음을 멈추고 날 돌아보시더니만 웃는 것도, 그렇다고 찡그린 것도 아닌 묘한 표정으로 대답하셨다.

"암, 좋은 뜻이 있지. 잊지 말고 잘 기억해 둬. 그게 네 이름이니까."

아저씨가 멈추시기에 덩달아 멈추면서도 익숙해지려고 입 안에서 계속 그 단어를 중얼거리던 나는 뜻밖의 말에 입을 떠억 벌렸다.

"에엑? 제… 이름이요?"

"그래 네 이름. 넌 네 이름을 모르고, 앞으로 인간 세상에 나가려면 필요할 테니 내가 하나 지어놨다. 어때? 고맙지?"

아저씨가 대놓고 생색 내셨지만, 나는 정말 고마웠기에 크게 고개를 끄덕였다.

"아, 아저씨, 저 지금 다시 한 번 감동 먹은 거 아세요? 세상에! 저는 미처 생각도 못했는데… 정말… 정말 감사합니다."

너무 놀랍고 고마워 목소리까지 떨려 나왔다.

아저씨가 세상에 나가보라고 사람으로 변신시켜 주는 것도 모자라 이름까지 지어줄 줄이야. 정말 생각지도 못한 일이었다. 내가 비록 생명의 은인이라고 해도—지금까지는 이 사실도 잊어버리고 있었다. 아마 아저씨도 잊고 있을 듯—너무 과분하게 보답받는 것 같아 몸 둘 바를 모르겠다.

"고마워할 거 없어. 나도 언제까지고 '야', '야' 하고 부를 수는 없었으니까."

하지만 고마운 건 고마운 거고, 의아한 건 의아한 거였기에 나는 처음 들었을 때부터 의아했던 걸 물어봤다.

“그런데… 이름이 참 기네요. 비스닉팔라디노라니… 애칭이라도 따로 만들어야 할까 봐요.”

이름이 무려 7자씩이나 되니 나로서는 지극히 당연한 질문이었건만, 내 말에 아저씨가 어이없다는 시선으로 날 바라보셨다.

“너… 바보지?”

농담이나 핀잔이 아닌, 너무나 진지한 어조에 나는 발끈하기보다는 내가 뭔가 잘못했나 하는 생각이 들어 당혹스러워졌다.

“예? 왜, 왜요?”

그러자 아저씨가 ‘어쩔 수 없는 놈’ 이란 뜻이 가득 담긴 표정으로 길게 한숨을 내쉰 후 입을 열었다.

“그래 그래. 내가 뭘 기대하겠냐. 이놈아, 그걸 어떻게 다 이름이라고 생각하누? ‘비스닉’ 이 이름이고, ‘팔라디노’ 가 성이잖아.”

“엑… 그, 그런 겁니까아~?”

말해주지 않았는데 내가 어디부터 어디까지가 성이고 이름인지 어떻게 알겠는가? 거기다 그 이름도 비스닉 하고 잠시 쉬고 팔라디노라고 이야기한 것도 아니고 한꺼번에 쭈욱 이야기해 놓고선… 사전 설명 없이 그렇게 들으면 그게 다 이름이라고 생각하는 게 당연한 거 아닌가 말이다.

그런데 이 아저씨, 그동안 봐왔던 것과 달리 참 세심하시다.

이름만이 아니라 성까지 생각해 뒀단 말인가?

"오오~ 팔라디노란 성은 또 어떻게 지으셨어요? 어… 그런데 제가 성을 함부로 붙여도 되나요? 여긴 누구든지 성을 아무거나 가져다 붙여도 되나 보죠?"

나는 이번에도 정말 순수하게 궁금해서 물은 건데, 내 말에 아저씨의 눈썹이 꿈틀거리더니 고함 소리가 빽 하니 터져 나왔다.

"이놈이 정말! 아무거나 가져다 붙이다니! 그 성이 아무 거나인 줄 알아? 팔라디노 백작 집안의 성이란 말이닷! 팔.라.디. 노. 백. 작. 알간?"

'그니까… 안 가르쳐 주면 모른다니까요?'

속으로 그렇게 투덜거렸지만, 아직까지는 아저씨에 대한 고마운 감정이 날 지배하고 있었기에 아저씨의 기분을 상하게 하지 않으려고 겉으로는 당혹스러운 표정으로 입을 열었다.

"그, 그거 참 정말 대단한 성이군요. 백작이라니… 귀족이잖아요? 그런데 그 성을 제가 함부로 써도 되는 겁니까?"

내 말에 아저씨가 팔짱을 떠억 끼며 코웃음을 쳤다.

"내 성을 내 맘대로 준다는데 누가 뭐라고 그래?"

아저씨의 말에 나는 눈을 크게 떴다.

"아저씨 성이라구요? 그, 그럼… 아저씨 혹시… 팔라디노 백작님?"

내 말에 아저씨가 머쓱하신지 괜히 아무것도 없는 얼굴을 쓰다듬으며 대답하셨다.

"그래 내가 마르타 국의 백작 그레텔 팔라디노다."

"오오~ 아저씨, 대단한 분이셨네요. 백작님이라니……. 저, 귀족은 처음 봤어요. 그나저나 아저씨의 성함이 그레텔이셨군요."

그동안 꽤 많이… 는 아니고 조금 궁금했었는데, 이제야 그 궁금증이 풀렸다.

"쯧쯧쯧, 나 같은 천재 마법사가 대단한 신분이 아닌 것이 더 이상한 일 아니냐? 하여간 너는 운이 엄청 좋은 줄이나 알아. 어디에서 나 같은 대단하고 마음씨 좋은 귀족을 만나겠어?"

저 끝없는 자신감이 어디서 나오나 했더니만; 다 이유가 있었나 보다.

'그나저나 백작이라… 그렇다는 건 여긴 계급 사회라는 뜻이겠군.'

이곳이 내가 살던 한국이 아니라는 건 진작에 눈치 채고 있었기에 계급 사회라 해도 크게 놀라지 않았다. 하긴, 전에 아저씨가 자신을 왕실마법사라고 소개했을 때부터 백작이나 후작 같은 작위가 있지 않을까 하는 생각은 했었다.

그런데 그러한 작위가 그냥 단순히 명분뿐인 계급이면 좋으련만, 아저씨의 저 높은 콧대를 보면 그렇지 않을 확률이 더 높을 거 같다.

"아니, 그렇게 대단한 신분이셨는데 왜 지금까지 말씀 안 해 주셨대요? 하기야 뭐, 말씀하시든 안 하시든 별로 달라질 건 없었겠지만……."

"그건……."

거기서 아저씨는 멋쩍은 표정으로 입맛을 다시다가 내친김이라 생각했는지 말을 이었다.

"에잇, 그래. 나랑 가면 나중에라도 알게 될 일이니… 이곳에 오게 된 이유가 자리싸움에 휘말린 거라서……. 하여간 능력없는 놈들이 욕심은 많아가지고 꼭 비겁한 방법을 쓴다니까. 어쨌든 내 신분을 밝히면 어째서 여기에 왔는지도 이야기가 나올 텐데, 이런 이야기는… 창피하잖냐. 게다가 이렇게 널 데리고 돌아갈 줄은 몰랐고."

역시… 란 생각이 들었다. 처음 칼에 찔린 아저씨를 봤을 때 그런 일을 당했을 거라는 추측은 했었으니 말이다. 그래서 지금까지 그 일에 대해 물어보지 않은 것이었다.

게다가 나 역시 아저씨랑 같이 가게 될 줄은 몰랐으니 아저씨의 말에 충분히 납득이 간다.

"에… 그럼 이제 이름도 알았으니 뭐라고 불러 드릴까요? 백작님? 그레텔님?"

세상에 나가면 아저씨는 본래의 지위로 돌아갈 테니 내가 지금까지처럼 함부로 편히 대하지 못할 것 같았다. 나야 이곳

에 아무런 연고도 없는 고아에 평민이나 마찬가지였으니 말이
다.

　해서, 내 딴에는 여러 가지를 고려해서 한 질문이었는데, 아
저씨는 다시 한 번 어이없다는 듯 날 바라보는 거였다.

　"넌… 역시 바보였어."

　"예에? 왜 또요?"

　이번에는 좀 서운해서 불퉁하니 묻자 아저씨가 '뭘 잘했다
고!' 란 시선으로 찌릿~! 노려보며 입을 열었다.

　"이놈아, 네 이름 보면 몰라? 난 그레텔 팔라디노, 넌 비스닉
팔라디노. 내가 널 양자로 삼은 거잖아?"

　"에엑?"

　'그게 그렇게 되나? 아니, 잠깐만. 그렇다는 건?

　나는 문득 떠오른 생각에 당혹한 시선으로 아저씨를 바라봤
고, 아저씨는 그 시선을 알아챈 듯 맞다고 고개를 끄덕이며 씨
익 웃기까지 하시는 거다.

　"그래, 이제부터는 그놈의 '아저씨' 란 말 대신 '아버지' 라
고 불러야 한다는 거지. 아, 이왕 이렇게 된 거 지금 한번 불러
봐라."

　"어, 그… 저기……."

　그리 말씀하셔도 너무 갑작스러운 일이라 그런지 차마 말이
안 나온다.

　거기다 '아버지' 라니…….

'그냥 숙부나 삼촌이라고 부르면 안 될까나?'

정말 진심으로 물어보고 싶었지만, 그게 또 '기껏 생각해 주
서서 양자로 맞아주신 건데' 라고 생각하니 차마 그 건의를 하
지 못하겠다.

그래서 한참을 주저주저하다 겨우 작게,

"…아, 아버지……."

라고 웅얼거리듯 말하자 아저씨, 아니, 이제 아버지가 되신
분이 혀를 끌끌 찬다.

"나 원, 그 이야기 한번 들으려고 하다가 숨넘어가겠다. 그
게 그렇게 말하기 어렵냐?"

"아니… 그게 또… 갑자기 하려니……."

무지하게 쑥스러웠기에 아저… 아니, 아버지의 시선을 피하
며 나는 괜히 뒷머리만 긁적거렸다.

뭐, 한국에는 내 부모님이 잘 살아 계시지만, 그분들에 대한
배신감 같은 건 요만큼도 들지 않았다. 아마 부모님도 내 사정
을 아신다면 기꺼이 '당연히 그래야지' 라고 말씀해 주지 않으
셨을까 싶다.

어쩜 어머니는 두 손을 잡고, '어머머, 야, 너 봉 잡았다. 백
작이라니, 귀족이잖아아~!' 라고 말씀하시며 기뻐하실지도 모
르겠다.

"뭐, 그건 그거고, 할 일은 해야지. 따라오너라, 비.스.닉.
팔.라.디.노.야."

내 이름이라고 인식시키듯 한 자 한 자 힘주어 부르는 아…
버지의 음성에 나는 피식 웃음이 나왔다.

"예에, 아버지."

이게 한 번 불러봤다고 두 번째는 쉬워져서 내 음성에도 힘
이 들어갔다.

하여간 그렇게 해서 다시 동굴 안쪽으로 들어가시는 아버지
의 뒤를 따라 또 쫄래쫄래 들어가는데, 어느 순간 갈림길이 나
왔다. 한 입구는 우리가 지금까지 왔던 동굴만큼 컸고 다른 하
나는 그보다 좀 작은 편이었는데, 아버지는 주저없이 그 작은
입구를 향해 들어서셨다.

그 길을 따라 얼마쯤 쭈욱 가자 놀랍게도 빛이 보이는 거였
다.

"어? 빛이에요!"

"나도 안다."

무척 놀란 나에 비해 덤덤한 아버지의 목소리.

"혹시 여기 와보셨어요?"

"직접 온 건 지금이 처음이다. 단지 이쪽으로 오면 밖으로
통하는 구멍이 있다는 건 알았지."

"어떻게……? 아, 혹시 마법으로?"

"그래. 이 동굴 안을 다 돌아다닐 시간은 없고 해서 탐색 마
법으로 좀 훑어봤다."

빛을 따라가 보니 아버지나 내가 빠져나갈 수 있을 정도의
큰 구멍은 아니었고, 겨우 팔 하나 내뻗을 수 있을 정도였다.
그것도 동그란 것이 아니라 번개 모양으로 갈라진 면을 보니
지진이나 산사태 같은 일로 인하여 벽에 균열이 생겨 벌어진
틈새인 것 같았다.

"여기다."

그런데 아버지는 그 앞에서 멈춰 서시는 거다.

"여기서 뭐 하시게요? 나가지는 못할 것 같은데……."

"나가는 게 아니라 여기서 마법을 쓸 거다."

아버지의 말에 나는 더욱더 어리둥절해졌다.

"에에? 아니, 마법 하나 쓰려고 여기까지 오세요? 그 샘물이
있는 곳에서도 마법을 쓰셨잖아요."

"그건 우리 거처 공터에다 설치해 놓은 마법과 그 샘을 연결
시켜 놨기에 가능한 거였지. 그 주변은 혹시나 놈들이 마법으
로 우리를 탐색할까 봐 내가 마나를 가리는 마법진을 펼쳐 놨
기 때문에 마법을 사용하기 곤란해. 여긴 그 마법진에서 벗어
나는 지점인 데다가 동굴 벽의 두께가 얇기 때문에 탐색 마법
을 펼치기에 아주 적합하지."

"탐색 마법이요? 뭔가를 찾는 마법? 그건 왜요?"

"거야 당연히 그놈들이 아직도 이 근처에서 어슬렁거리는
지 알아보려는 거지."

"오오, 그랬군요. 어, 그러다가 혹시 그놈들이 있어서 아버

지가 탐색 마법을 펼친 걸 눈치 채면요?"

"그럼 당연히 도망가야지. 내가 동굴 입구에다 환상 마법진까지 같이 섞어서 펼쳐 놨기 때문에 놈들은 쉽게 입구를 찾아내지 못할 거다. 그 정도면 어느 정도 시간은 벌 수 있을 거고, 우리는 그 틈에 튀는 거지."

"오옷, 그런 계획이……. 그런데 전에 그 샘물과 연결시킨 마법도 탐색 마법 아니었던가요?"

"그것도 탐색 마법이긴 한데 이것과는 좀 다르다. 전의 마법은 딱 한 장소만 볼 수 있는 거고, 이건 내 능력이 닿는 한 넓은 범위를 살펴볼 수 있는 것이거든."

아버지의 설명을 들어보니 전의 마법은 몰래 카메라와 연결된 모니터라서 카메라가 보고 있는 데만 볼 수 있는 거고, 뒤의 마법은 망원경과 같아서 망원경의 성능에 따라 넓은 범위를 볼 수 있는 모양이다.

"오오, 서로 기능이 조금 다르군요."

"그래, 그래서 상황에 따라 골라서 사용하는 거다. 자, 이제 궁금증이 대충 사라졌으면 말 시키지 마라. 마법 좀 사용하게."

"아, 예."

아버지를 방해하지 않으려 나는 뒤로 몇 걸음이나 떨어져서는 조용히 입을 다물었다.

아버지는 내가 떨어진 걸 확인하고는 눈을 감은 채 입속으로 무언가를 읊조리기 시작하셨다.

그 모습을 가만히 지켜보고 있으려니 아버지의 심장 부근에 잔뜩 뭉쳐 있던 마나의 일부분이 떨어져 나와 아버지의 눈으로 모여드는 것이 느껴졌다.

'오옷……!'

그리고는 아버지의 눈이 번쩍 뜨였는데, 뭔가 괴상한 빛을 발하며 눈 초점이 맺히지 않은 채 허공을 멍하니 보는 것이 왠지 모르게 무당이 접신을 하는 모습 같아 섬뜩하기까지 했다. 아마 어두운 데서 봤으면 공포 영화의 한 장면 못지않았을 거다.

'탐색하는 건 좋지만, 모습은 가히 보기 좋지는 않구먼.'

아버지가 마법사라는 걸 모르고 있었다면 혹시 박수인지 진지하게 의심해 봤을 거다.

하여간, 그렇게 한참 동안이나 허공을 둘러보시던 아버지의 눈에 문득 초점이 돌아왔다.

"휴우!"

이 마법도 제법 힘든 건지 아버지는 길게 한숨을 내쉬더니 목을 돌리셨다. 그걸 보고 있던 나는 조심스레 물었다.

"끝난 건가요?"

"그래. 이 주변을 샅샅이 살펴보았는데 녀석들의 모습은 보이지 않는구나. 아마 돌아간 것 같다."

"그냥 얌전히 돌아가다니… 좀 의심스러운데요? 자기 팀의 일원을 죽인 존재가 있다는 걸 알고 있는데 수색도 안 하고 돌아가다니……."

"아마 녀석들은 자신들의 존재를 더 이상 노출시키지 않으려는 것 같다. 지금 모습을 감춰 버린다면 우리는 단지 수상한 조직이 있다는 것만 알 뿐 더 이상은 알지 못하잖느냐."

"으음… 그러니까 더 수상하다고 생각하지 않으세요?"

"물론 그렇기야 하다만, 놈들과의 연결고리가 완전히 사라졌으니 알아낼 도리가 없지."

"그럼 우리는 어떻게 해야 합니까? 아, 아버지가 그 왕실마법사인지 뭔지라고 하셨으니까 그쪽에다 도움을 요청하신다면……?"

"그렇게 하려 했지. 내가 전에 마족을 불러내는 주문이나 계약하는 방법 등등이 모두 금기되어 폐기되었다고 했지? 하지만 완전히 사라진 건 아니라서 가끔 그걸 사용하는 놈들이 있거든. 그래서 모든 사람은 마족을 불러내는 주문이나 불러내는 사람, 혹은 불러낸 마족을 보는 즉시 마법사 길드나 신전, 아니면 경비대에 신고를 해야 한단다. 나 같은 마법사는 특히나 더욱 그렇지."

녀석들과 더 이상 얽히는 건 싫었다. 그러나 이렇게 흐지부지하게 되니 뭔가 뒤가 개운하지 못하고 찜찜했는데, 그들을 신고해야 한다는 소리에 귀가 번쩍 틔었다.

"그럼 신고를 하신다는?"

"그러니까, 그러려고 했는데… 증거가 사라졌잖아. 처음에 온 놈을 잡아서 하려고 했다가 너에게 잡아먹히는 바람에 그 뒤에 오는 놈을 잡아서 알아낼 거 알아낸 뒤 증거로 내보이려 했건만 그놈도 놓쳐 버렸으니……. 이제 그놈들에 대해 아는 것도 없고, 놈들도 더욱더 몸을 사리게 될 테니 말이다."

"그, 그렇군요."

아버지의 말도 일리가 있다. 한국에서도 죄인을 확정하려면 일단 증거가 필요했으니 말이다.

그런데 어째 아버지의 말투를 보아하니 이대로 가만 계실 거 같지가 않다.

"어째 뭔가 하실 것 같은 표정이신데요?"

역시나 내 말에 아버지는 당연하다는 얼굴로 고개를 끄덕이신다.

"물론 내가 가만히 있을 수는 없지. 왕실마법사가 허수아비인 줄 아느냐? 증거가 없으니 공식적으로 신고는 못하지만, 돌아가면 뒤로 조용히 알릴 생각이다. 몇몇 믿을 만한 사람들과 같이 조사하면 아무리 철저하게 숨은 놈들이라 해도 뭔가를 알아낼 수 있겠지."

'호오… 뭐, 그 정도라면 나도 환영이지. 설마 나보고 조사하라고 하지는 않을 테니까.'

"자, 그럼 이만 돌아가자."

이곳에 온 목적을 달성한 이상 여기에 계속 있을 필요가 없었다.

먼저 발걸음을 옮기시는 아버지의 뒤를 따르며 나는 또다시 질문을 던졌다.

"이제 원래 살던 곳으로 돌아가시는 건가요?"

"그렇게 되겠지. 그런데 그전에 들러야 할 곳이 있다."

"어디요?"

"어디라고 하면 네가 아냐? 가보면 안다."

"네에."

'체엣, 말해주면 어디가 덧나남?'

내 질문이 귀찮으셨는지 아버지의 말투가 퉁명스러워졌다. 그래 속으로는 투덜거렸지만 스스로도 질문이 좀 많았다는 걸 인지하고 있었던 터라 나는 얌전히 입을 다물었다. 아버지의 말대로 어차피 가게 될 거, 가보면 알게 될 테니 말이다.

Chapter 8
드디어 사람 사는 마을에 들어갔다

Aza
아사랴 Riah

내가 잡아먹은 마족을 찾으러 온 녀석들이 안 보인다고 해서 나는 그 즉시라도 이 시커먼 동굴을 나갈 수 있을 줄 알았다.

그러나,

"난 어디 좀 다녀올 테니 넌 여기서 기다리고 있어라. 늦어도 하루 안에 돌아올 거다."

아버지의 뜻밖의 말에 나는 입을 떠억 벌렸다. 그렇지 않아도 원래 동굴을 좋아하지 않는 나인데 아버지도 없이 하루 종일 동굴에 혼자 있으라니 생각만 해도 싫었다.

"캑, 밖에 나가서 기다리면 안 돼요?"

그래 최소한 동굴에서 벗어나고 싶어서 그리 요청했지만 돌아오는 건 '불허'였다.

"안 돼. 밖에 나가 돌아다니다가 혹시라도 다시 와본 그놈들을 만나거나, 그놈들이 설치해 놨을지도 모를 함정에 걸리면 어쩌냐? 녀석들의 모습이 안 보인다고 완벽하게 안전이 확보된 게 아니니 여기서 얌전히 기다리고 있어."

아무래도 아버지는 내 기대를 깨버리는 걸 은근히 즐기시는 건 아닌지 모르겠다.

"으윽!"

하지만 아버지의 말이 틀리지 않았기에 나는 결국 아버지가 시키는 대로 동굴에서 얌전히 기다리고 있을 수밖에 없었다. 그나마 위안이 있다면, 하루만 더 참으면 밖으로 나갈 수 있다는 걸까나?

"그런데… 만약 아버지가 없는 동안 그놈들이 돌아와서 수색이라도 펼치면 어쩌죠?"

내 말에 아버지는 날 가소롭다는 듯 바라보신다.

"훗, 내가 그 정도도 생각 안 해봤을 줄 아냐? 걱정 마라. 네 녀석이 여기에 얌전히만 있는다면 그놈들에게 들킬 일은 없다."

어쩐지, 아까 동굴 입구에 설치해 놓은 복잡한 마법진에서 몇몇 부분을 지우고 고치고 하시더니만 그걸 대비하신 거였나 보다.

“어쨌든, 선물을 가지고 올 테니까 얌전히 기다리고 있어.”

내가 너무 울상을 지었나? 어색하게 달래는 말을 툭 던져 놓으신 아버지가 동굴 입구에 그려진 마법진 말고 그 안쪽에다 새로 그린 마법진 가운데 올라서시다가 문득 생각난 것이 있는지 날 돌아보셨다.

“아참, 이거 내가 돌아올 때도 필요한 마법진이니까 건드리지 마라. 지워지면 나 못 온다.”

“예? 아, 예.”

“그렇다고 옆에서 지키고 있을 필요는 없어. 웬만하면 안 지워지니까. 그냥 놀다가 실수해서 건드리지만 말라는 말이야. 하여간 혼자 잘 놀고 있어라. 이동!”

그 말을 끝으로 아버지의 발밑 마법진에 빛이 난다 싶더니만 그 위에 있던 아버지가 순식간어 사라져 버렸다.

“와우~ 내 평생에 순간이동을 눈으로 직접 볼 줄이야!”

그래도 뭐, 입이 떠억 벌어질 정도로 놀랍지는 않았다. 아니, 물론 신기하긴 했지만 말이다.

이런 것이 다 영상 매체의 능력 아니겠는가? SF 영화나 외화, 어린이 드라마 같은 데서 종종 봤던 일이니까.

‘그러고 보니 내가 최초로 봤던 SF 영화가 우뢰매였는데, 크허허허~ 심형래 씨가 남자 주인공으로 나왔었지.’

요즘 애들이 우뢰매를 알려나 모르겠다. 그 영화가 엄청 떠가지고 5탄인가 6탄까지 나왔었는데.

우뢰매 영화를 떠올리니 거기서 이리저리 날아다니며 중요한 역할(?)을 수행했던 귀여운 독수리 모양의 장난감 로봇 생각이 났다.

'맞아, 덕분에 그 독수리 모양의 로봇이 꽤나 인기였었는데……'

그 독수리 모양의 로봇을 생각하니 자연스레 까망이가 연상되었다. 날개를 집어넣을 수 있게 하려고 일부러 자기 등에서 날개를 만들어냈던 귀여운 녀석. 그와 함께 단짝이라 할 수 있는 하양이도 같이 떠올랐다.

"아, 그래. 아버지도 안 계시니 마음 편하게 놀아줄 수 있겠구나. 오랜만에 이 녀석들이랑 놀아야겠다."

그렇지 않아도 혼자 있기 싫었기에 두 아이를 불러내는 내 목소리는 반가움으로 가득했다.

"얘들아~ 노~ 올~ 자아~"

오랜만에 하양이, 까망이와 만난 나는 그 애들과 술래잡기 놀이를 하면서 신나게 놀았다. 그런데 두어 시간쯤 뛰어다니자 체력이 달려 더 이상 뛰어다닐 수 없는 거였다. 결국 나는 헥헥거리며 동굴 바닥에 드러누웠다.

몸을 줄여서 민첩성과 파워가 떨어진 건 알았지만, 체력도 같이 떨어진 모양이다.

하여간, 더워진 몸도 좀 식히고 잠시 쉴 겸 드러누운 건데,

어느새 나도 모르게 잠이 들었던 모양이다.

갑자기 많은 양의 마나가 근처에 모여드는 느낌에 나는 퍼뜩 정신을 차렸다.

"뭐지?"

아직 졸음이 완전히 가시지 않은 상태에서도 반사적으로 그 느낌을 따라 고개를 돌려보니 그곳에는 아까 아버지가 사용하신 마법진이 그려져 있었다.

그리고 그 마법진 위로 몰려든 거대한 마나들이 잠시 변화를 멈춘다 싶은 순간, 번쩍하며 아버지의 모습이 나타났다.

"나 왔다~!"

아버지의 모습이 보이자마자 황급히 몸을 일으켰건만, 그보다도 먼저 아버지가 내가 누워 있는 걸 보신 모양이다.

"그새 자고 있었냐?"

"아하하하! 저도 모르게 잠이 든 모양이어요. 오셨… 우엣?"

멋쩍음을 웃음으로 얼버무린 뒤 인사하려던 나는 아버지의 모습에 하던 인사를 끝내지 못하고 엉뚱한 소리를 내뱉었다.

"인사를 하려면 제대로 하든가, 마지막에 그건 뭐냐?"

"아, 아니… 우와… 아버지, 완전히 말쑥해지셨네요?"

그랬다.

이 동굴을 떠나기 전까지만 해도 아버지는 몸을 가꾸는 건 생각도 못하셔서 완전 원시인 저리 가라 할 정도의 형태였건만, 어디 대중목욕탕이라도 다녀오셨는지 피부는 깨끗, 매끈

해져 있었고, 지저분했던 수염과 머리가 제대로 손질이 되어 있는 거였다.

"훗, 어떠냐, 멋있어 보이냐?"

"멋있다 뿐입니까? 완전 변신이네요, 변신. 혹시 변신하러 다녀오신 겁니까?"

"헛헛헛, 녀석, 말하는 것 하고는."

그래도 내 말에 기분이 좋으셨던지 아버지는 너털웃음을 흘리셨다.

"그런데… 이왕 멋지게 꾸미신 거 옷도 멋지게 입고 오시지 왜 그리 펑퍼짐한 옷을 입으셨대요?"

물론 옷도 깨끗한 걸 입고 오기는 하셨다. 그런데 그 옷이라는 것이 완전 포대자루 같은 펑퍼짐한 로브였던 것이다. 뭐, 옷감이야 윤기가 번쩍번쩍 흐르는 것이 '나 고급이요~!' 라고 외치고 있었지만, 펑퍼짐하다 보니 맵시가 안 산다.

하기야, 뭘 입든 제대로 가공되지 않은 동물 가죽보다는 나았겠지만, 그래도 이왕 멋지게 변신하는 거 완벽하면 좋지 않겠는가? 다른 건 다 좋았는데 옷이 옥의 티였다.

"옷만 멋들어진 걸 입으셨다면 참 좋았을 텐데… 왜 그런 걸 입고 오셨대요?"

내 말에 아버지가 어리둥절해하시다가 곧 뭔가를 깨달으셨다는 표정으로 말하신다.

"아아… 내가 말 안 했나? 이게 바로 마법사들이 입는 마법사

로브라고 하는 거다. 그러니 이런 차림을 하고 있으면 마법사라
고 생각하면 돼. 나 또한 마법사라 이런 차림을 하고 있는 거고."

"예? 어… 하지만 아버지, 저랑 처음 만났을 때는 그런 옷을
안 입고 계셨잖아요?"

"그거야 그때는 마법사 로브는 너무 치렁거리니까 산속에
서 불편할까 봐 벗고 온 거고, 그런 일이 아니면 보통 때는 마
법사 로브를 입고 있지."

"그래요? 아쉽네요. 아버지는 키도 크고 체격도 있어서 멋
진 옷을 입으시면 맵시가 잘 살 거 같은데……."

"훗, 나 같은 외모에 뭘 입는다고 안 멋있겠냐? 그리고 마법
사들이 괜히 이런 로브를 입는 건 아니다. 뭐어, 이런 이야기는
나중에 기회가 있을 때 더 자세히 하기로 하고, 옜다, 선물이
다."

내 말에 한번 픽 웃으신 아버지가 나에게 커다란 자루를 내
미셨다. 가기 전 얌전히 기다리면 선물을 사온다고 말하긴 했
지만, 농담을 하신 줄 알았지 정말 사올 줄 몰랐던 나는 휘둥그
레 눈을 떴다.

"네 옷이다. 급히 준비한 거라 제대로 다 갖췄는지 모르겠
다."

"오오~!"

아버지의 말에 감격하며 얼른 자루를 받아 풀었더니, 안에
서 꽤 여러 종류의 물품이 쏟아져 나왔다. 긴 티, 반팔 티, 셔

츠, 가죽 바지, 면바지, 두꺼운 천 바지, 후드 망토에 구두, 부
츠까지…….

급히 준비한 게 이 정도면, 제대로 준비한 건 분량이 얼마라
는 걸까?

엄청난 분량에 입을 떠억 벌리며 바라보다 아버지 쪽으로
시선을 돌렸다.

"우와~ 엄청나네요. 이거 어떻게 다 구하신 거예요?"

"이게 뭐가 많아? 일단 여행할 때 필요할 것만 준비했는
데… 어디, 맞는지 한번 입어봐라."

아버지의 적당하다의 기준이 어느 정도인지 묻기가 겁이 날
정도다. 하지만 눈앞에 있는 새 옷들 때문인지 '아무려면 어떠
냐' 하는 생각에 나는 그냥 히죽히죽 웃으며 아버지의 말을 따
랐다.

"예에~ 뭐부터 입어볼까나."

과연 여행용이라고 하더니 단순하고 실용적인 디자인에 옷
감도 튼튼하고 질긴 소재들뿐이다. 하긴, 이 몸에 하늘하늘, 나
풀나풀한 옷을 입어봤자겠지만.

꾸러미에 있는 것들을 모조리 꺼내며 처음에 입을 것을 고
르고 있는 중, 꾸러미 안쪽의 맨 밑에 깔려 있는 정체를 알 수
없는 천이 보였다. 내 것이라고 넘겨준 꾸러미에 들어 있으니
내 것일 텐데 도통 어디다 쓰는 건지 모르겠다.

대략적인 형태는 공장에서 사용하는 머릿수건처럼 생겨 그

비슷한 용도인가 싶어 머리에 대봤더니 길이는 내 머리에 얼추 맞는 거 같은데 폭이 넓지 않아 머리를 다 가리는 것도 아니고, 끈이 달린 부분이 어째 머리에 쓰고 묶기 불편한 것이…….

'응? 머릿수건이 아닌가? 아니면 이거 원래 이렇게 쓰는 거야?'

설마 내가 본래 모습일 때 사용하는 건 아닐 테고 말이다.

그래서 나름대로 사용하는 방법을 알아본다고 머리에 쓰고 끈으로 어떻게든 잘 묶어보려고 애를 쓰고 있는데 갑자기 아버지의 경악 어린 외침이 들려오는 거다.

"으악! 야, 너, 지금 뭐 하고 있는 거야?"

돌아보니 아버지가 입을 떠억 벌린 채 날 바라보고 계셨다.

"뭐 하다뇨? 이거 대보고 있잖아요. 그런데 이거 요상한 거네요. 어떻게……."

난 말을 끝마치기도 전에 깜짝 놀라서 입을 다물어야 했다. 얼굴이 벌게진 아버지가 황급히 나에게 다가와 머리에 쓴 수건을 낚아챘던 것이다. 아무래도 그게 아버지 거였던 모양이다.

"엥? 제 것이 아니었습니까? 아니, 그럼 그렇다고 말로 하시지 그렇게 가지고 가실 것까지야……."

좀 과해 보이는 아버지의 반응에 서운함과 동시에 '에휴, 아버지 성격이 어디 가겠어?'란 생각도 하며 투덜거리는데, '어버버…' 하는 표정으로 내 말을 듣고 계시던 아버지가 더욱더 붉어진 얼굴로 꽥 소리를 치셨다.

"이놈앗! 이건… 이건… 이거어어언… 푸, 푸하하하하 푸하하하하하하하~!!"

그리고 한소리 하려던 분이 온몸을 부들부들 떤다 싶더니만, 갑자기 커다란 웃음을 터뜨리시는 거다.

"아하, 아하, 아하하하하~ 아하하하하하하~!"

영문을 몰라 눈만 껌뻑거리는 나는 무시한 채 혼자 계속 웃음을 터뜨리시던 아버지는 결국 웃다 지쳐서 바닥에 주저앉으셨는데, 그래도 웃음을 그치지 못하시는 거다. 나중에는 얼굴까지 붉어지고 기력이 달려 헐떡거리자 그제야 진정된 듯 웃음을 멈추시고 나를 쳐다보셨다. 그러다 나와 눈이 마주치자마자 또 큭 하고 웃음을 터뜨리시는 거다. 뭐, 이제는 지쳐서 아까 같은 커다란 웃음이 아니라 실실 흘러나오는 웃음이었지만 말이다.

그에 괜스레 기분이 나빠진 내가 인상을 찡그리며 바라보자 손을 휘휘 저어 보이며 웃는 중간중간 간신히 입을 여셨다.

"으ㅎㅎㅎ… 아, 아니… 이게… ㅎㅎㅎㅎㅎ… 후읍~ 후아아아~ 아아, 정말 이렇게 웃어본 게 얼마 만인지 모르겠구먼. 하여간 너랑 있으면서 내가 별일을 다 겪는다."

"거, 좋다는 겁니까, 나쁘다는 겁니까?"

"누가 나쁘댔냐? 아고고, 힘들다. 웃다가 숨넘어가는 사람이 있다는 소리는 들었지만, 내가 그 꼴이 될 줄이야. 어쨌든 이놈아, 그렇게 인상 찡그릴 거 없어. 미안하게 생각하니까…
참으려고 했는데 안 되더라구."

그러고 보면 아버지는 한번 웃음보가 터지면 쉽게 참지 못하
는 타입이신가 보다. 왜, 전에도 그런 적이 있지 않은가. 내 등
에 꽂힌 천신기를 뽑기 위해 연구하시다가 깨달음을 얻어 8서
클이 되었을 때 말이다.

'그때 정말 아버지가 웃다가 숨넘어가시는 줄 알았다니까.'

그때를 떠올리던 나는 고개를 설레설레 저으며 투덜거렸다.

"하여간… 전 지금 머릿수건 써보다가 바보가 된 기분이라
구요."

내가 그리 말하며 아버지의 맞은편 바닥어 주저앉자 아버지
가 다시 키들키들거리신다.

"키들키들… 아… 미안, 미안. 후우, 내 이거 가지고 십 년은
웃을 수 있겠다. 어쨌든 이놈아, 이건 머릿수건이 아니라 그…
흠흠… 거시기 그거거든?"

"거시기 그거요?"

밑도 끝도 없이 그렇게 말하면 어떻게 알아듣겠는가?

고개를 갸웃거리며 되묻자 아버지가 난처한 얼굴로 허허거
리더니 어렵사리 입을 열었다.

"그… 나 원 참, 내가 이 나이에 이걸 설명하게 될 줄은…….
그거 말이다, 그거."

계속 '그거, 그거' 만 찾던 아버지는 내가 못 알아듣자 결국

모든 걸 다 포기한 표정으로 한숨을 내쉬시니 다시금 입을 여셨다.

"그거 가리개… 말이다."

그러면서 어딘가(?)를 손으로 가리켜 보이자 나는 그제야 겨우 알아채고는 입을 떠억 벌렸다.

"이, 이게요?"

아버지 말씀은 그 머릿수건처럼 생긴 천 조각이 팬티라는 것이었다. 그걸 모르고 머리에 쓰고 있었으니 모르는 사람이 봤다면 난 완전 변태로 찍혀 버렸을 거다.

그 생각이 떠오르자마자 얼굴이 완전히 뜨뜻해지는 것이 안 봐도 내 얼굴이 벌겋게 달아올랐음을 눈치 챌 수 있었다.

그 모습에 아버지가 다시 한 번 비실비실 웃는다.

"이잇, 웃지 마세요. 누가 그게 그건 줄 알았남? 그런데 도대체 이걸 어떻게 착용한대요?"

내 말에 비실비실 웃던 아버지가 단번에 얼어붙었다.

"야… 나… 그것도 가르쳐 줘야 되나?"

"아버지가 아니면 누가 가르쳐 줍니까? 저… 이거… 어떻게 하는지 몰라요."

내 말에 기겁하며 날 바라보시는 아버지.

"그걸 왜 몰라? 척 보면 알겠구먼."

"그렇게 말씀하셔 봤자… 전 이거 정말 처음 보는 거거든요? 처음 보는 걸 어떻게 압니까? 언제 이런 걸 입어봤어야 알지.”

내 말에 아버지가 난처한 표정으로 날 바라보신다.

“끄으응, 그, 그게 말이다…….”

한참 동안이나 적당한 말을 찾지 곳해 버벅거리시는 아버지를 재미있게 구경하고 있던 나는 슬쩍 입을 열었다.

“아니, 뭐, 가르쳐 주기 싫으면 그냥 보여주서도 되는데요.”

그러자 이번에는 아버지의 얼굴이 벌겋게 달아올랐다.

“노, 농담이지?”

“진담인데요?”

“이, 이놈앗!! 넌 부끄러움이라는 것도 모르냐!!”

붉어진 얼굴로 당혹스러워하며 빽 소리치시는 아버지의 모습에 웃음이 나오려는 것을 가까스로 참고는 오히려 아버지를 이해 못한 척 능청스레 입을 열었다.

“아니, 언제는 같은 남자끼리라면서요? 같은 남자끼리 뭐 어떻습니까?”

“시끄럽다! 아무리 같은 남자라도 가릴 건 가려야 하는 거야.”

“그럼… 최소한 말로라도 설명해 주세요. 엉터리로 입을 수는 없잖아요.”

너무 밀어붙이면 아버지가 말도 안 하실 거 같아 한발 뒤로 양보하는 척하자 아버지가 어쩔 수 없다는 표정으로 입을 여신다.

"그, 그러니까… 그 끈은 일단 허리에다 묶는 거다."

"허리요? 이렇게?"

슬쩍 허리에다 대고 매는 시늉을 했는데, 잘못 됐는지 아버지가 고개를 저으신다.

"아니, 틀렸다. 거꾸로 해야지."

그 말을 잘못 이해한 나는 팬티를 뒤집은 줄 알고 천을 뒤집었다.

"이렇게요?"

"그게 아니라 이, 이게 밑으로 가게… 그러니까… 이, 이렇게… 알겠냐?"

내가 이해를 못하고 엉뚱하게 잡고 있는 게 답답하셨는지 결국 내 손에서 팬티를 채어가신 아버지. 그런데 그 뒤에는 차마 내 허리에다 대지 못하고 허공에다 대고 천을 구부리며 대충 모양을 만드시는 거다.

그러면서 어정쩡한 표정을 지으시는데, 그게 너무나 웃겼던 터라 나도 모르게 푸쉬쉬~ 하고 이상한 소리를 내며 웃어버렸다. 될 수 있는 한 참느라고 참았는데, 너무 웃기다 보니 바람 빠지는 소리를 미처 막지 못했던 것이다.

시끌벅적한 곳이었다면 아버지가 못 듣고 지나칠 수도 있었겠지만, 여기는 아버지와 나 단둘이 있는 동굴 안. 못 들을 리 없는 아버지가 도끼눈이 되어 날 쳐다보시는 건 당연지사.

"지금 네놈이 아비를 놀리는 게냐?"

"헉… 그, 그게 아니고 그냥… 저기, 어쩌다 보니……."

황급히 변명을 주워섬기려고 했지만, 너무 급작스러운 상황이다 보니 머리가 뒤죽박죽이 되어 적당한 변명거리가 떠오르기는커녕 버벅대기만 했다. 게다가 한참 동안이나 웃음을 참고 있었던 터라 얼굴이 뜨끈뜨끈한 것이 모르긴 해도 벌게져 있을 거다.

"이 녀석! 이제 네놈이 알아서 해!"

그러니 당연히 분노하신 아버지. 나에게 팬티 조각을 내던지고는 휙하니 몸을 돌리시는 거다.

"아앗, 아버지! 그게 아니라니까요! 저 정말 몰라요!"

"시끄럽다. 웃는 거 보니 다 아는 거 같구먼."

"진짜 모른다니까요."

"됐다. 모르면 모르는 대로 하거라. 누가 네 바지 벗겨서 그걸 잘 입었나 못 입었나 확인하는 것도 아닐 테고… 정 못 입겠으면 바지만 입고 있든지."

"바, 바지만……."

'여기에도 노팬티 패션이 있던가?

하여간, 그 뒤로도 절대 가르쳐 주지 않는 아버지 덕분에 ―그런데 나중에 생각하면 아마도 정말 화가 나신 게 아니라 이 상황을 빠져나갈 기회라고 생각하셨던 거 같다―나는 혼자 한참 동안 그 천쪼가리를 들고 착용법을 알아내기 위하여 고심고심해야만 했다.

"젠장… 너무 놀렸나? 적당히 할걸. 그럼 끙끙대는 아버지를 더 볼 수 있었을 텐데… 쩝, 아쉬워라."

그러한 일단의 소동이 있고 나서야 제대로 옷을 차려입은―팬티뿐만이 아니라 바지나 셔츠도 다른 부분이 꽤 있어서 결국 보다 못한 아버지의 도움을 받고 나서야 옷을 제대로 입을 수 있었다―나는 아버지의 이끌림에 따라 드디어 동굴 밖으로 나설 수 있었다.
"우와~ 이게 얼마 만이냐?"
밝은 태양, 싱그러운 수풀, 시원, 상쾌한 바람.
"역시 사람은 이런 데서 살아야 하는 거 같아요."
동굴에 있었던 건 단 며칠뿐이었지만, 몇 년 만에 바깥세상에 나온 것만 같은 기분이었다. 그래 정말 그리웠던 밝은 세상을 둘러보며 말하자 아버지가 피식 웃으신다.
"웃긴 놈… 거기서 그러고 있지 말고 여기 와서 이거나 좀 펼쳐라. 노인네 혼자 하게 가만 두고 볼 생각이냐?"
"예? 어라라~?"
아버지의 부름에 돌아보니, 세상에나~ 아버지는 마치 피크닉 나온 사람마냥 햇볕 잘 드는 동굴 입구 앞의 평평한 곳에다가 붉은 체크 무늬 담요를 깔더니 그 위에 커다란 바구니를 올려놓고 있는 중이었다.
"우와, 이건 또 뭡니까? 다 어디서 났대요?"
잽싸게 다가가 바구니를 열어보니, 그곳에는 엄청난 진수성

찬이 들어 있었다.

잘 구워서 붉은 소스를 바른 통닭 바비큐에 달콤한 버터 향을 폴폴 풍기고 있는 먹음직스러운 커다란 빵, 그 밑에 노릇노릇하게 구워진 이름 모를 파이, 그 밑에는 알록달록한 샐러드에 이름 모를 과일 등등, 끊임없이 이어지는 음식들로 인하여 나는 마치 요술 바구니라도 열어본 것만 같은 기분이었다.

"우와, 우와, 우와아~!"

그래도 정해진 분량이 있었던 터라 결국은 잘 구워진 소시지와 와인 병을 마지막으로 바구니가 바닥을 보였지만, 지금까지 꺼낸 분량만으로도 다섯 명은 배불리 먹을 수 있을 정도의 양이었다.

"우와아아~!"

"그렇게 좋으냐?"

계속해서 감탄사만 연발하며 음식들을 타라보자 아버지가 묘한 표정으로 물어오셨다.

"당연하죠. 제가 언제 이런 음식들을 봤겠어요."

"그래 그래. 이거 다 너 주려고 가지고 온 거니까 마음대로 먹어라."

어째 날 무진장 측은하게 여기시는 거 같았지만, 눈앞에 진수성찬이 펼쳐져 있는 와중이라 제대로 귀에 들어오지도 않았다. 오로지 '먹어라' 라는 소리만이 귀에 콕 박혀왔다.

“오옷, 잘 먹겠습니다아~!!”

아버지의 말이 떨어지자마자 나는 예의고 뭐고 다 집어치우고 제일 먼저 달콤한 향을 폴폴 풍기는 빵으로 달려들었다. 이게 만들어진 지 얼마 안 된 듯 아직도 그 온기가 다 식지 않아 따끈따끈했다.

“오옷, 오옷, 오오오옷~!!”

얼마 만에 먹어보는 빵, 아니, 제대로 된 음식인지 입 안에 들어가자마자 사르르 녹는 게 씹을 겨를도 없이 목 안으로 넘어갔다. 그런데 웃기는 건, 그렇게 정신없이 먹고 있는 와중에도 한입 한입 먹을 때마다 줄어드는 음식이 아까워서 어찌할 바를 모르겠는 거였다. 맛있어서 신나게 먹으면서 줄어드는 음식이 아까운, 이런 아이러니한 상황이라니…….

그런 아이러니를 느끼면서도 먹는 속도를 늦추지 못해 한참 동안이나 정신없이 와구와구 먹던 나는 어느 정도 배가 차서 이성이 돌아오자 문득 아까의 질문에 아직 답을 못 들었다는 걸 깨닫고 입을 열었다.

“그런데 이거 진짜 어디서 나신 거예요?”

내 말에 아버지는 막 입에 넣은 닭고기 조각을 씹어 삼키고는 시큰둥하니 대답하신다.

“어디서 나긴 어디서 나냐. 집에서 가지고 온 거다.”

“헤에, 집에 다녀오셨어요?”

아버지의 대답에 나도 아무렇지 않게 묻자 오히려 아버지가 얼떨떨하신 모양이다.

"그, 그래. 그런데 넌 내가 집에 갔다 왔다는 데도 안 놀라냐?"

"어? 그게 놀라야 하는 겁니까? 아까 마법으로 사라지시기에 멀리 다녀오시는 줄 알았는데요. 아니, 그런데 그렇게 집에 다녀오실 능력이 되시면서 왜 그동안 안 다녀오셨대요? 그동안 옷도 없고 소금도 없어서 꽤나 불편해하셨잖아요?"

나는 순전히 궁금해서 물어본 거였는데, 아버지는 무지 당혹해하시며 버벅거리시다가 갑자기 버럭 흥분을 하시는 거다.

"그, 그게 말이다, 그러니까… 에잇, 그렇게 다녀오는 게 어디 쉬운 일인 줄 알아? 이래 봬도 텔레포트는 엄청 어려운 마법이라고. 나니까 이렇게 하루 만에 집에 다녀올 수 있는 거야. 알간?"

"예? 아, 예."

'누가 뭐라 그랬나? 못하는 거냐고 물어본 것도 아니고 하실 수 있는 거냐고 물어보지도 않았는데.'

왜 잘 계시다가 갑자기 저리 흥분하시는지 모르겠다.

하여간, 갑자기 흥분하시는 아버지의 모습에 나는 얼결에 대답하고는 그냥 조용히 음식을 뜨기 시작했다.

하지만 아버지의 흥분은 쉽게 가라앉지 않는 듯 계속 투덜대시는 거다.

"에잉, 내가 누구 때문에 위험을 감수했건만, 그것도 모르고… 에이잉~ 기껏 다녀오니까 하는 말이라고는."

"위험이요? 웬 위험? 아… 혹시 전에 말씀하신 그 자리싸움 때문에요?"

"집에 다녀오는데 거기서 자리싸움이 왜 나와? 그러니까… 에잇, 텔레포트를 처음 해봤으니까 위험하다는 거 아니냐? 나 같은 천재라야 단 한 번에 성공해서 집에 다녀오지, 그렇지 못한 사람이 처음부터 성공하는 줄 알아? 너, 텔레포트 실패하면 어떻게 되는 줄 알아?"

"아, 아뇨."

"죽는 거야. 알아? 까딱 잘못했다가 엉뚱한 데 떨어지면 죽는 거라고."

"그, 그런 겁니까?"

그런 거, 내가 어찌 알았겠는가? 그냥 아버지가 이동해 버리셨으니까 그런가 보다 했지.

어쨌든 아무래도 아버지는 대단한 일을 해내셨건만 내가 알아주지 않자 서운하셨던 모양이다.

"그러니까… 아버지는 대단한 일을 하신 거군요?"

"그래."

"오오, 겁나지 않으셨어요? 그거 잘못하면 죽는다면서요?"

대단하다는 시선을 꽉꽉 보내며 묻자 그제야 아버지의 얼굴이 조금 풀리신다.

"험험, 그거야 조금 걱정이긴 했지. 하지만 내가 누구냐? 위대한 천재 마법사가 아니더냐? 천재 마법사에게 불가능한 일이란 없는 거다."

'이곳에도 나폴레옹이 있을 줄이야.'

그러나 곧바로 이어지는 아버지의 고백. 아버지는 아무래도 사기꾼은 되지 못하실 거 같다.

"하지만 뭐, 솔직히 말한다면… 집으로 텔레포트하는 건 위험 부담이 적기 때문에 처음이라 해도 충분히 시도해 볼 만했다."

"위험 부담이 적어요? 뭐, 다른 곳으로 가면 위험 부담이 커지나요?"

"아니, 내 집에는 텔레포트용 마법진이 설치되어 있거든. 내가 나중에 8서클의 마법사가 되면 제일 먼저 집으로 텔레포트하려고 몇 년 전에 설치해 놓은 건데, 이번에 잘 써먹었지. 내가 만든 거라 그런지 역시 잘 작동하더군."

"헤에, 마법진을 설치하면 위험 부담이 적은가요?"

"그래. 마법진이 있고 없고는 깜깜한 밤길을 가는데 목적지에 횃불이 밝혀져 있느냐 아니냐의 차이와 같다. 익숙한 길이라면 없어도 별문제는 없겠지만, 초행길이라면 찾아가기 어렵겠지? 엉뚱한 길로 빠질 수도 있는 거고 말이다."

텔레포트 마법진이라는 건 어두운 바다 위의 등대 역할을 하는 모양이다.

"오오, 그렇군요. 아버지는 여기서 출발할 때도 마법진을 설치하셨고, 아버지 집에도 마법진이 있으니 횃불이 두 곳에나 있는 셈이네요. 이야, 집에 마법진 설치하길 잘했네요."

"핫핫핫, 그렇지. 역시 나에게는 선견지명이 있다니까."

"근데요, 아버지. 그럼 우리가 갈 때도 마법으로 가나요?"

내 질문에 아버지가 씨익 웃으며 고개를 끄덕였다.

"당연하지. 우리가 갈 마을에도 마법진이 있거든."

"그래요? 운이 좋네요. 아니면 그 마법진은 여러 곳에 있는 건가요?"

"여러 곳은 아니고 오래되었거나 중요한 곳이라고 생각되는 도시에는 하나씩 있다. 그래도 마법의 나라라고 일컬어지는 우리나라인데 이 정도도 없으면 되겠느냐?"

"아… 그럼 우리가 갈 곳도 중요한 곳이거나 오래된 곳이겠군요."

"그곳은 둘 다다. 역사도 오래되었고, 지금까지도 중요하다고 생각되기 때문에 왕실에서 기사를 파견하여 치안을 담당시키는 곳이니까."

"오오!"

"그래서 깨끗한 옷이 필요한 거였다. 그래도 왕실마법사인 내 체면이 있지, 거지꼴로 갈 수는 없는 일이잖아."

"그렇군요."

그렇게 유익한 대화와 함께 즐거운 식사를 끝마치고 먹은 자리까지 깔끔하게 치우고 나서 나는 반짝반짝 빛나는 눈으로 아버지를 바라보았다. 드디어 이곳을 떠나 인간 세상으로 나갈 시간이 온 것이다.

"아버지, 이제 출발하는 건가요?"

"허허허, 녀석, 어지간히 빨리 가고 싶은가 보구나. 잠시만 기다려라. 일단 마법진도 새로 그려야 하고, 그 마을에서 마법진을 지키는 마법사에게도 우리가 간다고 연락을 해야 한다."

"마법진을 지켜요?"

"그래, 마법진이 혹시라도 훼손되면 큰일이니까. 거기에 누군가가 올지도 모르는 일이니 마법사가 항상 지키고 있단다. 그리고 혹시 여러 곳에서 한꺼번에 오는 일을 막기 위해 그 마을에 갈 때는 미리 마법진을 지키는 마법사에게 연락을 해야 하지."

"그렇군요."

마법에 대한 것은 물론이거니와 이 세계에 대해 아는 것이 하나도 없었으니 아버지의 말에 나는 무조건 '그렇군요'라고 말하며 고개를 끄덕일 수밖에 없었다.

"그럼 난 일단 들어가서 그곳 마법사에게 연락을 하고 마법진을 새로 그리고 있을 테니, 너는 이거 다 가지고 천천히 들어오도록 해라."

"예이."

우리가 먹은 자리를 치웠다고는 하지만 아직 그릇들을 바구니에 담지도 않았고, 돗자리 대용으로 쓴 담요도 미처 접지 못한 등등, 뒤처리할 일이 좀 남아 있었던 것이다.

햇볕도 따뜻한 것이 그냥 이대로 누워서 낮잠이라도 잤으면 하는 유혹이 들었지만, 그래도 그보다 이곳을 떠나 사람들이 사는 곳으로 간다는 것에 더 흥미를 느꼈기에 나는 지체없이 자리에서 일어나 깔끔하게 담요를 접고 바구니를 들었다.

'아, 그리고 보니 옷 꾸러미도 정리해야 하는구나.'

아까 입을 옷만 꺼내고 나머지는 귀찮아서 대충 구겨 넣었더랬다. 아버지의 말을 생각해 보면 아무래도 출발할 때까지 여유가 있는 거 같으니 옷이나 정리해야겠다.

과연 내가 옷을 차곡차곡 잘 정리해 꾸러미를 만들고 돗자리로 사용했던 담요와 음식 바구니, 그리고 옷 꾸러미까지 들고 동굴 안으로 들어가니 아버지가 막 마법진 그리기를 마치고 몸을 바로 펴고 있었다.

"왔냐?"

"예, 다 된 겁니까?"

"오냐. 이제 가기만 하면 된다."

"우헤헤헤~!!"

드디어~ 란 생각에 웃음이 저절로 나왔다.

"녀석, 그렇게 좋냐?"

그렇게 물어보는 아버지의 입에도 미소가 걸려 있었다.

"당연하죠. 아아, 가면 제일 먼저 뜨거운 물로 목욕하고 싶어요. 그래도 될까요?”

“그것도 좋지.”

내 말에 기분 좋게 고개를 끄덕이시는 모습에 나는,

‘오옷, 이제는 자주자주 자애로운 모습을 보여주시기로 했
나 보다.’

란 생각이 들어 꽤 많이 감격했다.

그래서 나 또한 효자 노릇 한번 해보려고 아버지의 모습을
훑어보았다. 내가 지금 가지고 있는 거라곤 튼튼한 육체밖에
없으니 짐이 있으면 들어드릴 생각이었던 것이다. 음식 바구
니와 내 옷 꾸러미 정도야 가뿐했으니 말이다.

그런데 어째 아버지는 짐 같은 건 하나도 안 들고 계시는 거
다.

‘어라? 아버지는 옷 꾸러미 같은 게 없으신가? 나에게 이 정
도로 옷을 주신 거 보면 아버지도 갈아입을 옷 정도는 가지고
계실 거 같은데…….’

고개를 갸웃하며 주변을 둘러보던 나는 문득 내가 다른 짐
은 하나도 챙기지 않았다는 사실이 떠올랐다. 물론 이곳에서
사용하던 물품은 대부분 놓고 갈 거지만, 그래도 몇몇 것들은
가지고 갈 생각이었다. 특히나 돈이 필요할 때 팔 생각으로 골
라놓은 가죽이라든지 아버지가 직접 해체하신 와이번의 가죽,
뼈, 힘줄 등등은 절대로 두고 갈 수가 없었다.

“아, 아버지, 그리고 보니 제가 짐을 안 챙겨놨어요. 동물 가

죽은 가지고 가야 하잖아요? 특히 와이번 가죽은 더더욱."

그러나 다급히 나온 내 말은 아버지의 말에 의하여 중간에 뚝 끊기고 말았다.

"그거? 벌써 다 챙겼다."

"예? 어, 그러셨어요? 그런데 그것들 다 어디 있어요? 안 보이는데……."

챙겼다니 내심 다행이라고 생각하며 내가 들려고 찾았지만 주변에는 안 보이는 거다.

"뭘 그리 두리번거리냐? 그래 봤자 네 눈에는 안 보일 거다. 마법 주머니에 넣어놨거든. 너도 그거 쓸데없이 들고 있지 말고 이리 다오. 마법 주머니에 넣게."

'마법 주머니라고?'

마법 주머니라는 말에 아버지의 손만 뚫어져라 보고 있는데, 의외로 아버지가 소매에서 꺼낸 건 겉으로 보기에는 별로 특이한 점이 없는 평범한 가죽 주머니였다. 내 주먹 두 개 정도를 합친 것 정도의 크기에 갈색의 가죽 주머니는 오래 사용했는지 겉이 좀 낡아 보이기까지 하다.

척 보기에도 평범한 게 아닌 신기한 모습을 기대했던 나로서는 실망스럽기만 했다.

"에? 그게 마법 주머니예요?"

이런 내 내심이 겉으로 드러났는지 아버지가 날 돌아보시며 피식 웃었다.

"마법 주머니라고 해서 보석이라도 달려 있는 줄 알았냐? 이런 건 가지고 다니기 편하게 만들어야지 화려하게 만들면 오히려 귀찮은 법이다. 게다가 이건 겉으로 보기에는 평범한 거라 해도 나에게는 무척 의미있는 거다. 내가 7서클을 완성한 걸 기념으로 만든 거거든."

아버지의 설명에 그제야 뭔가 달라 보인다.

"오오~ 그런 겁니까? 그런데… 입구가 작은데 커다란 물건이 들어갈까요?"

"사람도 집어넣을 수 있다. 물론 안에 들어가서 살 수 있을지는 장담하지 못하지만. 이건 겉으로 보기에는 그냥 보통 주머니 같지만, 사실은 다른 공간의 입구거든. 그래서 규모에 상관없이 집어넣을 수 있고, 부피도 무게도 느껴지지 않지. 가지고 다니기 편하겠지?"

"오오, 그러게요."

무지 신기하고 무지무지 대단해 보인다.

"그럼 혹시 이것들을 가지고 올 때도?"

내가 들고 있던 짐들을 넘겨주며 묻자 아버지가 훗~ 하고 웃으신다.

"당연히 여기에 담아 가지고 왔지. 어떠냐, 이 아버지에 대한 무한한 존경심이 마구마구 솟아오르지 않느냐?"

아버지의 표정을 보아하니 은근히 '대단하다' 란 말을 듣고 싶어하시는 거 같아 나는 선심 쓰는 셈치고 호들갑 좀 떨었다.

"솟아납니다~! 멋지십니다, 아부지! 대단하십니다요~!"

"우후후후, 넌 운 좋은 줄 알아. 나처럼 대단한 아버지를 두는 게 어디 쉬운 일인 줄 알아?"

"암요. 잘 알고 있지요. 매 순간 순간마다 제가 행운아라는 걸 절감하고 있어요!"

"당연히 그래야지."

아버지는 무지 기분이 좋으신지 크게 웃으며 내 어깨를 툭툭 치시는 거다.

'역시 호들갑 떨길 잘했어. 아부가 이럴 때 하라고 있는 거지. 암, 암.'

"자자, 이제 가자꾸나. 우리가 오길 기다리고 있을 거다."

"예. 아, 그런데 우리가 가고 난 뒤 이 마법진은 어떻게 하죠? 그냥 이대로 놔둬도 되는 건가 모르겠네요."

"걱정 마라. 이건 일회용이라 우리가 지금 사용하고 나면 사라지게 되어 있다."

"우와, 마법으로 그런 것도 할 수 있으세요? 정말 대단하십니다."

"난 천재 마법사라니까."

"존경하옵니다~!"

그렇게 아버지와 반 장난으로 놀면서 마법진에 오르자 아버지가 한마디 내뱉으셨다.

"이동!"

그 말이 끝나자마자 가벼운 어지러움증과 함께 시야가 일그러진다 싶더니만, 문득 정신을 차려보니 어두컴컴한 동굴 안이 아니라 밝은 빛이 들어오는 어느 널따란 실내에 들어와 있는 것이었다.

그리고 실내 한쪽에서 들려온 낯선 목소리.

"어서 오십시오, 팔라디노 백작님."

시선을 돌려보니 아버지처럼 마법사 로브를 입은 남자가 이쪽을 향해 고개를 숙이고 있었고, 그 뒤에는 어깨와 가슴 부위만 방어하는 형태의 가죽 갑옷을 걸친 두 사람도 같이 고개를 숙이고 있었다.

아무래도 저 마법사 씨가 이들 중 대장인 모양이다. 하긴, 마법진을 관리하는 거니 그게 당연한 걸까나?

"수고하는군."

아버지의 말에 고개를 숙이고 있던 사람들이 고개를 들었다.

"나가시기 전에 이곳에 사인을 해주시면 됩니다."

마법사 씨가 가리킨 곳을 보니 거기에는 보통 사람의 가슴 정도 높이까지 올라오는 대에 커다랗고 두터워 보이는 책이 펼쳐져 있었는데, 이 마법진을 사용한 사람들의 사인을 남기게 되어 있는지 한쪽에는 이미 다른 사람들의 사인이 주르륵 쓰여 있었다.

아버지도 그렇게 해야 한다는 걸 알고 계신 듯 머뭇거리지 않고 곧장 그 책에 다가가 마법사 씨가 건네주는 펜을 받아 들고는 슥싹 사인을 해줬다.

"감사합니다."

펜을 받아 든 마법사 씨가 공손하게 인사하자 아버지도 가벼이 답례를 해준다.

"그럼 우리는 이만 가보도록 하지."

"제가 안내해 드리겠습니다."

가벼운 갑옷 차림을 하고 있던 남자들 중 한 사람이 나서서 말하더니 앞장서서 밖으로 향했고, 아버지와 나는 그 뒤를 따라갔다.

드디어 이 세상에 와서 처음으로 사람이 만든 건축물을 보게 되자 감동이 물밀듯이 밀려오며 나도 모르게 눈과 고개가 여기저기로 마구 돌아다녔다. 한국에서는 보지 못한 생소한 내부 디자인이었기에 마치 다른 나라 유적지로 관광을 온 기분이었다.

그렇게 주변을 구경하느라 정신없던 나는 옆구리의 찔림 공격에 퍼뜩 정신을 차렸다.

물론 옆구리를 찌른 건 아버지셨다.

"그만 좀 두리번거려라. 뭘 그리 볼 게 있다고 두리번거리누?"

"아하하, 건물이 참 멋진 것 같아서요."

머쓱하게 웃어 보이며 고개를 바로 하려 했지만, 다시금 눈

길이 가는 걸 막을 수가 없었다. 그래도 너무 티내지 않으려고 눈동자만 샤샤샥 돌려 눈치껏 구경했다.

안내해 주시는 분을 따라 건물 밖으로 나오니 마법진은 이 건물의 꼭대기인 3층에 있다는 걸 알 수 있었다.

건물 역시 그 실내만큼이나 생소한 모습이었다. 어떻게 보면 유럽 양식 같기도 한데, 그렇다고 유럽 양식이라고 하기에는 화려한 맛이 없고, 단순한 것 같으면서도 나름대로 우아한 멋을 살린 게 현대 디자인에 더 가까운 것 같기도 했다.

내가 그 건물을 돌아보느라 발걸음을 떼질 못하자 아버지가 옆으로 와서는 묻지도 않았는데 알아서 설명해 주셨다.

"그렇게 신기하냐? 하긴 뭐, 건물이 볼만하긴 하지. 이곳은 이 마을에 파견되어 오는 마법사들이 머무는 곳이다. 그들의 숙소와 연구실, 그리고 가장 중요한 마법진이 있지."

"파견? 아하, 그 마법진을 지키기 위해 마법사들이 파견되어 오는 모양이지요?"

"마법진도 지키고 이 마을도 지키고, 겸사겸사지. 내가 말했잖느냐, 이 마을은 우리나라에서 중요한 도시 중 한곳이라고. 자자, 여기 말고도 구경할 것은 많으니까 이제 좀 가자."

아버지의 말에 그제야 고개를 돌려보니 또 다른 건물이 보인다.

"우와, 저기는 어디죠?"

우리가 나온 마법사들이 사용한다는 건물과 일정 거리 떨어진 곳에도 3층짜리 건물이 있었는데, 마법사들의 건물보다 훨씬 넓었다.

"저곳은 기사와 병사들이 사용하는 곳이다. 마법사들보다 그들의 숫자가 더 많으니까 건물이 더 넓을 수밖에 없지."

마지막으로 그 두 건물 앞에는 두 건물보다 더 멋지게 만들어진 5층짜리 건물이 떡억 버티고 있었다. 겉으로 보기에는 그 건물이 이 세 건물 중 대장 격으로 느껴진다.

"저 건물은 뭡니까?"

"저 건물은 이 마을의 관청이다. 이곳은 마법사와 기사뿐만이 아니라 관리도 나라에서 파견되어 마을의 대소사를 관리하고 있지. 그 관리들이 일하는 곳이자 그들의 숙소가 있는 곳이다."

관청이라 그런지 다른 건물과는 달리 사람들이 수시로 드나들고 있었다.

"오오… 그러니까 이 마을 자체를 나라에서 관리하고 있는 셈이네요."

"그렇지."

"여길 꽤 잘 아시네요."

"나도 옛날에 이곳에 잠시 파견되어 근무했었거든. 그러니 잘 알 수밖에."

"헤에, 그러셨군요."

왕실마법사라고 해서 왕족과 관련된 일만 하는 줄 알았는데 한국으로 치면 중앙 공무원 같은 직책이었나 보다.

그때, 아버지가 내 어깨를 톡톡 치시더니 한쪽을 가리키셨다.

"저기가 바로 우리의 목적지다."

관청이라는 곳은 많은 사람들이 찾는 곳이라서 그런지 마을 어디에서든 눈에 잘 띄는 높은 지대에 위치해 있어서 관청 앞에 있으면 마을 전체가 잘 내려다보였다.

그런데 그런 관청만큼이나 마을 어디에서든 눈에 잘 띄는 곳이 있었다. 바로 마을 중앙에 떡하니 서 있는 높다란 건물이었다.

10층은 안 되어 보이는 것 같지만, 이곳에서는 가장 높은 고층 빌딩이었다. 똑같은 모양을 가진 건물 세 개가 品 자 형태로 서 있었는데, 건물 전체의 형태가 부드러운 곡선을 지닌 직삼각형 모습을 하고 있어 어찌 보면 세 잎을 가진 꽃을 보는 것 같았다.

관청 정문에서 우리를 안내해 왔던 남자와 헤어지고 나서 아버지와 나는 그 세 쌍둥이 빌딩을 향해 걷기 시작했다. 뭐, 관청부터 그 빌딩까지 큰 길이 쭈우욱 나 있는데다 어디에서든 눈에 잘 띄는 건물이니 초행이라도 길을 잃어버릴 염려는 전혀 없었다.

그렇게 길을 따라 걸으며 아버지는 나에게 건물에 대해 설명해 주셨다.

"저곳은 우리나라에서 가장 뛰어난 장인들이 모여 있는 곳이다. 저곳의 장인들은 국내에서뿐만이 아니라 이 세계의 어딜 가서도 그보다 더 대단한 실력을 찾기 힘들 정도로 뛰어난 실력을 가지고 있지. 그렇기에 나라에서 이 마을을 중요하게 생각하고 있는 것이란다."

"그렇군요. 그런데… 우리는 왜 여기 온 건가요?"

"뭐 하러 온 거 같냐? 당연히 네 팔찌를 만들려고 왔지."

"오옷, 진짜요?"

전에 아버지는 지금 현재 내가 차고 있는 팔찌는 임시고 다시 제대로 만들어야 한다고 이야기하긴 했었지만, 그걸 이 나라 제일의 실력자에게 부탁해서 만들게 될 줄은 몰랐다.

나의 놀라는 심정을 알아채셨던지 아버지는 내가 묻지도 않은 것까지 설명해 주셨다.

"네 팔찌가 보통 팔찌인 줄 아냐? 천재 마법사인 내가 마법진을 그려 넣었고, 와이번의 내단 하나도 들어갈 거다. 그걸 다 포용할 수 있으려면 팔찌의 재료 또한 범상치 않아야 해. 지금은 와이번의 뼈로 했다만 이번에는 미스릴로 만들 생각이야. 뭐, 100% 미스릴은 아무리 나라도 좀 부담이 되니까 백금과 섞을 예정이다만… 하여간 그런 대단한 물질로 팔찌를 만들 수 있는 건 이 나라 최고의 장인뿐이기에 여기에 온 거다."

미스릴이 뭔지는 잘 모르겠지만, 하여간 대단하다는 것임은 분명한 것 같다.

"엑, 대단한 재료에 뛰어난 장인의 실력이 필요하다면… 만드는 값이 되게 비쌀 거 같은데요?"

내 말에 아버지가 갑자기 어깨와 허리를 펴시더니 의미심장한 얼굴로 날 보신다.

"날 뭘로 보는 거냐? 그 정도쯤이야 문제 없다. 그러니 네가 얼마나 대단한 행운아인 줄 알겠지? 하긴 뭐, 팔찌 값 중 재료 값은 네가 댈 거지만 말이다. 아니다. 가공 값까지 가능하려나?"

그리 말씀하시며 아버지가 슬쩍 소매를 들어 보이신다.

'아, 와이번에게서 얻은 것들.'

그런데 뭔가가 마음에 걸린다.

'잠깐, 와이번 두 마리에게서 얻은 게 얼마인데 그게 기껏해야 팔찌 재료를 충당할 정도야? 팔찌에 들어가는 게 얼마라고?'

"아버지, 설마라고 생각하지만, 와이번 가죽이랑 뼈랑 하여간 기타 등등을 다 합한 값이 그 미스릴인가 뭔가 하는 값인 겁니까?"

나는 혹시나 해서 물어본 거였는데, 아버지에게서 돌아온 건 쌈박한 긍정의 대답인 것이다.

"그래."

"헉… 정말이요? 아니, 그 미스릴이라는 게 무슨 금테를 두

른 겁니까? 뭐가 그리 비싸요? 팔찌 하나 만드는 데 얼마나 들
어간다고… 더구나 절반은 백금이라면서요?"

"금테? 무슨 소리를 하는 거냐? 미스릴 1kg 정도면 금 1,000kg
정도와 맞먹는다."

아버지의 대답에 나는 숨이 턱 막히는 것만 같았다.

"컥! 아니, 그게 무슨……. 그러면 다이아몬드 같은 보석보
다도 더 비싼 겁니까?"

다이아몬드야 지름이 1㎜ 늘어나면 몇 배로 비싸진다지
만, 설마 지름이 5㎝라고 해도 금 1,000kg과 같을까?

'아냐. 그만하면 그 정도의 가격이 되지 않을까? 어우, 내가
기껏해야 본 건 큐빅뿐이니… 계산은커녕 감도 안 잡힌다.'

이런 내 심정을 아는지 모르는지, 아버지는 덤덤한 어조로
내 숨통이 콱콱 막히는 소리를 계속 늘어놓으신다.

"비교조차 할 수 없지. 이 세상에서 최고로 비싼 금속이니
까. 그 금속의 능력도 능력이지만 찾기 힘든 금속이라 더더욱
비싼 건지도 모르겠다."

"뜨어어… 그, 그런데 그런 엄청난 금속으로 제 팔찌를 만드
신다는 겁니까? 어우우, 그렇게 엄청난 팔찌를 어떻게 차고 다
니죠? 잃어버리거나 흠집이 날까 봐 겁이 나서 못 차고 다닐
거 같은데… 아버지, 꼭 그 미스릴인지 뭔지로 만들어야 합니
까? 딴 걸로 만들면 안 돼요?"

차고 다니기는커녕 보는 것만으로도 황송해서 건드리지도

못할 것 같다.

그런데 내 말에 아버지가 어이없다는 듯 픽, 하고 웃으셨다.

"무슨 소리야? 지금 잘만 차고 다니면서."

"예? 설마… 이거 말씀하시는 거예요?"

내가 그리 말하며 가죽 팔찌를 찬 팔을 들어 보이자 아버지가 고개를 절레절레 저으셨다.

"그 반대쪽, 그 팔찌도 값어치로만 따지자면 지금 내가 너에게 만들어주려는 것보다 더하면 더했지 결코 덜하지 않거든? 그런데 넌 지금 잘만 차고 다니잖냐.'

"헉… 이, 이게 그 정도입니까?"

대단하다는 건 알았지만 그 정도일 줄은 몰랐다.

'흐미, 나… 부자였잖아?'

"뭐, 그건 지금 현재 너밖에 다룰 수 있는 존재가 없을 테니 잃어버릴 걱정도 적을 테고, 지금 만들러 가는 팔찌 또한 도난 방지용 마법까지 걸어줄 테니까 걱정 마라. 네가 아닌 딴 놈이 건드리면 라이트닝 볼트가 떨어지게 해놓으마."

"그, 그럼 이것처럼 풀리지 않는 마법도 부탁드릴게요."

"그건 기본이지."

아버지와 그러한 대화를 나누다 보니 어느덧 마을을 가로질러 마을 중앙에 서 있는 그 세 쌍둥이 빌딩 앞에 도착했다. 빌딩 앞에서 층수를 세어보니 7층짜리 건물이다.

'이곳에도 엘리베이터 같은 게 있으려나? 없으면 맨 꼭대기

층에 있는 사람… 하체 하나는 끝내주겠다.'

아버지는 그중 한 건물로 척척 들어가 입구와 이어진 홀에 마치 안내원처럼 카운터에 앉아 있는 사람과 뭐라 뭐라 이야기를 주고받더니 날 데리고 그 카운터 옆에 있는 계단으로 데리고 가셨다.

"호오… 여기에서 그걸 만들어요?"

아버지를 따라 계단을 올라가며 묻자 아버지가 고개를 저었다.

"아니, 여기는 재료를 취급하는 곳이야. 재료를 사러 오거나 팔러 오는 사람들을 상대하는 곳이지."

"아하, 그럼 그거 팔러?"

내가 아버지의 소매를 눈짓으로 가리키자 아버지가 고개를 끄덕이신다.

"그렇지."

나는 혹시나 맨 꼭대기 층으로 가야 하는 건 아닌지 걱정했는데, 다행히 아버지가 멈춘 곳은 바로 위층인 2층이었다. 그곳도 아래층과 마찬가지로 계단을 통한 입구 바로 옆에 커다란 카운터가 있었고, 그곳에 앉아 있던 사람이 아버지와 나를 보더니 자리에서 일어났다.

"어떻게 오셨습니까?"

"물건을 팔러 왔네."

"그럼 이쪽 복도를 따라 5번 방으로 들어가 계십시오. 곧 감정사를 보내 드리도록 하겠습니다."

너무나 매끄러운 진행을 보니 왠지 한국의 브랜드 매장에라도 온 듯한 기분이다.

그 사람이 가르쳐 준 방으로 들어가 보니 햇빛이 잘 들어오는 넓은 공간에 커다란 탁자와 그 주변에 놓아진 편안해 보이는 다섯 개의 의자가 있었다.

아버지가 그중 가까운 의자에 앉는 걸 보고 나도 아버지의 옆 의자에 엉덩이를 걸치려는 순간, 문이 열리며 누군가가 들어왔다. 왜소한 키에 비쩍 마른 외모, 검게 그을린 피부에 주름이 많고 머리의 반은 흰색이고 반은 회색인, 아버지보다 대여섯에서 많게는 열 살 정도 연상으로 보이는 남자 분이었다.

그분의 모습을 확인하자마자 나는 반사적으로 얼른 자리에서 일어났다. 어른이 오셨는데 젊은 녀석이 자리에 가만히 앉아 있는 건 예의가 아니었으니까.

그런데 아버지는 자리에서 일어나기는커녕 힐끔 시선만 던진 채 그냥 앉아 계시는 거다.

순간적으로 아버지에게 뭐라 말하려 했지만, 다시 생각해 보니 아버지는 이 계급 사회에서 귀족이었다.

'아, 그럼 아버지의 태도가 맞는 거 아닌가?

게다가 그 사람 또한 아버지의 태도가 강연하다는 듯 오히려 아버지에게 먼저 인사를 하는 것이었다.

"안녕하십니까? 물건을 확인하러 왔습니다."

“앉게.”

“감사합니다.”

‘어엇!’

내 심정은 아랑곳 않고 두 분이서 인사를 주고받고 감정사 씨마저 자리에 앉자 나만 뻘쭘하게 되어버렸다.

나도 그냥 얌전히 자리에 앉아야 하는 건지, 아니면 이제라도 나이 많으신 어른께 인사를 해야 하는 건지 몰라 혼자 당황해하고 있는데 다행히 아버지가 구원의 말을 던지셨다.

“혼자 서서 뭐 하나? 앉아라.”

“아, 예.”

그에 속으로 안도의 한숨을 내쉬며 나는 예의고 뭐고 잽싸게 의자를 엉덩이에 붙였다.

‘어휴, 머리 아파. 앞으로는 그냥 내가 하고 싶은 대로 해야겠어.’

혼자 속으로 그렇게 다짐하면서 말이다.

그러는 사이 아버지와 감정사 할아버지는 본론으로 들어가기 시작했다.

“그럼 물건을 보여주시겠습니까?”

“아, 그런데… 가죽만 있는 게 아니라 다른 것도 있는데 여기서 같이 감정해 줄 수 있나?”

“가능합니다.”

“잘됐군. 양이 좀 많으니 탁자 위에 올려놓는 것보다는 밑에 내려놓겠네.”

“그렇게 하십시오.”

감정사 할아버지의 말이 끝나자 아버지는 소매에서 예의 그 마법 주머니를 꺼내 입구를 열더니 손을 집어넣어 물건들을 하나하나 꺼내놓기 시작하셨다. 가죽은 몰라도 뼈는 마디 하나만 해도 꽤나 무거울 텐데도 아버지는 전혀 무겁지 않은 양 가뿐하게 꺼내놓으신다.

와이번의 뼈 한 토막은 길이는 물론이거니와 굵기도 지금 내 모습의 허벅지만큼이나 굵은데 그 작은 주머니 입구에서 매끄럽게 빠져나오는 모습이 신기하기만 했다. 아마 주머니의 모습을 보지 않았다면 커다란 구멍에서 쏟아져 나오는 거라고 여겼을 거다.

감정사 할아버지는 옆에서 대기하고 있다가 아버지가 물건을 꺼내놓기가 무섭게 가죽 한 장을 집어 탁자 위에 올려놓고 어디서 꺼냈는지 모를 돋보기를 눈에 대고 천천히 살펴보기 시작했다.

“와이번 가죽이군요. 흠집이 거의 없는 것이 높은 가격을 드릴 수 있겠습니다.”

그 말에 아버지가 무척 기분이 좋으신 모양이다. 날 슬쩍 돌아보시는데, 그 얼굴에는 ‘이게 다 내 능력이 뛰어나서지’ 라고 쓰여 있는 것이었다.

그래 나는 그 말이 맞다는 듯 얼른 고개를 끄덕여 줬다. 사실 말이야 바른 말이지, 와이번 가죽을 벗기고 보관하고 한 것은 다 아버지가 하신 일이었으니 말이다. 나는 그동안 다룬 가죽들과는 비교도 안 되게 너무 커서 다루기 쉽게 몇 조각으로 자르려고 했는데, 그때 아버지가 펄쩍 뛰시며 손도 못 대게 했던 것이다.

아마 뼈도 가능했다면 원본 그대로 고스란히 가져오려 했을지도 모른다. 왜, 박물관에 전시된 뼈만 남은 공룡들처럼 말이다. 그런데 와이번의 뼈는 너무 커서 원래의 모습으로는 도저히 동굴 안으로 가지고 들어갈 수가 없어 어쩔 수 없이 분해해야만 했다.

'하기야… 그때 저 마법 주머니만 있었다면 그것도 가능했을지도 모르겠네. 아니, 아예 와이번을 해체하지 않고 냉동시켜서 넣어놨을지도. 내단만 쏙 뺀 채 말이야. 그렇게 해서 통째로 팔면 어쩌면 돈을 더 받았을지도. 아니다, 그러면 해체비는 뺄까? 으음… 설마 사람들이 와이번 고기나 내장은 안 먹는 거 아니야? 저번에 아버지의 반응을 보니까 그런 거 같던데… 그나저나… 아버지 정말 너무하셨어. 안 먹으면 안 먹는다고 솔직하게 이야기하실 것이지, 진짜 먹을 수 있나 없나를 보려고 내가 먹는 걸 가만 보고만 계시냐? 뭐, 그렇다고 난 못 먹을 정도는 아니었지만.'

생각 하나를 떠올렸더니만, 그 생각에 꼬리를 물고 또 다른 생각이 떠올랐고, 그 생각 뒤로 또 다른 생각이 연이어 떠올라 나는 어느새 홀로 옛 생각(?)에 포옥 빠져 버렸다. 덕분에 감정사 할아버지가 와이번의 몸에서 나온 것들(?)에 대한 감정을 다 끝냈다는 걸 몰랐다.

그것도, 아버지가 돈을 마련할 생각으로 따로 챙겨뒀던 가죽뿐만이 아니라 내가 이불용으로 마련한 동물들의 가죽까지—이건 거기다 두고 올 생각이었다—나 모르는 사이 챙겨와 감정사 할아버지에게 넘겨줬다는 것도 모르고 있었다.

내가 정신을 차린 건 아버지가 감정사 할아버지에게 돈을 다 받은 후 내 어깨를 톡톡 두드렸을 때였다.

"무슨 생각을 그렇게 오래하냐? 다 끝났으니 이만 가자."

"어? 어? 벌써 다 끝났어요? 그럼 돈은요?"

"생각보다 넉넉하게 받았다. 잘하면 네 팔찌 값을 이걸로 다 지불할 것도 같구나."

그 돈은 이미 아버지의 마법 주머니 안에 들어간 뒤였는지 아버지가 자신의 소매를 톡톡 치며 말씀하시는 거다.

'아니… 별로 생각에 몰두한 것 같지도 않았는데, 어느새 거래를 다 끝나셨대?'

전에는 이렇게 주변 상황도 모른 채 한 가지 일에 집중한 적이 없었던 터라 신기하기도 하고 의아하기도 해 고개를 갸웃거리며 자리에서 일어났더니, 아직 남아 있던 감정사 할아버지가 아버지와 나를 향해 고개를 공손히 숙여 보이시는 거다.

"좋은 거래, 감사합니다."

그에 아버지는 이번에도 가볍게 고개를 끄덕이는 것으로 끝
냈고, 나도 이번에는 마음 편하게 그 감정사 할아버지에게 고
개를 꾸벅 숙여 인사했다.

"안녕히 계세요."

'캬~ 역시 사람은 이래야 하는 거야. 얼마나 좋아? 나이 많
은 어른께 인사하는 거, 좋은 거지.'

그렇게 난 스스로가 뿌듯해서 히죽히죽 웃고 있었건만, 아
버지는 아니었나 보다. 복도를 나오자마자 무지 못마땅하다는
어조로 나에게 작게 속삭이셨으니 말이다.

"뭐 하는 거냐?"

"예? 뭐가요?"

"아니, 아까 그 평민에게 왜 인사를 하는 거냔 말이다. 물론
인간된 도리로서 인사를 했으면 받아주는 건 당연하다만, 왜
네가 공손히 마주 인사를 하느냐? 넌 내 아들이다. 그레텔 팔
라디노 백작의 아들 비스닉 팔라디노란 말이다."

"어… 저… 어른이 인사하시면 같이 인사 하는 건 당연한 거
아닙니까? 먼저 인사를 못해 죄송하다고 생각하고 있습니다
만?"

'제 이름하고 이거하고 뭔 상관이란 말입니까?' 하는 시선
으로 아버지를 향해 묻자 아버지가 날 한 번 보더니 길게 한숨
을 내쉬었다.

"그래… 네가 어떤 놈이라는 걸 내 또 깜빡했다. 하여간 그

런 이상한 사상은 도대체 어디서 배운 건지 원. 하긴, 천족은 계급이 없을라나? 그래도 이제 넌 인간이고 내 아들이다. 즉, 넌 귀족이고 그는 평민이란 말이지. 귀족은 어떤 경우에도 평민에게 고개를 숙이지 않는 법이다. 명심해라. 넌 귀족이야. 어깨를 펴고 항상 당당하란 말이다.'

내 아들이란 말에 가슴이 뭉클해졌지만, 그다음 귀족이란 말이 어째 자긍심으로 다가오질 않는다. 그래서 충동적으로 한번 삐딱선을 타봤다.

"저기… 잘못해도 고개를 안 숙입니까?"

내 말에 아버지가 찌릿하며 날 보신다.

"바보냐? 거기서 그런 이야기가 왜 나와? 잘못 안 하면 돼. 알았어? 그러니 같은 귀족이 아닌 이상 절대 고개를 숙이지 마. 같은 귀족이라 해도 너보다 작위가 낮은 사람에게 또한 마찬가지야."

반론은 허용하지 않겠다는 단호한 어조로 말씀하시니 나는 속에서 '아무리 그래도요'란 말이 울려 퍼지고 있었지만, 그냥 고개를 끄덕였다.

어쩔 수 없지 않은가?

여기는 내가 살던 곳이 아닌 다른 세계였으니.

로마에 가면 로마의 법을 따르라고 했다. 내가 이곳에 혁명을 일으켜서 민주주의 사회로 만들지 않을 거면 그냥 조용히 따를 수밖에.

"예, 예. 그런데… 제가 귀족이면… 전 무슨 작위가 있습니까?"

"넌 기본적으로 기사 작위를 가지고 있다. 그러나 내가 죽으면 자동적으로 백작 작위를 물려받을 테니 다른 사람들에게는 백작에 가까운 지위의 사람으로 보일 거다. 즉, 백작 밑의 작위를 가진 사람보다 높다는 소리지."

"그렇군요."

"그래도 공식적으로는 기사 작위니 누군가 널 부를 때는 팔라디노 경이라 부르는 것이 옳다. 후우, 넌 일단 예법부터 배워야겠다."

"하.하.하!"

난 우선 이 세계에 대해 어느 정도 파악한 뒤 괴나리봇짐 하나 메고 세상을 구경할 예정이었는데 예법이라니, 어째 골치 아파질 거 같은 느낌이 강하게 든다.

그나저나 이번 일로 느낀 건데, 아버지는 자신이 귀족이라는 것에 강한 자긍심이 있으신 거 같다. 아무것도 아는 게 없고 가진 게 없는, 더더구나 괴물인 날 덥석 양자로 삼으셔서 털털하고 계급에 대해서는 물렁한 생각을 가지고 계신 줄 알았는데 말이다.

뭐, 그렇다고 평민에게 못할 짓을 하는 사람 같지 않은 인간은 아니시지만, 그래도 귀족은 귀족이고 평민은 평민이라는 인식이 확고하신 것 같다.

'으음… 설마 평민은 아무리 뛰어나도 귀족이 될 수 없다고 생각하시는 건 아니겠지?'

정말 그렇게 생각하실까 봐 은근히 걱정이 된 나는 직접 물어보려고 했다.

그러나 그전에 아버지가 먼저 발걸음을 멈추더니 입을 여시는 것이었다.

"이번에야말로 네 팔찌를 만들 장인이 있는 곳으로 갈 것이다."

"예?"

의아해서 주변을 둘러보니 어느새 아버지와 나는 건물 바깥으로 나와서는 바로 옆의 건물 입구 앞에 서 있었던 것이다.

'어라라? 이거 참, 아니, 왜 여기까지 온 것도 모르고 있었지?'

나 자신도 모르는 사이 착실하게 아버지의 뒤를 따라 여기까지 왔다는 것 자체가 신기했다.

'아니, 신기해야 할지, 걱정해야 할지. 무섭다고 해야 할지… 아, 지금도 혹시 육체 본능이 깨어난 거 아니야?'

왠지 그랬으면 좋겠다는 생각이 들었다. 그게 내가 정신이 깜빡깜빡하는 것보다 훨씬 나은 거 같으니 말이다. 내가 딴 데 정신이 팔리니까 육체 본능 모드가 '이런 한심한 놈, 어디다 정신을 파는 거야? 내가 나서야겠군' 이라고 하면서 나서준 거였으면…….

‘에구, 정신 차려야겠다. 정신 차리자, 정신!’

생각 같아서는 내 뺨을 찰싹찰싹 때리고 싶었지만, 그랬다 간 아버지가 이상하게 볼까 봐 그냥 속으로만 외쳤다.

“뭐 하냐, 빨리 따라오지 않고!”

정신을 새롭게 가다듬는 동안 이번에는 내 육체가 움직이지 않고 가만히 있었는지, 먼저 건물 입구에 도착해 있던 아버지 가 날 부르신다.

“아, 예. 지금 갑니다!”

그래 나도 대답하며 잽싸게 아버지께 뛰어갔다.

아까 아버지와 내가 들어갔던 건물과 똑같이 넓은 홀에 안 내 데스크(?)가 설치되어 있었고, 그곳에도 역시 한 사람이 앉 아 있다가 아버지와 날 보고는 자리에서 일어났다.

“어떻게 오셨습니까?”

“미스릴 제품을 주문 제작하고 싶어서 찾아왔네. 좀 급하니 가능한 한 빨리 장인을 만날 수 있도록 주선해 주게.”

아버지의 말에 안내 데스크 분이 싱긋 웃어 보였다.

“운이 좋으시군요. 며칠 전 이곳 장이신 짐머만님께서 작업 을 끝내시고 지금 휴식을 취하고 계시는 중입니다. 그분께 주 문을 넣어드릴까요?”

“정말 운이 좋군. 빨라도 며칠은 기다려야 할 줄 알았는데. 그럼 주문을 넣어주시게.”

“알겠습니다. 지금 당장 연락을 넣어드릴 테니 잠시 기다려

주시겠습니까? 저쪽 방향으로 가시면 간단한 차와 다과를 대접해 드리는데, 그곳에서 기다려 주시면 사람이 갈 것입니다.”

안내 데스크 분이 가르쳐 준 곳으로 가보니 원목을 소재로 인테리어된 넓은 찻집이 나왔다.

넓은 창에서는 햇볕이 가득 들어오고 있었고, 천장과 사방의 벽, 거기에다 바닥에는 나무 마루가 깔려 있었다. 벽의 중간중간에는 굵은 나무 기둥을 세워났는데, 그곳에는 정말 살아 있는 덩굴 식물이 휘감겨서 자라고 있었다.

싱그러운 나무 향이 코끝을 스치는 안락한 분위기가 너무너무 멋졌다.

‘히야아~ 누가 디자인했는지 정말 대단하다. 한국에서 가봤던 찻집들 중 내로라하는 곳 못지않잖아?’

내가 관청 건물 안에서 두리번거릴 때는 핀잔을 주시던 아버지도 이 찻집(?)이 멋진 걸 인정하셨는지 내가 사방을 열심히 구경하는 데도 가만히 계신다. 아니, 오히려 나를 이끌어 자리에 앉게 해 마음껏 구경하게 해주시는 거다.

“굉장히 멋진데요?”

한참을 신나게 구경하다가 문득 누군가 다가오는 느낌에 정신을 차리고는―차와 다과를 가지고 온 아가씨였다. 여기는 메뉴가 통일되었는지 주문도 안 받고 무작정 가져다주는 거였다―아버지를 향해 배실배실 웃어 보였다. 지금껏 가만히 계셨지만, 혹시 기다렸다가 한소리 하실지 몰랐기에 미리 배수진을 친 거였다.

하지만 아버지는 느긋하니 아가씨가 가져다준 차를 한 모금 드시면서 대답하셨다.

"드워프가 만든 곳이니 멋질 수밖에. 나도 처음엔 무척 감탄했지. 화려하지 않으면서도 우아하고 단아한 멋이 있거든. 딱 내 취향이야."

그 '드워프' 란 사람이 인테리어에 일가견이 있는 모양이다.

"저도 화려한 것보다 이렇게 단아한 게 좋아요. 화려하면 눈만 복잡하죠 뭐."

"이번에는 정말 운이 좋구나. 이곳에서 느긋하게 쉴 수도 있고, 오자마자 오래 기다리지도 않고 곧바로 주문을 넣을 수 있다니… 그것도 드워프 장이신 짐머만님께 넣을 수 있다니 생각지도 못했어."

'드워프? 여기서는 혹시 장인을 드워프라고 하나?'

나는 아버지의 말에 고개를 갸웃거리며 내 앞에 놓인 찻잔을 들었다.

"히야~ 향이 좋네요."

이 세계에도 허브가 있었던 모양이다. 하기야, 나무가 있고 꽃이 있는데 왜 허브가 없겠는가?

오랜만에 맡아보는 자스민의 그윽한 향기에 감탄하고 있는 그때였다.

"실례합니다. 짐머만님께 주문을 넣은 분이시죠? 짐머만님께서 기다리고 계십니다."

운도 없지. 차를 한 모금도 못 마시고, 그와 함께 나온 쿠키도 맛을 못 봤건만, 아버지는 우리를 데리러 온 사람이 오자 조금의 망설임도 없이 자리에서 벌떡 일어나시는 거다.

그러니 어쩌겠는가?

생각 같아서야 눈앞에 있는 쿠키를 모조리 챙기고 싶었지만, 그랬다간 분명 아버지께 한소리 들을 게 뻔하니 빈손으로 자리에서 일어날 수밖에 없었다.

'아씨, 조금만 늦게 올 것이지.'

하지만 그러기에는 너무 아쉬워서 잽싸게 쿠키 하나는 챙겨 입에 넣었다.

'우웃, 이거 맛있네? 진작 먹을걸.'


짐머만 씨는 높은 곳을 좋아하는 모양인지 안내원이 우리를 데리고 간 곳은 5층이었다.

'어휴, 7층이 아닌 게 그나마 다행이지.'

복도 한쪽으로 세 개의 문이 쭈욱 늘어서 있었는데, 문과 문 사이의 간격이 꽤나 넓은 거 보면 방 하나의 넓이가 제법 클 거 같다. 하기야, 이곳 최고의 장인이 있는 곳이니 넓은 게 당연한 거겠지만 말이다.

그중 복도 맨 끝에 있는 문에 다다른 안내인이 가볍게 노크를 하며 외쳤다.

"짐머만님, 짐머만님, 손님을 모시고 왔습니다."

"들어와!"

그 말에 안내인이 문을 열었지만, 안내인 자신은 들어가지 않고 우리가 들어갈 수 있도록 비켜서 주는 것이었다.

"들어가십시오."

'오옷, 과연 이 세계의 장인 작업실은 어떨까나?'

나는 두근거리는 가슴으로 문 안으로 발을 들이밀었다.

솔직히 난 문안으로 들어서면 그 즉시 영화에서나 봤던 작업실을 볼 수 있게 될 줄 알았다. 방 가운데, 아니면 벽에 붙은 커다란 작업대, 책장만큼이나 높은 진열장, 벽에는 여러 가지 도구들이 줄지어 걸려 있고, 전의 작업들로 인하여 방 안 전체가 조금은 지저분한 바로 그런 곳 말이다.

그런데 의아하게도 내 눈에 제일 먼저 보인 건 아주 아늑하게 꾸며진 응접실이었다. 한쪽에는 벽난로가 있었고, 바닥에는 두터운 초록색의 카펫이 깔려 있었으며, 그 위에는 원목의 탁자가 놓여 있는 모습이 어디 아파트 모델 하우스에라도 들어온 것만 같았다.

탁자 주변에는 카펫보다 훨씬 밝은 초록색의 폭신해 보이는 소파가 둘러 있었으며, 그 위에는 쿠션이 흩어져 있는 모습이 지금이라도 당장 책 하나 들고 소파 위로 몸을 던지고 싶게끔 만드는 공간이었다.

문제는 그 모든 가구들이 마치 모형의 세계에 온 것마냥 일반 사람들이 사용하기에는 두세 치수 작다는 것이었다. 덕분에 나는 일순간 그 거실이 장인이 만들어놓은 모형 공간인 줄 알았다. 그 위에 누군가 앉아 있다는 걸 발견하기 전까지는 말이다.

"오랜만에 뵙습니다, 짐머만님. 여전히 정정하시군요."

아버지가 그 아늑한 거실 모형 한쪽을 향해 인사하는 모습에 나 또한 퍼뜩 그쪽으로 시선을 돌리니, 세상에! 이 거실 모형의 크기에 딱 맞는 크기의 존재가 그곳에 앉아 있는 것이었다. 아버지가 그 존재를 향해 인사를 건네지 않았다면, 난 그 존재를 이 거실 모형에 맞춰 만든 인형이라 생각했을 거다.

'아, 여기는 저분 신체 사이즈에 맞게 제작된 응접실이었구나. 그나저나 놀랍네? 아버지가 먼저 존대하며 인사하는 사람이라니……. 저분도 귀족이신가? 그런데 정말 키가 작다. 덩치는 좋으신데… 아, 혹시 몸이 불편하신 분?'

앉아 있어서 정확하게는 모르겠지만, 일어서 봤자 키가 150cm도 안 될 거 같다.

하지만 운동은 열심히 하셨는지 덩치는 무지하게 좋다. 텁수룩한 머리카락에 텁수룩한 수염까지 곁들여 있었기에, 지금 현재의 모습에서 대략 두 배 정도 키워서 산길에 세워놓으면 지나가는 사람 열이면 열 다 산적이라고 할 인상이었다.

연령대는 수염 때문에 좀 더 나이가 들어 보이는 점을 감안한다면 대략 40대 중반 아니면 후반쯤으로 보인다.

그런데 인상만큼 성격도 별로였는지, 아버지가 먼저 인사를 했건만 그 사람은 자리에서 일어나지도 않는 것은 물론이거니와 시큰둥한 목소리로 입을 여는 것이다.

"날 아나?"

'이 사람이 여기서 가장 실력이 뛰어나다는 짐머만 씨?

예술가 중에는 성격이 까탈스러운 사람들이 많다고 하더니만 이분도 그런 스타일이신가 보다.

그런데 놀라운 건 아버지셨다. 성격 안 좋기로는 이분 못지않다고 여겼던 아버지가 웃는 낯으로 그 퉁명스러운 말을 받았으니 말이다.

"하하하, 그 점도 여전하시군요. 일 때문에 몇 번 뵈었습니다만, 그때마다 자신을 아냐고 물으셨죠? 그레텔 팔라디노라는 이름도 기억 못하시겠군요."

아버지가 그렇게까지 말씀하시는데도 긴가민가하는 얼굴로 고개를 갸우뚱하는 짐머만 씨.

"그레텔 팔라디노? 으음… 들어본 것 같기도 하고 처음 듣는 것 같기도 하고."

이번에야말로 아버지가 한마디 하실 듯했지만, 오히려 아버지는 그러려니 하는 표정으로 본론으로 들어가셨다.

"기억 못하시면 하는 수 없는 일이지요. 어쨌든, 제 주문을 받아들여 주신다니 감사합니다."

놀랍다.

아버지가 이리 저자세로 나오다니.

만약 내가 아버지의 이름을 헷갈려 했으면 절대 가만 놔두지 않았을 텐데 말이다.

하지만 뭐, 아버지는 전에도 몇 번 만났다고 했으니 짐머만 씨의 성격에 익숙해져 있는 걸지도 모르겠다.

나 혼자 이리 추측하고 있는 사이, 아버지와 짐머만 씨는 본격적인 일 이야기에 들어가고 있었다.

"그래 그래. 이름이야 어쨌든 뭘 만들고 싶은 거지? 미스릴 제품을 원하는 걸 보니 마법 제품인가?"

"잘 아시는군요. 마법 팔찌를 만들려고 합니다."

"으으음~ 요 며칠 놀고먹고 했더니만 슬슬 심심해지기 시작했는데 가벼운 일거리라니 반갑군. 마법 팔찌라니 마법에 관련된 일은 알아서 할 테고, 나는 테만 잡아주면 되겠지?"

짐머만 씨가 자리에서 벌떡 일어나며 가볍게 기지개를 켜는데, 정말 실례되는 이야기지만 얼굴만 좀 받쳐 줬다면 어린 꼬맹이가 꾸물대는 것 같아 엄청 귀여웠을 것 같다. 아니, 몸매도 좀 여리여리한 쪽이 더 좋을 듯.

키가 작아서 그런 면도 있지만, 그와 함께 얼굴의 크기와 몸의 비례가 대략 5등신이나 6등신 정도? 완전 어린애의 몸집이었던 것이다.

작은 몸집으로 작업을 하려니 덩치가 큰 사람보다 더 많은 힘을 필요로 해서 엄청 딴딴한 근육질의 몸이 되신 모양이다.

그만큼 많은 노력을 하셨다는 이야기겠지?

'음음, 훌륭한 분이시군.'

"그렇습니다. 그런데… 별다른 장식은 필요치 않습니다만, 형태에 대한 요구가 좀 까다로울 겁니다."

"그래? 뭐, 일단 들어보도록 하지. 그럼 작업실로 갈까?"

짐머만 씨가 그리 말하며 거실 한쪽에 다소곳하게 자리하고 있는 나무문을 턱짓으로 가리키더니 먼저 발걸음을 옮기시는 거였다.

당연하겠지만 아버지도 그 뒤를 따르기에 나 또한 아버지의 뒤를 쫄래쫄래 쫓아갔다.

짐머만 씨가 가리킨 나무문은 거실처럼 짐머만 씨의 신체 사이즈에 맞춰 만들어졌기에 허리를 숙이고 들어가려는데, 기가 막히게도 한발 먼저 들어가셨던 아버지가 내가 들어가기도 전에 문을 닫으려고 하시는 거다.

"앗, 왜 닫으세요? 저 아직 안 들어갔는데?"

당혹감을 감추지 못하고 묻자, 오히려 아버지가 더 당황스럽다는 듯 날 바라보신다.

"엇? 너 여기 있었냐?"

"에엣? 그건 또 무슨 소리입니까? 그럼 제가 어디 있어요?"

그야 그동안 내가 끼어들 틈이 없어 계속 조용히 있긴 했지만 아무리 그렇다 해도 내가 있는 걸 잊어버리시다니, 세상에 이보다 더 황당한 일이 있을까?

있었다. 기가 막히다 못해 코까지 닫힐 지경으로.

'정말 아버지 맞아요?' 란 시선으로 아버지를 바라봤더니만, 아버지 하시는 말씀이 글쎄…

"아… 그래 그래. 내 미처 네 생각을 못했다. 시간이 얼마나 걸릴지도 모르는데 너 여기 있으면 심심할 테니 나가서 놀아라."

"나, 나가서 놀아요?"

너무 기가 막혀 입에서 꺼낸 말이라고는 고작 아버지의 뒷말을 따라 한 것뿐이었다. 그것도 더듬거리며 말이다.

'내가 무슨 초딩입니까?'

나는 어이없다는 시선으로 아버지를 바라봤지만, 아버지는 꿋꿋(?)하셨다.

"왜? 넌 여기서 할 일이 없잖냐. 가만히 있으면 심심할 것 같아 생각해서 나가 놀라고 한 건데 왜 그리 불통하누?"

"그……."

그리 말하시면 또 할 말이 없다. 아버지의 말이 딱히 틀린 게 아니었기 때문이다. 게다가 나가기 싫은 것도 아니었으니 말이다.

하지만 이제 와서 그리 말씀하시니 괜히 내쳐지는 것만 같아 기분이 별로 안 좋았다.

"아니… 그럴 거면 진작에 말씀해 주시지 왜 하필 문 닫으려고 하다 말씀하시는 겁니까?"

그래, 바로 그거다.

들어가려는데 눈앞에서 문이 닫히는 거, 진짜 기분 나쁘단 말이다.

"아니… 그게… 정말 네가 있다는 걸 깜빡했거든."

내 심정이 그대로 드러났던지 아버지가 약간 미안한 표정으로 변명을 하신다.

하지만 다른 때라면 좀 풀어드렸겠지만, 지금은 내가 좀 많이 기분이 상했던 터라 나는 또 한 번 삐딱해졌다.

"그래요. 뭐… 제가 아버지께 그만큼 존재감이 없었던 거지요. 그걸 어쩔 수 있겠습니까?"

그러자 놀랍게도 아버지가 정말 찔리셨는지 안절부절못하시는 거다.

"야, 야, 많이 화났냐? 진짜 일부러 그런 게 아닌데… 그거 참, 저, 저기… 내가 네 팔찌 말고도 선물 하나 근사한 걸로 해 줄 테니까 화 풀어라. 응? 이거 참, 아니면 뭐… 그, 그래 용돈 좀 줄까?"

'어어……?'

나는 솔직히 아버지가 장난스레, 아니면 조금의 거리낌도 없이 당당하게 받아치실 줄 알았다. 그런데 정말 미안한 표정으로 어쩔 줄 몰라 하시니 오히려 내가 당황스러워질 정도였다. 덕분에 심하게 상해 있던 마음이 사르르 풀렸다.

그리고 그와 함께 아버지가 날 정말로 진지하게 생각해 주는구나, 존중해 주는구나… 라는 걸 깨달았다.

솔직히 나는 아버지가 나를 양자로 삼아주셨고, 내가 아버지라고 불러도 뭐랄까, 가짜 아버지라는 느낌을 가지고 있었다.

아마 지금 당장이라도 한국에 계시는 내 친부모님이 나타나서 '그만 놀고 집에 가자'고 그러면 지체없이 '예이~!'라고 대답할 거다. 아마 그레텔 팔라디노께 감사의 인사는 한마디쯤 할 거고, 고마움과 섭섭함 정도는 가지겠지만, 그래도 뒤도 안 돌아보고 친부모님께 갈 거다. 지금 내가 아버지께 가지고 있는 감정이란 그 정도였다.

내가 그 정도니 아버지도 그 정도라고 지레짐작했다. 뭐, 그동안 나에게 보여주신 행동들도 가끔은 감동적이긴 했지만, 그래도 감정이 그 정도라고 여기게끔 했던 것이다.

그런데 바로 지금, 나는 생각보다 아버지가 나에게 깊은 애정을 가지고 계시다는 것을 깨달았다. 가볍게 생각하고 있던 내가 너무 미안해지게끔 말이다.

그러니 나는 더 이상 감히 아버지 앞에서 삐딱한 행동을 보일 수가 없었다.

"오호~ 그거 진짜죠? 나중에 근사한 선물을 주셔야 합니다?"

얼른 삐쳤다는 표정을 지우고 약간은 사악함이 드러나는 미소를 띠며 그리 묻자 그제야 아버지의 표정이 풀렸다.

"이런, 욕심 많은 놈 같으니라구. 꼭 그렇게 나에게서 뜯어

내야겠냐? 오냐, 그래. 알았다."

"앗앗, 그리고 말씀하신 용돈두요."

나름대로는 애교스럽게 웃으며 말하자 아버지가 '이 녀석 혹시 나 뜯어먹으려고 연극한 거 아냐?'라는 의심스러운 표정을 지으신다. 하지만 거절하지는 않으시니 다행이지 뭐.

"오냐, 알았다."

"어, 그럼 전 나가서 마을 구경이나 하고 있죠 뭐. 그럼 제가 나중에 다시 여기로 올까요?"

그렇게 말하던 나는 내가 여전히 그 작은 문턱에서 계속 허리를 숙이고 엉거주춤하게 있다는 걸 깨닫고는 뒤로 물러나 허리를 폈다.

'나 원, 쪼그리고 뭐 하는 짓인지. 진작 이럴걸. 에구, 허리야.'

그러자 아버지도 아예 문밖으로 나와 허리를 펴셨다. 아버지도 허리가 아프셨는지 손으로 허리를 툭툭 두드리신다.

"그건 걱정 마라. 네가 어디 있든 난 찾을 수 있으니까. 마을만 벗어나지 않은 상태에서 마음대로 돌아다니거라. 아, 그리고… 혹시 늦어져서 해가 져도 내가 안 나타나면 어디 여관이라도 잡도록 해라."

"여관이요? 그럼 우리 여기서 하루 묵고 가나요?"

"하루를 묵을지 이틀을 묵을지, 그건 잘 모르겠구나."

이때, 안쪽에서 먼저 들어가셨던 짐머만 씨의 투덜거림이 들려왔다.

"이봐들, 언제까지 둘이서 대화만 하고 있을 거야?"

그 말을 듣자마자 아버지의 말과 행동이 빨라졌다.

"어쨌든 알아서 놀고 있어. 참, 그리고 혹 여관을 잡을 때 돈 아낀다고 허접스런 곳을 찾지 말거라. 돈은 충분하니까 고급 여관에서 고급 방으로 잡아. 자자, 돈은 여기 있고, 네 옷은 여기 있다. 참참, 그리고 혹시 뭐 사고 싶은 거 있으면 사거라. 거기 있는 돈은 다 써도 되니까. 알았지? 그럼 알아서 잘 놀고 있거라."

그리고는 다시 허리를 숙이고 안으로 들어가신 아버지는 이번에는 지체없이 문을 닫아버리셨다.

쾅~!

거의 내던져지다시피 한 짐 꾸러미 두 개를 얼결에 받아 들고 속사포처럼 쏟아지는 아버지의 말을 멍하니 듣고 있던 나는 문 닫히는 소리에 그제야 정신을 차릴 수 있었다.

"어우, 뭐가 한바탕 하고 지나간 거 같아. 어쨌든 앞으로는 아버지께 좀 잘해야겠어."

조금은 반성하는 심정으로 아버지가 들어가신 문을 바라보고 있던 나는 곧 어깨를 으쓱하며 기분을 전환시켰다.

"뭐, 그건 그거고… 우선 아버지께서 말씀하신 대로 혼자 놀고 있어볼까나?"

그러고 나서 내가 제일 먼저 한 일은 돈주머니를 살피는 거였다. 뭘 하든 자금 확보가 최우선이니 말이다. 그런데 아버지에게 건네받은 주머니는 잔돈 주머니였는지 금덩어리는 하나도 안 보이고 은색 동전과 구리 동전만 잔뜩 들어 있는 거였다.

'뭐냐. 이 은색 동전은 은화려나? 그런데… 넉넉히 주신다더니 은화하고 구리 동전뿐인 거야? 이게 넉넉한 거?'

이 세계의 물가에 대해서는 아는 게 전혀 없었지만, 그래도 별로 많은 돈으로는 보이지 않았다. 하지만 이제 나가서 돌아다니다 보면 알게 될 거라고 편히 생각한 후 돈주머니를 다시 잘 매어서 챙긴 다음, 내 옷 보따리도 챙겨 들고는 밖으로 나갔다.

'일단안~은 아이쇼핑이나 좀 해볼까? 우후후후~'

그 세 쌍둥이 빌딩을 나와 본격적으로 눈의 즐거움을 즐기려 했던 나는 얼마 지나지 않아서 생각을 수정할 수밖에 없었다.


이 마을은 가운데 부분에 그 세 쌍둥이 빌딩이 서 있었고, 그 빌딩을 둘러싸고 번화가가 형성되어 있는 형태였다. 번화가에는 상점들이 줄지어 늘어서 있었고, 그 사이사이에는 노점 상인들이 자리를 차지한 채 물건을 팔고 있었다.

그런 곳을 쭈욱 둘러보다가 나는 예전 아이쇼핑하던 버릇대로 제법 큰 여성 옷가게가 보이자 자연스레 안으로 들어갔다.

규모가 제법 큰 곳이라 그런지 안에는 벌써 여러 명의 아가씨들이 점원들의 안내를 받으며 옷을 살펴보고 있었다.

원래 가게에는 다른 손님이 두세 명 정도 있어야 구경하기 편한 법이다. 아무도 없는데 혼자 들어가면—그것도 살 생각이 아니라 단지 구경할 생각이라면—점원들의 시선이 나에게만 쏠려 무지 뻘쭘하니 말이다.

그런 이유로 점원들이 사방으로 분산된 걸 확인한 나는 편하게 이곳 여성 패션이 어떤지 느긋하게 구경하고 있는데, 잠시 후 한 손님을 내보낸 점원이 나에게 다가온 것이었다.

"어서 오십시오. 어떤 걸 찾으시는지요?"

"아아, 우선 좀 둘러보려고 하는데요?"

'괜찮겠지요?' 란 시선으로 보면 안 된다고 대답할 점원이 어디 있겠는가?

그 점원 또한 상냥한 얼굴로 고개를 끄덕인다.

"천천히 둘러보십시오. 여기에는 요즘 이 마을 여성들 사이에서 인기가 있는 옷들이 많답니다. 반지가… 없으신 거 보니 아직 미혼이시겠고… 그럼 애인에게 선물하실 건가 보죠? 아니면 여동생?"

친절한 점원의 말에 막 마음에 드는 하늘색 원피스를 살펴보고 있던 나는 문득 몸이 굳어졌다.

'아차차!'

일단은 아이쇼핑을 할 생각이지만, 그래도 개중 마음에 쏘옥 드는 게 있으면 한두 개 정도 살 생각이었다.

그랬는데, 그랬는데에에에~

'이런 젠장… 나 지금 남자지? 마음에 드는 걸 사봤자 입을 수가 없잖아?'

이 마을에 오기 전 분명히 남자의 모습으로 변했다는 걸 알고, 스스로 확인까지 했음에도 불구하고 쇼핑한다는 생각에 내가 예전처럼 여자의 모습을 하고 있는 걸로 착각했던 모양이다.

'이런 실수를……'

그걸 깨달은 이상 가게 안에 있을 수가 없었던 나는 옆에서 생글생글 웃고 있는 점원에게 황급히 인사를 하고는 가게를 빠져나왔다.

만약 이것저것 신나게 구경한 뒤였다면 점원의 기분이 안 좋았을 테지만, 들어온 지 얼마 되지 않은 터라 그냥 약간 아쉽기만 한 모양이었다.

"나중에 저희 가게로 꼬옥 다시 와주세요 저희 가게에는 남자 분들도 많이 오시니까 너무 부끄러워하지 않으셔도 돼요오~"

아니, 아무리 그렇다고 해도 가게 밖까지 나와서 그렇게 말해줄 것까지는 없었는데 말이다. 그것도 큰 소리로.

'으메… 쪽팔린 거.'

하지만 친절을 베풀려고 그런 거니 뭐라고 할 수 있나?

굳어버린 얼굴로 간신히 고맙다는 미소를 지어 보인 나는 황급히 그곳을 벗어나려 발걸음을 빨리할 수밖에 없었다.

그래도 혼자일 때 이런 실수를 해서 깨닫게 된 게 천만다행이었다. 만약 아버지와 함께 있을 때 이런 실수를 했었다면…….

'으그그… 생각하기도 싫다.'

하여간, 지금은 일단 옷이나 액세서리 아이쇼핑은 생략해야 할 거 같다. 아무래도 예전 버릇대로 자꾸 여성용품 쪽으로 시선이 갈 것 같아서.

게다가 그것 말고도 이 마을은 아이쇼핑하기에는 별로 여건이 좋지 않아서 내가 생각했던 아이쇼핑은 포기해야 했다.

일반 노점상들이야 괜찮았지만, 가게들마다 윈도우가 없어서 안에 진열해 놓은 물건들을 바깥에서 볼 수가 없었던 것이다. 따뜻한 날씨 덕에 상점 문과 창문들을 활짝 열어놓아 힐끗거리면 그나마 안을 좀 볼 수는 있었지만, 그렇게 보려니 왠지 꺼림칙해서.

'아아, 윈도우가 그리워, 윈도우가 그리워어…….'

관심있는 분야라면 들어가서 안의 물건들이라도 보겠지만, 관심없는 것들을 들어가서까지 구경하고 싶은 마음도 없으니 그냥 휘휘 둘러보다 여관을 들어가게 되는 건 아닌지 걱정스러웠다.

하지만 얼마 지나지 않아 이런 내 걱정이 기우라는 걸 알 수 있었다. 비록 내가 생각하던 아이쇼핑은 못했지만, 이 마을 번

화가 거리 자체를 구경하는 것에 포옥 빠져 시간 가는 줄 몰랐
던 것이다.

상인들의 호객 소리, 값을 깎으려는 손님들과 안 깎아주려
고 버티는 상인과의 치열한 논쟁 소리, 그 주변을 지나가는 수
많은 사람들의 대화 소리, 걸음 소리 등등으로 주변은 활기에
차 있었다.

'헤에, 사람 사는 곳은 어디나 비슷하다더니만, 휴일에나 가
끔 가봤던 아침 장이 생각나는구먼.'

내가 살던 아파트 단지 근처에는 높지 않은 산이 있어서 운
동하시는 분들이 많이 애용하는데, 그 산 아래에 아침마다 상
인들이 모여서 장을 형성했었다. 운동하시는 분들을 위한 먹
을거리도 많았지만 야채, 채소, 과일 같은 것들은 물론이요, 두
부, 콩나물, 생선 같은 찬거리에 심지어 옷을 파는 분까지 있었
다.

이 마을의 번화가가 마치 그 아침 장과 비슷한 분위기를 풍
기고 있었던 것이다. 물론 이 마을 번화가의 규모가 더 크지만
말이다.

게다가 노점상인들 사이에서 판매되는, 내가 처음 보는 과
일이라든지 생소한 길거리 음식 등등, 신기한 먹을거리가 많
아 하나하나 사 먹으면서 돌아다니는 재미가 꽤 쏠쏠했다.

거기에 내가 살던 곳과 차원이 다른 세계라서 그런지 전체
적인 생김새는 비슷해도 한국에 있을 때는 보지 못한, 약간 특

이한 모습을 가진 사람들이 자주 눈에 띄었다.

커다랗게 긴 귀를 가진 사람이나 고양이랑 사람이랑 반반씩 섞어놓은 모습을 가진 사람들이 있는가 하면, 짐머만 씨처럼 내 가슴 부근에도 못 미칠 정도의 아주 작지만 단단한 체구를 가진 사람들도 여럿 보이는 거다.

'어라라? 짐머만 씨 같은 사람이 또 있네? 헤에, 그럼 그분이 장애가 있는 게 아니라 원래 그런 모습을 가진 분이셨나 보구나. 뭐냐, 괜히 존경했었잖아?'

그렇게 번화가 구경, 사람 구경하며 돌아다니다 보니 어느새 슬슬 저녁때가 다가오고 있었다.

해가 완전히 지려면 두어 시간 정도 더 있어야 하겠지만, 나는 이곳 지리를 모르니 슬슬 여관을 찾아봐야 할 거 같다. 여관에서도 괜찮은 곳을 찾으려면 아무래도 좀 돌아다녀 봐야 하지 않겠는가.

그리하여 마침 근처에 있던, 국화빵 비슷한 빵을 파는 노점상 아주머니에게 빵을 사면서 여관 거리를 알아낸 후 그쪽으로 가려던 나에게 문득 노점상 아주머니의 뒤쪽에 있는 서점이 눈에 들어왔다.

'서점? 흐음… 그러고 보니 나는 글을 읽을 수 있었지? 잘됐어. 여기 며칠 머물러 있어야 할지 모르니까 이 세계에 대한 책 좀 사보자.'

이 세계에 대한 상식이 전무했던 나는 아버지와 대화를 할 때도 알아듣지 못하는 게 많아서 불편했는데, 다른 사람과 대화할 때는 어떻겠는가? 그래서 시간 있을 때 이 세계의 상식을 좀 알아두려는 생각이었다. 책을 읽는 데 어려움은 없었으니 충분히 가능한 일이었다.

이 세계의 언어와 글을 익힌 적도 없는데 자연스럽게 이 세계의 언어를 말하고 글을 읽을 수 있다는 사실이 처음에는 좀 신기했다. 하지만 지금은 별로 놀랍지 않았다. 어여쁜 처자가 괴물이 된 일도 있는데, 생소한 언어를 알게 된 거 가지고 놀라기나 하겠는가?

아무래도 본래 육체의 주인이 뭔가를 해준 모양인데, 이왕 그럴 거면 이 세계에 대한 상식도 같이 알려주지 그건 왜 빼먹었는지 모르겠다.

어쨌든 그러한 이유로 글을 읽는 데 아무런 문제가 없었던 나는 당당하게 서점으로 들어갔다.

"어서 오세요~!"

보통 판타지 소설이나 무협 소설을 보면, 이런 서점에는 다들 나이 많은 할아버지나 중년 남자가 주인으로 있던데, 이 서점에는 웬 젊은 처자가 나를 맞는다.

그에 좀 얼떨떨해서 내가 그동안 본 책들은 몽땅 허구였나 생각하고 있는데, 이 아가씨가 말을 걸어온다.

"찾는 책이 있으신가요?"

"으음… 그러니까 이 세상에 대해 알 수 있는 책이 필요한데
요. 제가 산속에서만 살다 나와서 좀 얼떨떨하거든요."

아가씨의 표정이 좀 요상해지는 것 같아 얼른 뒷말을 덧붙
였다.

"그러시군요. 그럼 세계사에 대한 책이 어떠신지요?"

"좋군요. 아, 저기, 딱딱한 책 말고 이야기 형식으로 재미있
게 나온 책 없을까요?"

내 말에 그녀의 눈이 부드럽게 휘어졌다.

"호호호, 어린애들 용으로 있는데… 괜찮으시겠어요?"

"상관없습니다. 아, 그리고 몬스터에 대한 책도 있으면 부탁
드리겠습니다. 음… 거기에 이 세상의 인종에 대한 책도 있습
니까?"

"몬스터 도감은 좀 딱딱한 형식의 책밖에 없는데요. 그리고
인종이라… 유사 인종에 대한 이야기책을 드릴까요, 아니면
도감을 드릴까요?"

"아아… 그냥 다 주세요. 그리고 혹시 전설이나 민담에 대한
책도 있으면 그것도 챙겨주시구요. 소설… 책도 있습니까?"

"요즘 인기있는 영웅 소설이 있는데 그건 어떠세요?"

"영웅 소설… 뭐, 좋습니다. 가장 잘나가는 걸로 두세 권 주
십시오. 아, 혹시 로맨스 소설도 있으면 같이 주시구요."

보통 영웅 소설 하면 위기에 빠진 세상을 구한 영웅과 아름
다운 공주―혹은 여성 동료나―와의 로맨스도 살짝 섞여 있겠

지만 영웅이 없는 상황의 이 세상 사랑 이야기가 어떨지 궁금했던 것이다.

그렇게 이것저것 필요하다 싶은 걸 고르다 보니 어느새 책이 열다섯 권 정도가 되어버렸다.

서점의 점원 아가씨는 오랜만에 대박 손님이 왔다 싶었던지 엄청나게 환한 웃음을 지으며 이것저것 권해대는데, 그중에서 추리고 추렸는데도 불구하고 열다섯 권씩이나 되었던 것이다.

한국에서 본 일반 소설책 한 권만 한 것도 있긴 했지만, 그건 몇몇 개고 대부분이 그 일반 소설책보다 두 배의 크기에 두께도 두 배였다. 하기야, 표지가 하드커버인데다 그 겉을 가죽으로 덧대었으니 표지 무게와 두께만 해도 상당했던 것이다. 아무래도 이 세계는 책이 쉽게, 많이 유통되는 곳이 아닌 모양이다. 그러니 책을 오래오래 소장할 수 있게끔 커버를 두껍게 만들지.

책 안쪽을 형성하는 종이 또한 두꺼운 편이라 한국의 소설책보다 두 배의 두께를 가지고 있음에도 불구하고 페이지 숫자는 거의 엇비슷했다. 한국 소설책 페이지가 대략 300 페이지 정도인데, 이곳의 책은 그보다 두 배 정도 두꺼운 400 페이지 정도였으니 말이다.

"그럼 이 정도로 하시겠어요? 하지만 저 책들도 읽으시면 좋을 텐데요."

생글생글 웃으며 내가 고른 열다섯 권의 책 말고도 옆으로 치워진 책 쪽을 힐끔힐끔 보는 아가씨가 얄밉지만도 않은 것이, 나 또한 그중 몇몇 권은 더 샀으면 하고 생각했던 것이다.

그러나 눈앞에 쌓인 책을 보자니 더 이상 샀다가는 가지고 가기도 힘들 거 같다.

"저 또한 아가씨의 생각에 동의합니다만, 이 정도만 해도 너무 많아서 가지고 갈 수 있을지 걱정인데요."

이 많은 걸 들고 여관을 찾아 돌아다닐 걸 생각하면 아무래도 여기서 절반 정도는 더 빼놔야 할 거 같다.

그런데 그때 그 아가씨가 반가운 소리를 하는 것이었다.

"아, 책 운반이 걱정이시라면 그건 제가 도와드릴 수 있겠군요. 저희 서점에서는 열 권 이상 사신 손님들께 배달 서비스를 해드리고 있거든요."

하지만 문제가 완전히 해결된 것은 아니었다.

"그거 참 반가운 이야기군요. 하지만 제가 아직 머물 여관을 정하지 못해서요. 아, 이렇게 하면 되겠군요. 일단 제가 다섯 권만 사가지고 가고, 내일 다시 책을 사러 오도록 하죠. 그때는 여관도 정해졌을 테니 많이 산다고 해도 배달 서비스를 받을 수 있겠죠."

"그럼 그렇게 하세요. 음, 골라놓으신 책들은 따로 추려놓을까요?"

혹시 내가 안 올지도 모르니 확실하게 오게끔 친절을 가장

하여 못 박으려는 것 같았다.

안 올 예정이었다면 그 말이 콕콕 찔렸겠지만, 정말 내일 다시 들를 나였기에 점원 아가씨의 말은 오히려 반갑게 느껴졌다. 기껏 추려놓은 걸 다 정리해 버리면 내일 다시 와서 번거롭게 또 책을 골라내야 할 테니 말이다.

그리하여 나는 진심으로 우러나오는 미소를 지으며 고개를 끄덕였다.

"그러세요. 아, 저것들도 같이 추려놔 주시겠어요? 내일 더 살지도 모르니까."

그렇게 하고 책 가격을 물어봤더니만 세상에나! 책 한 권당 은화 한 냥 하고도 50실링을 내라고 하는 것이었다. 그것도 내가 많이 사니까 깎아주는 거라고 하면서 말이다.

길거리 음식을 사 먹으며 알아낸 건데, 이곳의 구리 동전—실링이라고 한다—하나는 한국 돈으로 대략 500원 1,000원 정도였다.

뭔지 모를 고기 꼬치 하나가 2실링, 한국의 고기 꼬치 하나가 1,000원, 납작한 밀가루 빵 두 개 사이에 달달한 쨈 바른 호떡 비슷한 것이 2실링, 한국에서는 호떡 하나에 500원, 국화빵 크기 정도의 자그마한 빵 안에 크림이 들어간 것이 두 개에 1실링, 한국에서 국화빵 네 개에 1,000원, 이렇게 비교되었으니 말이다.

그런데 이 구리 동전이 100개가 되어야 은화 한 닢이라고 하던데, 1실링에 500원이라고 친다면 책 한 권에 대략 7만원이 넘는다는 소리였다. 무슨 대학 전공 원어 책도 아니고…….

'아니, 요즘 대학 전공 책이 그 정도 하던가? 전에 동생 녀석이 전공 책을 산다고 할 때 3만원 정도라는 건 들은 것 같은데…….'

그래도 너무 비싼 것 같다. 아무리 내 돈을 내는 게 아니라고 해도 말이다.

식품 하나를 살 때도 각 마트당 세일 상품을 꼼꼼히 따져 봐서 백 원이라도 아끼려 하고, 옷도 세일 기간을 애용하는 나였기에 대학 전공 책의 두 배가 넘는 가격에 표정이 결코 좋을 수가 없었다.

그러자 내 얼굴이 굳어진 걸 본 점원 아가씨가 자신도 정색을 하고 입을 열었다.

"혹시 오해하실까 봐 말씀드리는 건데, 수도에서도 책 한 권의 가격은 이 정도 한답니다. 거기에다 이 책들은 모두 좋은 종이를 사용하여 만든 데다, 책을 싸고 있는 이 가죽들도 양가죽으로 만들어진 거예요. 이 정도면 은화 한 닢에 50실링 정도면 결코 비싼 게 아니지요. 오히려 싼 값에 드리는 거라구요."

듣고 보니 그게 또 틀린 말은 아닌 것 같고.

'하긴… 이건 다 가죽을 댄 하드커버 책들이잖아. 일반 책보다는 훨씬 비싼 게 맞겠지. 거기다 지금 안 사고 버텨봤자 어차피 다른 데서 사야 하고.'

그런 생각에 나는 얼굴을 풀고 점원 아가씨에게 고개를 끄덕여 보였다.

"좋습니다. 그럼 그렇게 하도록 하지요."

그리 말하며 나는 돈주머니에서 은화와 구리 동전을 꺼냈다.

처음 생각했던 것보다 책을 1/3나 줄였는데도 불구하고 제법 묵직한 무게감이 팔을 눌렀다.

'히야, 열다섯 권을 가지고 갔으면 땀깨나 흘렸겠어.'

나머지는 내일 사기로 하길 잘했다고 생각하며 서점을 나서는데, 책을 고르는 시간이 생각 외로 길었던지 날이 벌써 어둑어둑하다.

'이런… 빨리 가야겠다.'

밤에 낯선 거리를 헤매고 싶지는 않았기에 나는 황급히 발걸음을 옮겼다.

그런데 얼마 걷지 않아,

"우왓~!"

"앗, 이런. 미안합니다."

늦은 시각이라 서두르고 있었던 데다 해가 완전히 졌는지 확인하느라 앞을 제대로 못 본 것이 화근이었다.

내 앞쪽에서 세 남자가 걸어오고 있었는데, 그중 맨 앞에서 오던 20대 초반의 남자와 부딪쳤던 것이다.

다행이라고 해야 할지, 둘 다 속도가 빨랐던 것이 아니었기에 상체를 가볍게 뒤로 휘청이는 정도로 끝이 났지만, 상대방은 부딪친 어깨가 아팠는지 인상을 찡그린다.

나 또한 약간 욱신거렸지만, 지금 이 상황에서는 아무래도 내 탓이 큰 것 같았기에 아픈 티도 못 내고 반사적으로 얼른 허리를 살짝 숙이며 사과를 했다. 하필 내가 무지 두터운 책을 들고 있다는 걸 깜빡한 채 말이다.

탁!

"크헉!"

"헉스… 이런, 이런. 저, 정말 죄송합니다."

정말 운이 없게도 내가 상체를 기울이는 바람에 품에서 빠져나간 책이 정확하게도 나와 부딪쳐서 인상을 찡그린 그 20대 초반의 남자 발등에 떨어져 내렸다.

그 청년이 튼튼해 보이는 가죽 부츠를 신고 있어서 다행이었지, 샌들이나 슬리퍼를 신고 있었다면 아마 엄청 아팠을 거다. 그 두터운 하드커버 책에 맞았으니 멍이 드는 건 기본일 테고, 잘못했다간 뼈에 금이 갔을지도 모를 일이다.

그리고 당연하겠지만 그 뒤를 이어 청년의 분노에 찬 외침이 울려 퍼졌다.

"당신, 정말 뭐 하는 거야?"

내 동생뻘 정도의 녀석이 반말로 소리치는 꼴이라니…….

성질 같아서는 뒤통수를 한 대 갈겨주면서 예의범절에 대해 한소리 해주고 싶었다. 하지만 이번에는 내가 진짜 잘못한 거

고, 게다가 녀석이 당한 일이 웃겼기에 넓은 아량으로 넘어가
주기로 했다.

뭐, 사실대로 고백하자면 웃음을 참느라 바빴지만 말이다.

게다가 비싼 돈 주고 산 새 책들이 바닥에 다 떨어져 버렸기에
나는 웃는 얼굴을 숨길 겸 재빨리 주저앉아 책들을 주워 올렸다.

그런데 그때, 그 예의를 밥 말아 먹은 어린 녀석의 일행인
듯한 사람이 내 옆에 같이 쭈그리고 앉더니 자신 앞에 떨어진
책을 주워주는 것이었다.

힐끔 보니 30대 초반 정도로 보이는 남자였는데 붉은 기가
도는 갈색 머리에 파란 눈을 가진, 꽤 단정하게 생긴 남자였다.
만약 내가 여자의 모습을 하고 있었다면 고마움의 의미로 차
한 잔 사겠다고 했을 거 같다.

"아, 감사합니다."

반사적으로 감사의 인사를 건네면서 남자의 모습이라 해도
답례를 해야 하는 건 아닌가 갈등하는 순간 남자가 먼저 입을
연다.

"평민인가?"

부드러운 어조이기는 한데 다짜고짜 하대로 평민이냐고 묻
다니, 내가 뭔가 행동을 잘못한 걸까나?

지금 나는 일반 사람들이 보기에는 제법 고급스러운 옷을
입고 있었기에 시장에서 만난 날 처음 대하는 상인들은 무조
건 귀족인 줄 알고 조심스러운 행동을 보였다.

그런데 이들은 정반대의 행동을 보이니 달이다.

나이 많은 분들이 귀족인 줄 알고 쩔쩔맨다면 그들을 좀 편하게 해주기 위해서라도 평민이라고 했겠지만, 다짜고짜 하대로 평민이라고 물으니 왠지 모르게 묘한 반발심이 생기며 바른대로(?) 말해주고 싶은 기분이 팍팍 드는 거였다.

"아닙니다."

자리에서 일어나 싱긋 웃으며 대답하자 나에게 친절을 베푼 그 남자가 당혹스러운 표정으로 날 바라본다.

"아… 이런, 실례했습니다."

"괜찮습니다. 오히려 저 때문에 등료 분께서……."

외모도 마음에 든 사람인데 성격까지 괜찮아 보여 나는 무척이나 흐뭇해진 마음에―이렇게 괜찮은 남자를 만난 게 정말 오랜만이라서―기분 좋은 미소를 보이며 아까의 사과도 다시금 건네려고 하는데……

"거짓말하지 마라. 감히 어디서 신분을 사칭한단 말이냐?"

갑자기 어린 녀석이 톡 끼어들며 좋은 분위기에 찬물을 끼없는 것이었다.

'뭐냐, 이놈은?'

아까 부딪치자마자 곧바로 책을 떨어뜨리는 바람에 어리다는 인상만 받았지, 얼굴은 자세하게 보지 못했던 터라 나는 그제야 놈을 살펴볼 수 있었다.

과연 20대 초반의 앳된 모습이 조금 남아 있는 그놈은 밝은 금갈색 머리에 녹색 눈을 가지고 있었다. 선이 굵고 각이 진 얼굴이라 잘생겼다기보다는 남자답게 생겼다는 이야기를 들을 정도이고, 키는 붉은 머리의 남자보다 반 뼘 정도 작긴 했지만 그렇다고 작은 키는 아니었다.

하기야 붉은 머리의 남자가 대략 185㎝ 정도로 보였으니 말이다.

대신 늘씬한 체격의 붉은 머리 남자보다 좀 더 떡대가 있긴 했다.

하여간 붉은 머리 남자보다야 좀 못해도 성질만 부리지 않는다면 여성들에게 남자다움으로 제법 어필할 외모를 가진 녀석이 그 장점도 완전히 빛을 잃어버리게 인상을 찌푸리며 날똑바로 노려보고 있었다.

"트라한 경!"

붉은 머리의 남자가 갑자기 끼어든 이 네 가지를 팔아먹은 녀석에게 주의를 주는 어조로 그를 불렀지만, 이놈은 아랑곳하지 않았다.

"토카라 경, 이런 놈을 봐주시는 겁니까? 기사에게 잘못을 했으면 응당 무릎을 꿇고 사죄해도 모자랄 판에, 신분을 사칭하여 이 자리를 피해가려는 놈입니다. 이런 놈은 그에 합당한 응징을 받아야 합니다."

'신분 사칭? 누가?'

녀석의 목소리는 흥분 때문인지 쓸데없이 컸지만, 다행히

날이 어두워진 때라 노점상도 많이 철수하고 왕래하는 사람도 적어 구경꾼들이 모여들지는 않았다.

'아니… 저쪽에 몇몇이 기웃거리기는 하는군.'

사람들의 시선 끄는 건 정말 사양하고 싶었던 나이기에 본의 아니게 시선을 끌게 만든 놈이 좋게 보일 리가 없었다. 특히 이놈은 그전의 좋은 분위기―기껏 괜찮은 남정네에게 말을 걸고 있었건만―를 파투낸 놈이 아닌가 말이다.

그런데 당혹스러운 건 이놈의 말이 옳게 들렸는지 붉은 머리의 남자가 네 가지 없는 놈의 말에 뭐라 반박을 안 한다는 것이다. 그냥 좋게 지나가자는 시선만 팍팍 브낼 뿐.

'뭐야, 그럼 이 사람도 내가 잘못했다고 생각하는 거야?

붉은 머리 남정네의 시선에 은근히 서운함이 생기고 있는데, 네 가지도 없는 녀석의 째지는 곡소리가 들려왔다.

그놈은 발등을 찍힌 것에 무지하게 열받았는지 그냥 넘어가 줄 태세가 아니었다.

"귀족 사칭죄는 국법으로 사형에 처하는 큰 죄라는 걸 모르는가?"

'몰랐는데…….'

아니, 그건 그렇고, 나보다도 어린 데다 작위도 비슷비슷해 보이는 녀석에게 반말을 듣고 있는 게 슬슬 짜증이 나기 시작했다.

그래서 나는 입을 열었다.

“누가 신분을 사칭했다는 겁니까?”

생각 같아서는 나도 반말을 해주고 싶었지만, 지금 열받은 상태에서 반말을 했다간 나중에 이 시키 저 시키 하며 막말로 싸울 거 같아 꾹 참고 존대를 해주고 있는 거였다.

“누구라니? 네놈이 신분을 사칭하지 않았느냐?”

“제가 언제 그랬다는 겁니까?”

“네놈이 분명 평민이 아니라고 하지 않았느냐?”

“그럼 평민이 아니니까 아니라고 하지 뭐라고 합니까?”

“뭣이라? 네놈이 평민이 아니면 뭐란 말이냐? 설마 기사라고 하는 건 아니겠지?”

“그렇다면 어쩔 겁니까?”

내 말에 녀석이 핫! 하고 비웃음을 터뜨린다.

“거짓말도 정도가 있는 것이다. 아무에게나 스스럼없이 무릎을 꿇는 녀석이 기사는 무슨 기사? 옷차림을 보아하니 노예는 아니겠고, 기껏해야 평민이겠지.”

‘노예? 설마 여기에 노예도 존재하나? 으으음… 신분제 사회니까 없다고는 할 수 없겠지만 그래도 노예라니… 으으으음.’

신분제 사회라는 것도 껄끄러운데 노예까지 존재한다는 소리에 나는 왠지 모르게 암담한 기분이 들었다.

‘내가 제대로 적응을 할 수 있으려나 모르겠네.’

그렇게 잠시 딴생각을 하는 사이, 녀석이 이걸 어떻게 해석

했는지 의기양양한 표정으로 말한다.

"그것 봐라. 할 말 없지? 어리석은 놈. 네놈이 스스로 평민이라고 밝혀놨다는 걸 모르는 채 기사를 사칭하다니, 지금 당장 팔 하나가 잘려도 할 말이 없으렸다?"

'노예고 뭐고, 일단 이놈이나 처리하고 생각해야겠군.'

그런 생각에 난 녀석을 어이없다는 시선으로 봐주며 입을 열었다.

"하도 기가 막히면 말문이 막히기도 하는 법이니까요."

"뭣이라? 그럼 네놈이 기사라도 된단 말이냐?"

"내가 기사면 어쩌겠습니까? 내가 기사라면 지금 당신의 행동은 어찌 해석되는지 심히 궁금해지는데요?"

"거짓말! 그럴 리가 없어!"

"거짓말인지 아닌지 당신이 어찌 압니까?"

"기사인데 어떻게 내 앞에서 무릎을 꿇을 수가 있는 거지?"

"내가 언제 당신 앞에서 무릎을 꿇었다는 겁니까?"

"방금 내 앞에서 무릎을 꿇고 책을 주웠잖아?"

녀석이 부르짖다시피 외치는 말에 나는 벙쪄서 녀석을 바라보았다.

'이놈… 바보 아니야?'

"그게 무슨 무릎을 꿇은 겁니까? 설마 지금 책을 주우려고 무릎 좀 굽힌 것 가지고 그러는 겁니까? 하~ 참, 어이없다 못해 기가 막히는군요. 당신은 무릎을 안 굽히고도 땅에 떨어진 책을 주울 수 있나 보지요?”

“누가 그렇다고 했나? 내 말인즉 기사는 주군과 레이디 앞이 아니면 무릎을 굽히지 않건만, 넌 그렇지 않으니 절대 기사가 아니라는 거다.”

“그러니까… 나는 단지 책을 주웠을 뿐이라는…….”

“그게 무릎을 굽힌 거지 뭐야?”

‘젠장! 야, 기사는 류마티스 관절염 환자라도 된다냐? 무릎을 굽히지도 못하게?’

애를 데리고 가르치는 것도 아니고, 계속 억지를 쓰는 그놈을 보자니 분노고 뭐고 그냥 이놈을 치워 버린 뒤 빨리 여관이나 잡으러 갔으면 좋겠다는 기분이었다.

“시끄럽습니다. 정말 떼를 쓰는 애를 보는 기분이군요. 뭐, 내 잘못도 있고 하니 이쯤에서 끝내고 당신은 당신 갈 길 가고, 나는 내 갈 길로 가도록 하지요.”

나는 여전히 흥분한 표정의 녀석에게 딱 잘라 말한 뒤 붉은 머리의 남자에게 살짝 고개를 숙여 보이고—작별 인사 겸 녀석 좀 알아서 처리하라는 표시로—걸음을 옮기려 했다.

하지만 이 머리 나쁜 놈이 내 앞을 가로막는 것이었다.

“이, 이놈이 지금 누구에게?”

그에 나는 있는 대로 짜증이 끓어올라 녀석을 노려보며 낮은 어조로 입을 열었다.

“닥.쳐. 거기서 한마디만 더 했다간 정말 가만두지 않겠다.

내가 네놈이 무서워서 피하는 건 줄 아나? 계속 징징대면 네놈을 내 신분을 증명할 사람 앞으로 끌고 가 국.법.대.로. 처리해 주지."

이번 말은 제대로 먹힌 모양이다. 녀석이 흠칫해서 굳어진 걸 보니.

'아아, 이럴 줄 알았으면 진작에 세게 나갈걸. 괜히 좋게좋게 가려고 했다가 더 짜증만 났잖아?

내가 살던 곳과는 완전히 다른 세상을 이제 막 구경하기 시작해서 좋아진 기분이 오랜만에 괜찮은 남정네를 만나서 한층 더 업그레이드되었건만, 그게 이 트라한인지 트리오인지 하는 놈 때문에 한순간에 깨져 버려 기분이 저조했다.

그래 놈이 뒤에서 뭐라고 하건 말건—둘론 그랬다가는 당장에 놈의 뒷덜미를 끌고 아버지께 갈 생각이었다. 나야 내가 귀족이라는 걸 알지만, 그걸 어떻게 증명하는지는 몰랐기에 천상 증명하려면 아버지께로 갈 수밖에 없었던 것이다—걸음을 옮기기 시작했는데, 그 순간 그 세 명의 일행 중 맨 뒤에 있던 남자와 눈이 마주쳤다.

뭐, 전기가 파바박~ 튀어서 계속 쳐다본 건 아니고, 잠깐 마주친 후 그냥 스윽 지나가 버리긴 했지만, 짧은 순간인데도 꽤나 인상이 강하게 남았다.

트라한인지 트리오인지 하는 녀석과 영양가 없는 말씨름을 할 때 뒤로 두어 걸음 물러서서 묵묵히 있던 터라 별로 의식하

지 못했는데, 눈이 마주친 순간 뭔지 모르게 평범한 녀석이 아
닌 것 같은 인상을 받았던 것이다.

나랑 말씨름한 트라한 녀석과 비슷한 연령대로 보이는데도
불구하고 녀석의 눈에서는 그 나이대의 청년들 대부분이 가지
고 있는 풋풋한 열기나 의욕 같은 것이 전혀 느껴지지 않았다.

아니, 의욕뿐만이 아니라 어떤 감정도 느껴지지 않았다.

그러니까 그런 감정을 속으로 갈무리하고 냉정함을 앞에 세
운 게 아니라 그냥 무념무상무심한 표정인 것이, 마치 도사가
세속의 때를 벗어버리고 달관의 경지에 오른 시선?

'아니, 그렇게 좋은 게 아니라 삭막한 거야. 완전히 메말라
버석버석한 모래만 쌓인 사막 같은… 하여간 어린놈이 어찌
그런 눈을 하냐? 얼굴이랑 안 맞게. 저 녀석을 키운 부모가 누
구인지 보고 싶을 정도군. 애들은 역시 생기발랄하면서도 뭔
가 아직 미숙한 구석이 있는 듯 풋풋함이 있어야 하는데, 저건
애늙은이도 아니고 완전히 죽은 사람 같잖아? 그런데도 움직
이고 있으니… 좀비인가?

얼굴은 제법 번듯하니 잘생긴 게 솔직히 그 세 사람 중 제일
미남이었건만, 정말 얼굴과 나이가 아까울 정도였다.

Chapter 9
뭡니까, 이거?

　잘생기고 나보다도 젊은 녀석이 삭막하게 살건 건조하게 살건 그거야 어쨌든, 결국 그놈의 일행 때문에 난 낯선 길을 컴컴한 어둠 속에서 걸어야만 했다.

　이곳은 밤에 다니는 행인들을 위한 가로등 시설이 없었기에 건물에서 새어 나오는 희미한 빛마저 없었다면 깊은 산속마냥 깜깜했을 거다.

　'내가 산속에서 살다 와서 다행이지, 그냥 한국에 있다 이리로 이동했다면 무지 허둥댔을 거야. 하긴 뭐, 가로등이 있다고 해도 번화가가 아닌 골목은 어두컴컴했지만 말이야.'

　이 육체의 시력이 뛰어났기에 앞을 보는 데는 전혀 지장이 없지만, 낯선 길에 홀로 서 있자니 조금 불안했다. 뭔가 튀어나올 것 같아 불안한 게 아니라, 내가 원하는 목적지를 제대로 찾을 수 없을까 봐 생기는 불안이었다.

그러나 다행히도 여관들이 밤늦게 찾아오는 손님들을 위하여 정문 앞을 환하게 밝혀놓고 있었기에 여관을 찾는 건 그다지 어렵지 않았다.

게다가 뛰어난 시력까지 있는 나는 아무 곳에나 들어가는 대신, 그 근처를 살피며 돌아다닌 후 제법 크고 고급스러운 외관을 갖춘 여관을 골라 들어가는 능력을 발휘했다.

커다란 정문을 열고 들어가자 제일 먼저 보이는 건 은은한 우윳빛 대리석이 쫘아악 깔린 넓은 홀이었다. 홀 한가운데에는 아기자기한 실내 정원이 꾸며져 있었고, 그 너머로 위층으로 올라갈 수 있는 넓은 계단이 보였는데, 이것도 대리석 계단이었다. 거기에 홀 안을 환하게 비추는, 천장에 달린 커다란 크리스털 샹들리에는 척 봐도 고가품이라는 걸 알 수 있었다.

'휘유~ 제대로 들어온 거 같군.'

홀을 한번 쓰윽 둘러본 내가 홀 한쪽에 마련되어 있는 안내 데스크로 척척 다가가자 기다리고 있었던 듯 직원이 상술적인 미소를 띠며 입을 연다.

"어서 오십시오. 저희 여관을 찾아주셔서 감사합니다."

이 세계에서도 고급 여관은 직원에 대한 교육이 철저한 모양이다.

그 직원의 깍듯한 태도에 감탄하며 나는 아버지가 시킨 대로 1급 방을 주문했다. 그보다 한 단계 위의 특급 방도 있긴 했는데, 아버지가 아무리 고급 단위에서 놀라고 해도 특급을 주문하려니 심장이 벌렁거려서 도저히 견디질 못하겠는 거였다. 사실 1급을 주문하는 것도 심장이 드근두근거렸으니 말이다. 만약 아버지가 미리 고급으로 하라고 하지 않았다면 난 2급 방을 주문했을 거다. 참고로 이 여관은 특급에서부터 3급 방까지 있었다.

1급이라 그런지 확실히 나에게는 과분할 정도로 무척 고급 방이었다. 대략 60여 평쯤 되는 공간 안에 침실 두 개에 욕실 하나, 거실이 딸려 있는 곳이었으니 말이다.

'와우~'

이 정도면 아버지도 괜찮아 하시겠지 생각하며 스스로 만족스러워하며 나는 방 하나에 내 짐을 풀어놓고는 뜨거운 목욕물을 부탁했다. 이곳은 아직 한국만큼 문명이 발달된 곳이 아니었기에 수도 시설이 없었던 것이다.

물론 그에 대한 가격은 다 붙어 있었다. 가격이 결코 낮은 게 아닌 것이, 나는 잠시 나중에 수도 시설이 생기게 된다 하더라도 돈 많이 벌려고 일부러 설치 안 하는 건 아닌가 하는 의심까지 할 정도였다.

그나마 다행인 것은 욕실 안에 배수구는 있다는 것이었다. 만약 배수구도 없었다면 목욕하고 나서 더러워진 물을 치우기 위해 다시 호텔 직원을 불러야 했을 거다. 게다가 화장실도 변기가 아닌 요강이 있었을 거고 말이다.

그랬다면 아침마다 호텔 직원이 요강을 비우기 위해 왔을지도…….

'으음… 그건 좀 그렇다.'

오랜만에 뜨끈한 물로 마음껏 목욕도 했고, 룸서비스로 맛난 음식도 실컷 먹은 후에 침대에 누우니 천국이 따로 없었다.

'크허… 사람들이 이 맛에 돈을 벌려고 하는 건가 봐.'

이러고 있으니 아까 목욕물을 가지고 왔던 호텔 직원이 은근한 어조로 권유했던 아리따운 아가씨의 마사지 서비스를 거절했던 게 조금 아쉽다. 그때는 호텔 직원의 껄쩍지근한 눈빛과 어조에 화들짝 놀라며 거절을 했지만, 나중에 생각해 보니 그냥 마사지만 받으면 됐을 것을 뭘 그리 과민반응했나 싶기도 하다. 어차피 난 아무리 예쁜 여성이 내 눈앞에서 옷을 벗으며 유혹의 눈길을 던진다 해도 심드렁할 텐데 말이다.

'으으음… 차라리 잘생긴 남정네가 그러면 좀 더 효과가… 쿨럭!'

하릴없이 침대에서 뒹굴거리고 있으려니 자꾸 애먼 생각만 떠오르는 것 같아 나는 생각을 차단할 겸 자리에서 벌떡 일어나 침대 옆 탁자에 올려놨던 책을 한 권 집어 들었다.

방에도 작은 탁자와 편안해 보이는 의자가 있었지만, 그것보다는 폭신한 소파가 더 좋아 보였기에 일부러 거실로 나갔

다. 뭐, 거기에 더해 언제 오실지 모를 아버지도 기다릴 겸해서
말이다.

그런데 소파에 앉아 채 몇 장 읽지도 못했건만, 갑자기 부자
연스러운 마나의 흐름이 느껴져 고개를 들어보니 어느새 오셨
는지 아버지가 거실 한가운데에 떡하니 나타나 계시는 거다.

"이야, 마법으로 오신 겁니까?"

문을 통해 들어오는 것이 아닌, 곧바로 거실에 나타나는 모
습에 새삼스레 마법을 익히고 계신 아버지가 부러워졌다. 마
법이라는 게 21세기의 과학보다 더욱더 대단해 보였던 것이
다.

그래 부러움이 가득 담긴 어조로 말을 건넸건만, 아버지는
내 말에는 대답을 안 하신 채 못마땅한 표정으로 주변을 둘러
보시는 거다.

"왜, 왜요?"

아버지의 태도에 괜스레 불안해진 내가 아버지를 따라 주변
을 둘러보았지만, 제법 널찍한 공간에 잘 꾸며진 거실 모습이
아까 본 그대로 존재하고 있을 뿐이었다.

하지만 그 모습이 아버지에게는 못마땅한 모양이다.

"아니, 왜 여기로 온 거냐? 내가 돈은 넉넉하니 좋은 데로 가
라고 했잖아."

"에에? 여기가 어때서요?"

내가 한국에서 살던 집—물론 독립은 안 하고 부모님과 더불어

살던 집 말이다—도 이 룸보다 훨씬 작구먼. 며칠 머물 숙소가, 그것도 여러 명도 아니고 아버지와 단둘이 쓰는 건데 이 정도면 차고도 넘치는 거 아닌가?

그런데 아버지는 아니셨나 보다.

"여긴 좀 답답하지 않냐?"

아버지의 말에 나는 입을 떠억 벌렸다.

'허걱! 아버지, 혹시 부르주아 씨?'

"여, 여기가 답답해요? 아니, 그럼 산속 동굴에서는 어떻게 지내셨대요? 거긴 여기보다 더 좁았구먼."

"그거야 거기는 산속이니 이런 호텔이 없지 않느냐? 없으니 참는 건 당연하지만 여기는 있는데 뭐 하러 참냐?"

"그, 그러셨습니까?"

아버지의 말에 나는 딱히 할 말을 찾지 못해 버벅거리기만 했다.

이런 내 모습에 아버지가 혀를 쯧쯧 차셨다.

"하긴, 세상 물정 모르는 네 녀석한테 애매하게 말한 내가 잘못이지. 그냥 특실로 잡으라고 할걸. 하는 수 없지. 나도 피곤하고 시간도 늦었으니 그냥 여기에 있도록 하자. 어차피 내일 안에 작업도 끝날 거 같으니… 내려가서 내 목욕물하고 저녁이나 주문해라. 아구구, 피곤해라."

"넵."

아버지의 말에 얼른 대답하고 문을 나섰지만—이곳은 전화도 없었기에 룸서비스를 주문하려면 직접 내려가서 해야 했다—아버지의 스케일에 아직 적응이 안 되어 어리버리한 심정이었다.

'여기도 비싼 방인데 말이야. 하루에 은화 열다섯 냥이니 한국 돈으로 대략 75만원이잖아. 헐~ 나는 한국에 있을 때 그런 방에서 자는 사람은 딴세상 사람인 줄 알았는데 내가 그 세상 사람이 되다니… 내가 그런 방에서 자려면 비성수기를 노려서 쿠폰에 카드 세일을 받거나 아는 사람 회원 카드를 빌리면… 으으음… 그래도 큰맘을 먹어야 하는데… 어휴, 아버지가 한국으로 치면 재벌이셨구먼.'

아버지 기준에 맞추려면 내 간덩이를 지금보다 두 배 정도는 키우고 심장도 튼튼하게 만들어야 할 것 같다. 지금 방의 가격을 들었을 때도 심장이 두 근 반 세 근 반이었는데, 아버지는 그것으로도 부족하다니…….

'에잇, 그래도 뭐… 돈이 없어서 쩔쩔매는 것보다는 낫지. 좋게 좋게 생각하자고.'


다음날, 아버지는 나와 아침 식사를 마치신 후 곧바로 다시 작업을 하러 나가셨고, 나는 어제 다 읽지 못한 책을 마저 읽다가 점심때쯤 밖으로 나왔다. 여관에서도 식사를 할 수 있었지만, 어제 이 마을을 둘러보면서 점찍어놨던 몇 군데 식당에서 사 먹어보고 싶었기 때문이다.

일단은 어제 약속했던 대로 서점에 가서 책을 여관으로 배달시켜 놓은 후 가장 근처에 있는 식당부터 섭렵하기 시작했다.

이 육체를 가진 후 가장 만족스러운 것은 엄청 큰 용량의 위장을 가졌으면서도 그 위장을 채워도 살 찔 걱정이 없다는 거다. 맛있는 것을 마음껏 먹어도 살이 안 찌는 체질이라니, 이 얼마나 축복받은 체질이란 말인가?

한국에 살 때는 저녁 7시만 지나면 몸무게 1kg 찔까 봐 출출한 배가 애처롭게 울어도 꾹 참았더랬다. 왜 늦은 저녁 출출할 시간에는 맛있는 음식 소개 프로그램이나 치킨, 피자 광고가 그리 많은 것인지. 그걸 보며 침을 꼴딱꼴딱 삼키면서도 허벅지를 꼬집으며 '참아야 하느니라~' 라고 부르짖었던 심정이란……. 크흑~ 그때 생각만 하면 눈물이 앞을 가린다.

아마도 그때 쌓인 한이 꽤나 많았던 모양이다. 그게 아니면 벌써 두 곳의 식당에서 식사를 했음에도 세 번째 식당을 찾아가고 있는 지금 내 행동을 설명할 길이 없을 거다.

'아니면… 산속에서 지내는 동안 제대로 된 음식을 먹지 못하는 바람에 한이 맺혔던가.'

그렇게 나는 속으로 내 자신에 대해 변명을 늘어놓으면서 멋진 인테리어로 꾸며진 식당 내부로 들어섰다.

"어서 오십시오. 혼자십니까?"

식당 점원이 친절한 목소리로 물어왔다.

"예. 전망 좋은 자리로 부탁합니다."

"운이 좋으시군요. 마침 저희 식당에서 가장 인기가 좋은 자리가 비어 있거든요. 그쪽으로 안내해 드리겠습니다."

인기 좋은 자리라니, 정말 운이 좋았던 모양이다.

이 식당은 이 마을에서 내가 본 식당 중 가장 큰 규모를 가지고 있었다. 2층짜리 건물 전체가 식당만 한 건물이었으니 말이다. 거기에 쇼윈도우가 없는 것이 특징인 이 마을의 상가에서 유일하게 2층에는 유리로 된 커다란 창문이 있어 햇볕을 잘 받는 데다가 밖을 내다볼 수 있게 되어 있었다.

이 마을에 와서 밖을 내다볼 수 있을 정도로 커다란 유리 창문이 있는 건물은 아버지와 갔던 세 쌍둥이 빌딩을 제외하고 이 식당이 처음이었다.

2층에서, 특히나 창가 자리에서 식사를 하는 건 다른 자리에서 식사하는 것보다 더 비쌌지만 그걸 충분히 감수할 가치가 있었다.

이 식당의 자랑이라는 스파게티 비스무리한 면 요리와 따스한 햇볕을 즐기면서 길거리를 지나치는 사람들에게 무심한 시선을 던지고 있는 그때―사실 면 요리가 맛있어서 배가 어느 정도 찼음에도 불구하고 하나 더 시킬까 말까 고민하고 있던 때다―얼핏 내 시야 끝에 잡히는 낯익은 색에 나는 황급히 시선을 돌렸다.

그러자 과연 갈색과 금색, 아니면 붉은색 계통이 대부분인 사람들 사이에서 진한 보라색 머리가 자신의 존재를 주변에 확실히 인식시키며 점점 다가오고 있었다.

내가 아직 인간 세상을 다 돌아보지 못했지만, 지금까지 저런 화려한 머리카락 색을 가진 존재는 단 한 명밖에 본 적이 없었다. 물론 직접 본 것이 아니라 영상을 본 것이지만, 너무나 인상이 강렬했기 때문에 지금이라도 눈을 감으면 또렷하게 그 존재의 모습을 떠올릴 수 있었다.

'저, 저자가 여기는 왜?'

여전히 잘생긴 그는 주변 사람들이 자신을 힐끔힐끔 쳐다보는 걸 아는지 모르는지 여유작작한 표정으로 느긋하게 길을 걸어오고 있었다.

그자를 확인하자마자 주변을 재빨리 훑어보았지만, 내 거처를 조사하러 왔던 그 마법사는 보이지 않았다.

'혼자 온 건가?'

하지만 내 거처에서도 그들은 따로따로 움직였으니 이 마을 안에 그 마법사가 없다고 단언할 수가 없었다.

'일단은 아버지에게 알려야겠군.'

나는 정의의 사도도 아니었고, 귀찮은 일은 질색이었기에 어떻게 해서든 피하는 쪽이었다.

하지만 저들과는 이미 얽혀 버린 인연이었다. 그렇잖아도 전에 미진하게 끝나 찜찜함이 남아 있는데, 귀찮더라도 지금 잽싸게, 그리고 깨끗하게 해결해 버려야 나중의 편안함이 보장될 것이다. 저들의 의도가 좋던 나쁘던을 떠나서 말이다.

게다가 지금 모른 체했다는 걸 나중에라도 아버지가 아셨다간 상당히 귀찮은 일이 될 것이 뻔했기에 나는 가만히 있을 수가 없었다.

녀석이 오고 있는 방향을 확인한 나는 잽싸게 자리에서 일어나 황급히 음식 값을 치른 후 밖으로 나왔다. 다행히 내 동작이 그리 늦지는 않았는지 저 앞에 녀석의 뒷모습이 보인다.

'제기랄… 저놈도 그래. 왜 하필 내가 보고 있던 길거리를 지나가는 거야? 올 거면 다른 길을 이용할 것이지.'

미행이라는 걸 한 번도 해본 적이 없었지만, 나는 멀찍이 떨어진 상태 그대로 천천히 녀석의 뒤를 따라가기 시작했다.

녀석이 이곳에 온 목적이 무엇인지 알아낼 생각은 없었다. 내가 뭐, 007의 제임스 본드도 아닌데 무슨 능력으로 그러겠는가? 게다가 원래는 녀석의 목적지가 어디인지 알아낼 생각도 없었다. 그냥 놈이 이 마을에 왔다는 걸 아버지에게 알리려고 했을 뿐이다.

그런데 하필 녀석이 향하는 곳이 내가 가는 방향과 같은 거다.

'에잇, 그럼 방향이 달라질 때까지만이라도……'

녀석과 내가 가려는 방향이 갈라질 때라면 마음 편하게 아버지를 향해 달려갈 수 있을 테고, 거기에 플러스로 운이 좋아 대략이나마 녀석의 목적지가 있는 방향이라도 알 수 있을지

모르니, '그때까지만' 이란 한계를 정해두고 미행 아닌 미행을
하게 되었다.

그런데 이 무슨 우연의 일치? 녀석은 아버지가 지금 계신 바
로 그 세 쌍둥이 빌딩으로 향하고 있는 것이었다.

'어어어?'

이 황당한 상황에 나는 어찌할 바를 몰랐다.

일단 녀석의 목적지를 알 수 있게 된 건 좋은데, 방향이 언
제 달라질지 모르니 언제 아버지께 달려갈 수 있을지 몰랐기
때문이다.

'건물은 다르길, 건물은 다르길……'

녀석의 뒤통수를 계속 노려보면 시선을 느껴 뒤를 돌아볼까
봐 걱정되어 녀석을 계속 보지도 못하고 괜히 주변을 두리번
거리며 쫓아가는 와중에 속으로 간절히 바랐건만,

하필이면 세 건물 중에서도 아버지가 계시는 그 건물 안으로
사라지는 놈의 뒷모습을 바라보며 나는 속으로 중얼거렸다.

'젠장할.'

이제는 놈이 몇 층으로 가느냐가 문제였다.

'설마 5층으로 가는 건 아니겠지? 그냥 아래층으로 갔으면
좋겠는데……'

하지만 오늘 녀석은 내 바람을 모조리 꺾을 작정을 하고 온
모양이다.

1층 로비에 들어서서 계단으로 향한 뒤 2층, 3층, 4층…….

'설마 5층?'

아버지가 계시는 층이 아니라 아예 아버지가 계시는 방으로 가는 건 아닌가 하는 생각까지 들었지만, 다행히도 그건 아니었다.

놈은 5층조차도 그냥 지나쳐 올라갔던 것이다.

'헤유~ 다행…….'

속으로 안도의 한숨을 내쉬며 그 즉시 5층 복도로 가려고 했는데, 두어 발자국을 걷자 나도 모르게 발이 멈춰졌다. 그와 함께 마음 한편으로 아쉬움이 새록새록 솟아나는 것이다.

이 건물은 7층까지 있으니 녀석은 아마 목적지까지 거의 다 왔을 거다.

콩닥콩닥하는 마음을 부여잡고 기껏 녀석의 뒤를 여기까지 쫓았는데, 놈의 목적지를 코앞에 두고 그냥 돌아서려니 좀, 아니, 많이 아까웠다.

하지만 그렇다고 끝까지 미행하려니 콩닥거리는 심장이 '가지 마세요~ 가지 마세요~'라고 하는 거 같다. 다시 한 번 말하지만, 나는 제임스 본드가 아니라 평범한 직장 여성이었던 것이다. 아슬아슬하고 불안불안한 모험과는 거리가 먼.

뭐, 지금은 갑자기 괴물이 된 판타스틱한 경험을 해봤지만 말이다.

'어쩌지? 어쩔까?'

그렇게 마음속으로 무지 갈등하고 있는데, 웃기게도 내 발이 어찌할 바 모르는 내심을 아는지 모르는지 계단으로 되돌아가는 것이었다. 아무래도 육체는 돌아가자고 주장하는 갈등 A보다는 이대로 녀석의 뒤를 끝까지 쫓자는 갈등 B의 편을 들어주고 싶었던 모양이다.

그러니 어쩌겠는가?

나는 민주주의 사회에서 태어나 자란 몸. 갈등 A와 갈등 B, 그리고 육체, 이렇게 셋 중 둘이 한편이라면 다수결 원칙에 따라 그 둘을 따를 수밖에.

'에잇, 그래. 몇 층까지 가는지만 알아보고 아버지께 가서 알리자. 이왕 이렇게 된 거, 몇 층인지까지 알면 좋잖아. 어차피 이제 따악 두 층만 남았으니까 뭐.'

도대체 뭘 믿고 자신만만하게 녀석의 뒤를 쫓는 건지 내 스스로도 이해가 안 갔지만, 그렇게 마음먹고 녀석의 뒤를 쫓는 발걸음은 이상하게도 가볍기만 했다.


계단을 도착해 위를 올려다보니 놈의 화려한 보라색 머리가 6층에서 더 이상 올라가지 않고 복도 쪽으로 들어가는 게 보였다. 그래 반사적으로 6층으로 쫓아 올라갔더니만, 분명 바깥에서 볼 때는 여기가 7층짜리 건물이었는데 계단은 6층에서 끝나 있는 거였다. 게다가 다른 층은 복도로 통하는 길이 다 개방되어 있는 것과는 달리 6층 입구에는 단단한 두 짝의 나무문이 버티고 있었다.

슬쩍 밀어보니 다행히 잠겨 있지 않았다. 하기야 잠겨 있었다면 놈도 못 들어갔을 테지. 그래 살짝 열고 들어가 보니 안에 또 다른 문이—이번에는 한 짝이었다—있었다.

이번에도 살며시 다가가 문고리를 돌려보니 역시 잠겨 있지 않았다.

하지만 이번에는 아까와는 달리 쉽게 들어갈 수가 없었다. 이중문의 형태를 보니 여기는 뭔가 중요한 시설이 있는 것만 같은, '관계자 외 출입 금지'란 글씨 위에 빨간 줄 두 개가 사선으로 쭉쭉 그어진 팻말이 붙어 있는 것만 같았던 것이다.

'이거, 들어가도 되는 거야? 나중에 들키면 큰일 나는 거 아니야?'

나는 걱정이 슬며시 고개를 치켜드는 걸 느끼며 이제 그만 돌아갈까 하는 생각이 들었지만, 이놈의 육체는 '여기까지 온 거'라 생각했는지 거침없이, 그러나 조용한 몸짓으로 잠기지 않은 문을 열고 잽싸게 안으로 들어가는 것이었다.

안은 놀랍게도 도서관이었다.

2층 규모의—아마 이것 때문에 6층에서 계단이 끝나 있었던가 보다—높다란 천장을 가진 그곳은 천장이 통유리로 되어 환한 빛이 쏟아져 들어오고 있었으며, 사방이 그 높은 천장까지 닿는 책장으로 꽉 차 있었다. 물론 그 책장에는 책이 꽉꽉 들어

차 있었고 말이다. 책장 앞에는 드문드문 높은 곳에 있는 책을
뽑기 위한, 높이와 규모가 제각각인 사다리가 놓여 있었다.

그런데 사방이 책장으로 뒤덮인(?) 벽 중 한쪽의 중간 부분
에 테라스 형식으로 돌출된 부위가 있었는데, 그 위로 문 하나
가 보였다. 검은색인 걸 보니 나무가 아니라 검게 칠해진 철인
거 같은데, 지금 그 문이 열려져 있는 거다.

도서관 안에는 아무런 인기척이 느껴지지 않는 것으로 보아
이곳에 들어왔던 그 보라색 머리는 그 안으로 들어가 있는 게
틀림없었다.

'어쩌지?

머리로는 그렇게 안절부절못하고 있었지만, 내 육체는 그 문
을 인식한 순간 그쪽으로 달려가고 있었다. 그 와중에 바닥에
깔린 양탄자 덕분인지, 아니면 내 육체의 능력인지 발소리가
거의 안 나는 것이 신기하게 느껴질 정도였다. 하긴 뭐, 숲 속
에서 달려갈 때도 그렇게 큰 소리는 안 났던 것 같기도 하다.

그렇게 도서관을 가로질러 테라스에 연결된 계단을 뛰어오
르려 할 때 계단 뒤쪽에 누군가가 누워 있는 것이 보였다. 아
마 보통 때였다면 보이지 않았을 테지만, 그 사람이 바깥으로
다리를 내놓고 있어 그게 눈에 띄었던 것이다.

'응?

정말 수상한 모습이었다. 이 넓은 도서관에 어디 갈 데가 없
어 계단 뒤쪽에 들어가 있는가 말이다. 그래 의아함에 그곳으

로 다가갔더니, 거기에는 40대 초반의 남성이 정신을 잃고 쓰러져 있었다. 아니, 그 사람의 구겨진 옷차림이나 이상하게 구부러진 상체의 모습을 보아할 때 누군가가 정신을 잃은 이 사람을 남의 눈에 띄지 않게끔 여기다가 집어넣은 것 같았다. 다리 또한 밖으로 드러나지 않게 구부려서 처박아놨을 테지만, 어찌하다 보니 다리가 펴져 밖으로 나온 모양이다.

“이봐요! 정신 차려요!!”

가볍게 흔들며 속삭여 봤지만—보라색 머리 녀석이 들을까 봐—그 사람은 쉽사리 깨어나지 않았다. 몇 번 흔들다 안 일어나서 뺨까지 톡톡 두들겨 봤지만 그래도 깨어나지 않는다.

그래도 죽은 건 아니었다. 체온도 있었고, 숨도 고르게 쉬고 있었으니까 말이다.

아무래도 위에 있는 녀석이 그렇게 나쁜 놈은 아닌가 보다. 정말 나쁜 놈이었다면 단지 기절시키는 것이 아니라 그냥 죽여 버렸을지도 모른다.

왜 영화에서 보면 이런 비슷한 상황에서 악당이 자신의 얼굴을 봤다거나, 나중에 깨어나게 되면 귀찮아진다든가, 아니면 건방지게 자신에게 덤벼들었다는 등등의 이유로 가차없이 사람을 죽이지 않던가 말이다. 뭐, 영화와 현실은 다르지만, 그래도 영화는 현실을 반영하니 그런 일이 실제로 있기도 할 것이다.

그거야 어쨌든, 이제는 정말 녀석을 쫓는 일은 그만둬야 할 시점인 것 같았다. 녀석을 미행하는 것보다는 이 사람을 데리고 여길 빠져나가 다른 사람들에게 알리는 게 더 시급한 일이라고 여겨졌던 것이다.

해서 그 사람을 들쳐 업은 나는 조심조심 계단의 뒤편에 있는 공간에서 빠져나온 후, 혹시 그 녀석이 나올지도 몰라 슬쩍 위쪽을 살펴본다는 것이 그만 막 테라스에서 뛰어내리려 폼을 잡고 있는 보라색 머리 녀석과 정면으로 눈이 마주쳐 버리고 말았다.

'헉… 저 녀석 언제 나온 거야?'

나야 놈이 여기에 있다는 걸 알고 있으니 들키지 않으려고 조심조심 행동했지만, 놈은 내가 있는 줄도 모를 텐데 어떻게 이리 기척도 없이 움직이는 건지…….

아니, 놈도 몰래 침입한 걸 테니 조용히 움직이는 게 당연한 건가?

하여간 덕분에 난 온몸이 얼어붙는 것 같다는 감각이 어떤 건지 정말 생생하게 느낄 수 있었다.

아무래도 내가 너무 꿈지럭댔던가 보다. 어느새 놈은 자신의 볼일을 다 끝내고―그도 그럴 것이, 녀석의 손에 뭔지 모를 종이 뭉텅이가 들려 있었다―돌아가려고 하니 말이다.

나도 무지 놀랐지만 녀석도 엄청 뜻밖이었던지 날 보고는 당혹스러운 표정을 감추지 못했다.

그런 녀석에게 내가 가까스로 입술 끝을 올려 씨익 미소를 지어 보이자 녀석도 뭐라 말을 하고 싶었는지 입술을 달싹거렸다.

하지만 난 그 말을 못 들었다. 이유인즉슨, 녀석의 얼굴이 풀리고 입술이 달싹거리자마자 잽싸게 문 쪽으로 튀었기 때문이다.

녀석의 실력을 볼 기회는 없었지만, 아― 최소한 맨 처음 내 거처에 침입해 나와 싸웠던 그 마족 녀석 못지않은 실력을 가졌을 게 틀림없다.

그때 그 마족도 본체 상태로 아버지의 도움에 육체 본능 모드의 도움으로 간신히 이겼건만, 지금은 본체 상태도 아닌데다 한 사람을 등에 업고 있으니 놈을 이길 확률은커녕 도망이나 제대로 칠 수 있으면 다행일 거다.

그래도 그나마 위안이 되는 건 도서관만 벗어나면 된다는 거다. 계단이 있는 곳까지만 나가서 고함을 지르기만 하면 살 수 있다.

이 주위야 모르겠지만 5층 아래쪽에는 아직도 많은 사람들이 오르내리고 있을 거고, 그 계단이 있는 공간은 소리가 잘 울리기 때문에 내가 소리치면 분명 사람들이 듣고 무슨 일인가 싶어 달려올 테니 말이다.

그렇게 된다면 녀석도 날 어쩌지는 못할 거다. 아니, 오히려 몸을 피하느라 바쁘겠지.

하지만 그게 쉬운 일이 아니라는 게 문제였다.

뭔가 뒤통수에 섬뜩한 기운이 느껴진다 싶은 순간, 나는 반사적으로 허리를 숙이는 것으로도 모자라 바닥을 굴렀다.

도서관 바닥에는 두터운 양탄자가 깔린 데다 등에 업힌 분이 기절한 상태라서 다행이었지, 안 그랬다면 등에 업힌 분이 죽는다고 비명을 질렀을지도.

타이밍은 굿이었다. 내가 바닥을 구르는 순간, 내 머리 위로 뭔가가 휘익~! 하고 지나갔으니 말이다. 너무 빨라서 뭔가가 지나갔다는 것만 알았지, 그 정체가 뭔지는 알지 못했다.

바닥에서 한 바퀴 데구루루 구른 나는 잽싸게 몸을 일으켜 뒤를 돌아볼 생각도 못한 채 그대로 문 쪽으로 달렸다.

하지만 채 두어 발자국 가기도 전에 나는 다시 왼쪽으로 몸을 틀어야 했다. 그리고 곧바로 오른쪽에서 휘익 지나가는 검은 그림자. 게다가 이번에는 거기서 끝이 아니었다. 내가 있던 자리를 지나가서 아예 가버렸으면 좋으련만, 거기에서 다시 방향을 꺾어 내 하체를 쓸어왔던 것이다.

'젠장할~!!'

그래도 몇 개월이긴 하지만 숲 속에서 뛰놀던(?) 경험이 있어서 다행이었다. 그 수많은 장애물 속을 헤집고 다니던 경험으로 인하여 지금도 앞에 있던 소파의 등받이를 박차고 뛰어올라 다시금 검은 그림자를 피했으니 말이다.

건너편에 있던 소파의 등받이를 발판 삼아 다시 한 번 도약한 나는 바닥에 무사히 착지하여 뒤에서 들려오는 소파 넘어가는 소리는 무시한 채 계속 앞으로 달려가려 했다.

그러나 그보다도 먼저 보랏빛이 내 앞을 가로막았다.

"훗, 잽싼데?"

아까 손에 들고 있던 종이 뭉치는 어디다 챙겼는지 보이지 않고 대신 날카로운 빛을 뿌리는 검 한 자루가 들려 있었다. 아무래도 아까 내 옆을 샥, 샥 하고 지나갔던 검은 그림자의 정체가 바로 저거였던 모양이다.

"운이 나쁜 녀석이로군. 이런 데서는 피를 보고 싶지 않았는데 말이야."

보라색 머리 녀석이 무지 안타깝다는 표정으로 주변을 둘러보며 말한다.

'아쭈, 지가 무슨……'

그렇게 속으로 코웃음을 치긴 했지만, 나도 녀석의 말에 동감이었다. 일단 이래 봬도 나 또한 찬을 좋아하고 아끼는 편인데다가 지금 저 녀석이 보고 싶지 않다는 피는 바로 내 피가 될 확률이 높았으니 말이다.

'에휴, 이럴 줄 알았으면 검이라도 하나 사둘걸.'

뭐어, 내가 검술을 할 수 있는 것도 아니었지만, 그래도 아무것도 없는 것과 각목이라도 하나 들고 있는 것하고는 기분의 차이가 상당했으니 말이다.

물론 지금 내 팔목에 천신기가 있기는 하지만, 아버지께 그걸 함부로 보이지 말라고 신신당부를 들은 데다 혹시 내가 그걸 사용했다가 내 정체를 들키든지, 아니면 나중에 곤란한 일이 있든지 할까 봐 꺼낼 엄두도 못 냈다.

그러니 지금은 천상 빈손으로 긴장한 채 녀석만 뚫어져라 주시할 수밖에 없었다. 아니, 등에 웬 아저씨를 하나 업은 채 말이다.

내가 체력이 좋은 게 다행이었다. 안 그랬으면 당장이라도 등에 업은 분을 내려놓을지 말지 심각하게 갈등했을 테니 말이다.

뭐, 솔직히 지금이라도 내려놓을 수 있었으면 내려놨을 거다. 하지만 만약 그랬다가 녀석에게 잡혀 인질이 될 수도 있으니 함부로 내려놓을 수가 없었다. 일이 잘 풀리든 안 풀리든 계속 업고 있을 수밖에.

녀석의 시선이 천천히 나에게로 돌아왔다. 그와 함께 내 긴장감은 점점 더 커져 손 안에 땀이 차는 것이 느껴질 정도였다.

정말 미안한 일이었지만, 마땅히 닦을 데가 없어 등에 업혀 있는 아저씨의 옷에 슬며시 땀을 문질러 닦았다. 아저씨를 구해주려고 이리 애를 쓰고 있으니 이 정도쯤이야 양해해 주겠지.

녀석과 나 사이에는 서로 마주 보고 있는 긴 소파 두 개와 그 사이에 탁자가 놓여 있었다. 일반 사람이라면 이 정도의 장애물이 있는 정도면 도망가는 데 꽤나 유리한 상황이겠지만,

녀석은 별로 거치적거리지 않는다는 표정이다.

내 감으로도 이 정도로는 녀석에게서 시간을 벌 수 있을 것 같지도 않았다.

게다가 놈의 발만 묶으면 뭐 하는가? 녀석의 손엔 검까지 들려 있는데.

암만 생각해 봐도 나에게만 엄청 불리한 상황이었다.

하지만 그렇다 해도 이대로 주저앉아 녀석의 처분만 바랄 수는 없는 일. 사람이 검을 뽑았으면 무라도 썰어야 한다고, 아무리 불리해도 끝까지 해봐야 의지의 한국인이랄 수 있을 거다.

그렇게 다시 한 번 각오를 다지며 긴장감에 침을 한 번 꿀꺽 삼키는데, 그것이 신호가 되었을까. 녀석이 오른쪽으로 달리려는 듯 움찔한다.

그에 발맞추어 나는 녀석과는 반대편으로 몸을 날렸다.

그런데 이것이 놈의 노림수였을 줄이야!

내가 대여섯 발자국 달려갈 즈음, 녀석이 아주 여유있게 웃으며 내 앞에 나타나 검을 휘두르는 것이었다.

하지만 나에게는 육체 본능이라는 든든한 아군이 존재했다.

녀석의 모습이 보이자마자 갑자기 내 몸이 야구에서의 도루 폼으로 쭈욱 미끄러져 녀석의 검 사정거리에서 벗어나더니 한 손으로 바닥을 쳐 몸을 일으키는 것이었다.

육체 본능이 온전히 발휘되는 순간이었다.

그렇게 발휘되는 건 좋았는데…….

‘이놈아, 그냥 도망가잔 말이다아아아앗~!!’

이놈의 육체 본능은 ‘임전무퇴’를 철칙으로 삼고 있는지 와 이번 때도, 마족 때도 끝까지 달려들어 싸우더니만, 이번에도 도망갈 생각은 않고 빙글 몸을 돌려 녀석을 마주 보는 것이었다.

그나마 다행이라면, 뒤에 업힌 분을 귀찮다고 내팽개치지 않는다는 점이랄까?

녀석을 바라보는 내 눈빛이 어땠는지 모르겠지만 놈이 섣불리 달려들지 않고 신중한 시선으로 바라보더니 피식 웃는다.

“도망가는 건 포기한 건가? 그렇다고 덤벼들 생각을 하다니… 그 사람을 업고 말이지.”

‘그러게 말이다아~! 그냥 도망 가자니까아아~!!’

이제는 육체에 대한 통제가 완전히 육체 본능에게로 넘어갔는지 내가 아무리 속으로 외치고 발광을 해도 내 입은 단 한 마디도 내뱉지 않았다. 하긴 뭐, 그걸 아니까 나도 마음껏 소리칠 수 있는 것이었지만 말이다.

녀석은 확실히 이전의 덜떨어진 마족보다 한 단계 상급의 실력자였다.

만약 이전의 덜떨어진 마족이었다면 내가 이렇게 행동을 바꾼다고 해도 개의치 않고, 아니, 오히려 비웃어주며 그냥 달려들었을 거다.

"그럼 어디 그 실력을 좀 볼까?"

'어차피 이놈도 달려들긴 달려들 거였구나.'

녀석이 검을 손에서 한 바퀴 휘리릭 돌리고 제대로 잡는가 싶더니만, 곧바로 땅을 박차면서 나에게 달려들었다.

난 가볍게 몸을 허공으로 띄워 옆에 있던 낮은 탁자 위의 큰 화분을 녀석을 향해 걷어찼다.

이 커다란 도서관 안에는 소파 세트만 해도 다섯 개가 있었고, 중간 중간의 탁자 위에는 멋들어진 장식품, 아니면 화초 화분이 놓여 있었다. 뭐, 그래 봤자 널직널직한 여유 공간을 두고 있었기에 내가 도망가는 데는 별 지장이 없었지만. 그런데 하필이면 그중 운이 없는 한 화분이 이번에 내 공격 무기가 되어 그 운명을 다해 버리고 말았다.

퍽~!

그 가여운 화분뿐만이 아니었다. 화분이 날아가자마자 그 화분을 받치고 있던 탁자도 같은 운명이 되었고, 그 옆에 있던 일인용 소파도 곧바로 그 운명을 따랐다.

그리고 내 육체는 녀석에게 곧바로 돌진… 하는 것이 아니라 냅다 몸을 돌려 입구 쪽으로 달리는 것이었다.

'장하다, 육체 본능, 훌륭하다 육체 본능~!! 그렇지~! 지금 사람도 업고 있고 무기도 없는데 덤벼드는 것은 무식하고 어리석은 짓일 뿐이야~!! 너도 이게 생각하면서 싸우게 되었구나아~!'

내 육체가 입구를 향해 달리는 걸 깨닫자마자 나는 속으로 두 팔을 흔들며 열심히 육체 본능을 응원했다.

이제 이대로만 달리면 여길 벗어나 사람들에게 도움을 청할 수 있을 거란 생각에 환호성을 터뜨리려 했건만, 세상일이란 역시 사람 마음대로 되지 않는 거였다.

휘익~!

뒤에서 뭔가 바람 소리가 들린다 싶더니만 갑자기 내 육체가 옆으로 방향을 틀었다. 그리고 내가 있던 자리에 와 박혀 산산조각나는 어떤 물체.

'히익~!!'

그 모습에 난 기겁했지만, 육체 본능의 지시를(?) 따르고 있는 육체는 침착하게 다시 한 번 뒤로 훌쩍 몸을 날렸다.

휘잉~!

간발의 차이로 스쳐 지나가는 검은 그림자. 아마도 녀석이 들고 있던 검일 거다.

내 육체가 착지한 곳은 또 다른 장식품이 놓여 있는 탁자. 그 위에 놓인 장식품이 금속 조각상이라는 걸 깨닫는 순간, 그 비운의 금속 조각상은 내 육체의 발에 차여 녀석을 향해 날아갔다.

그러자 녀석 또한 기다렸다는 듯 자기 옆에 있던 탁자를 마주 날렸다.

녀석이 날린 탁자는 정확하게 내가 날린 조각상과 허공에서 부딪쳐 산산조각이 나버렸는데, 하필이면 그 산산조각난 조각들이 모조리 내 쪽으로 날아 오는 것이다.

"윽!"

덕분에 내 육체는 반사적으로 눈을 찡그리며 뒤로 물러나 버렸는데, 갑자기 육체가 흠칫하더니 옆으로 피하… 려고 하다가 옆에 버티고 있던 소파에 걸려 그 위로 철퍼덕 넘어지고 말았다. 아무리 뛰어난 육체라고 해도 미처 보지 못한 소파에 걸려 넘어지는 건 어찌 해결할 수가 없었던 것이다.

거기에 뒤에는 웬 아저씨 하나를 업고 있는 상황이었으니, 잽싸게 몸을 굴려 일으키는 데 방해가 되어 나도, 아니, 내 육체는 자신도 모르게 버둥거리는 꼴이 되어버렸다.

그걸 본 녀석은 페어플레이라는 걸 모르는 놈이었던지 '때는 이때다' 하는 표정으로 달려들었다.

"마지막이다!"

내 생각에도 이게 마지막인 거 같았다.

그리하여 나는 차마 내 마지막을 눈으로 볼 수 없어 두 눈을 질끈 감고 녀석의 공격을 기다리는데,

촤앙~!

'응?'

녀석의 검이 내 몸을 뚫고 들어오는 거라면 '푸욱~!' 같은 소리가 들려야 하는데 난데없이 금속끼리 부딪치는 소리라니…….

거기다 내 몸에서는 아무런 통증이 느껴지지 않는다.

그래 의아함에 조심스레 눈을 떠보니 이게 웬일? 어디서 나타났는지 모를 세 사람이 그 보라색 머리 녀석을 둘러싸고 있는 것이었다. 게다가 그들은 나와는 달리 저마다 검을 꺼내 들고 있었다.

보라색 머리 녀석 또한 뜻밖이었는지 한 걸음 물러나서 그 세 사람을 주시하고 있었다.

'다행이다. 마침 사람들이 와줬구나.'

저들이 누구인지, 왜 여기 있는지는 아무래도 상관없었다. 단지 저들이 있음으로 해서 내가 살았고, 한숨 돌릴 수 있었고, 업은 아저씨 또한 안전해졌다는 사실이 중요했다.

갑자기 나타난 세 사람이 저 보라색 머리 녀석을 상대할 수 있을지 잠시 걱정이 되긴 했지만, 그것도 잠깐이었다. 보라색 머리 녀석이 신중한 표정으로 둘러보는 걸 보니 아무래도 제법 실력이 있는 사람들인 듯했기 때문이다.

게다가 그게 아니라 해도 저들이 대략 30여 초만 저놈을 붙잡고 있어준다면 내가 도서실 밖에까지 도달할 수 있었다.

이런 생각을 하던 와중 보라색 머리 녀석과 눈이 마주쳤다. 놈은 아마 환한 기색이 어려 있을 내 표정을 보더니 싱긋 웃었다.

"이런, 이런, 곤란하게 됐는걸? 조용히 왔다 가려고 했는데……."

말과는 달리 녀석의 표정은 전~혀 곤란해하지 않고 있었
다.

그 여유만만한 표정이 마음에 안 든 것일까?

갑자기 다짜고짜로 녀석을 싸고 있던 세 사람 중 한 사람이
달려들었다.

"타앗~!"

가벼운 기합 소리와 함께 녀석에게 날아가는 그 사람의 몸
집은 물이 흐르듯 부드러우면서도 빠르고 정확해 보는 내가
감탄스러울 정도였다.

"호오!"

그리고 그걸 신호로 여겼는지 같이 있던 두 사람도 뒤늦게
녀석을 향해 달려들었다.

하지만 과연 보라색 머리 녀석도 만만치 않았다. 첫 번째 공
격을 검을 한 번 휘두르는 것으로 비껴내더니 좌우로 몇 번 걸
음을 옮기는 것만으로 뒤이어지는 공격까지 모조리 피해내는
것이었다.

그 와중에 사람들의 위치가 바뀌어 나는 드디어 뒤통수만
보았던 내 편이 되어준 세 사람의 얼굴을 볼 수 있었다.

'엇? 저들은?'

놀랍게도 한 번 본 사람들이었다. 이들과의 만남 또한 평범
하지 않았기에 그들의 얼굴을 잘 기억하고 있었다.

어제 서점에서 나올 때 맞닥뜨렸던, 나보고 귀족이 아니라

고 줄곧 우겨대던 웃긴 녀석과 어린 주제에 메마른 눈을 하고 있던 녀석, 그리고 그 셋 중 그나마 인간적으로 보이던 남정네, 바로 이 세 사람이었던 것이다.

그런데 뒤에서 가만 보고 있자니 나이는 그나마 괜찮은 남정네가 제일 많아 보이는데, 어째 검 휘두르는 솜씨는 어린 나이에 안 맞게 메마른 눈동자를 하고 있는 녀석이 제일 뛰어났다. 얼마나 뛰어난가 하면 절대 만만치 않게 느껴졌던 보라색 머리 녀석을 그나마 제대로 상대하고 있는 사람이 그 녀석 한 명뿐이었으니 말이다.

나머지 두 사람은 그 녀석을 보조하는 정도였다.

그래도 세 사람이 힘을 합치니 제법 보라색 머리를 몰아붙이기도 한다.

세상에서 제일 재미있는 구경이 불구경과 싸움 구경이라고 하더니만, 나는 방금 전까지만 해도 내가 어떤 상태였는지는 까맣게 잊고 녀석들의 살벌한 대결에 포옥 빠져서 정신없이 구경하고 있다가 금갈색 머리 녀석이—웃긴 녀석 말이다—보라색 머리 녀석의 발에 채어 뒤로 날아가 근처 소파에 처박히자 그제야 정신이 퍼뜩 들었다.

'이런! 내가 이렇게 구경만 하고 있을 때가 아니잖아!'

소설에 나오는 쥔공이라면 되든 안 되든 검이 없으면 주변에 나무 막대기라도 들고 싸움판에 끼어들어 도우려고 애를 썼겠지만 난 그런 쥔공이 아니었다.

일단 여전히 기절 상태인 아저씨를 등에서 떼어낸 뒤 소파 밑에 내려놓고는—보라색 머리가 정신없을 테니 잠시 정도는 혼자 있어도 안전할 거 같아서였다—잽싸게 도서관 입구로 달렸다.

그러자 웃기게도 이런 날 봤는지 뒤에서 금갈색 머리 녀석의 찢어지는 목소리가 들려오는 것이었다.

"비겁하다~! 너 혼자 살겠다고 도망치는 거냐?"

난 기가 막혀서 하마터면 발이 삐끗해 넘어질 뻔했다. 여유만 있었으면 되돌아가서 그 녀석의 뒤통수를 한 대 때려주고 싶은 심정이었다.

저놈도 '적에게는 절대 등을 보여서는 안 된다. 실력이 부족해 적에게 죽더라도 끝까지 찔러보기라도 해야 한다' 등등의 말에 세뇌되어 있는 건가? 지금 이 순간 가장 필요한 것이 무엇인지도 모르고, 그저 등을 보이고 달려가면 비겁하게 도망치는 걸로밖에 여겨지지 않는 걸까?

아니, 뭐, 달리 생각해 보면 저놈과 내가 서로 잘 아는 사이도 아니니 그렇게 여겨질 수도 있겠다.

하지만 아무리 그래도 저런 이야기를 들으니 너무 열받는다.

어쨌든, 이러저러하는 생각을 하는 사이에도 계속 달렸던 나는 드디어 도서관 입구에 도착했고, 그대로 문을 박차고 계단에 이르러 아래를 향해 있는 힘껏 고함을 쳤다.

"도둑이야~!! 도둑!! 도서관에 도둑이 나타나서 뭔가를 훔쳐 간다아아~!!"

다아 다아 다아아아~!

계단이 있는 공간의 구조상 소리가 울릴 거라고 예상은 했지만, 내 고함 소리가 그만큼 컸던 걸까? 울리는 게 아니라 내 목소리를 몇 배로 확대시키는 것만 같다. 예상 밖의 큰 소리에 고막이 짜릿짜릿해서 나는 순간적으로 내 귀를 틀어막고 있어야 할 정도였으니 말이다.

그러니 아래에 있는 분들은 얼마나 귀가 아팠겠는가?

덕분에 도둑이 들었다는 건 확실하게 전달되었을 테지만, 그와 함께 조금 미안하다는 생각도 들었다.

그러고 나서 나는 다시 도서관 안으로 뛰어들었다.

이제 사람들이 몰려올 테니 녀석을 사람들이 올 동안 잡아 둬야만 했다.

아까 녀석이 챙겼던 걸 되찾아야 함은 물론이거니와, 그를 생포함으로써 아버지가 그렇게 원하시는, 녀석이 몸담고 있는 조직에 대한 정보도 얻을 수 있을 테니 말이다.

뭐, 기가 막힌 녀석이 외친 '비겁하다~!' 란 소리가 마음에 걸렸다는 것도 있었다는 건 인정한다. 그래 봤자 아주 쬐끔, 쬐에에에에~ 끔 걸렸을 뿐이다.

마침 입구 근처에 높이가 대략 1m 조금 넘는 것 같은 청동 조각상이 하나 자리해 있었다.

웬 소녀가 무언가를 든 양팔을 머리 위로 똑바로 치켜 올린 모습이었는데, 그 조각을 만들 때 금속이 채 굳기도 전에 소녀의 팔과 다리를 잡아 쭈우욱 늘린 것만 같은 형태였다. 뭔가 예술적으로 대단하다~라는 감동은 와 닿지 않았지만, 검 대용으로 쓰기에는 딱인 것 같았다. 일단 금속인데다 길쭉하고 가느다라니 말이다. 예술품을 검 대신 휘두른다는 것이 양심에 찔리기는 하지만 어쩔 수 없는 거 아닌가? 주변에 쇠파이프라도 있었으면 난 그걸 썼을 거다.

그 소녀 모습의 조각상을 들고 뚜어 들어간 나는 화려하게 펼쳐지는 살벌한 싸움터에 멋진 폼으로 뚜어들어 세 사람의 든든한 아군이 되어줬… 으면 얼마나 좋았겠는가만은…….

'쳇, 이럴 줄 알았으면 괜히 애써서 뛰어왔잖아?

나는 혀를 끌끌 차며 뒤로 물러나 여전히 기절해 있는 아저씨 옆으로 가서 얌전히 앉았다. 손에는 그 조각상을 든 채로 말이다.

세 사람이 너무나 완벽하게 보라색 머리 녀석을 감싼 채 놈을 몰아붙이고 있어서 나는 도저히 끼어들 수가 없었던 것이다.

기가 막힌 놈은 아까 나가떨어졌으면 그 상태로 얌전히 있을 것이지, 머리에 피가 뚝뚝 떨어지는 상태임에도 불구하고 되돌아와 고군분투하고 있었다. 아마 녀석의 머리를 싸맬 여유조차 없었던 게 분명했다.

나에게 뛰어난 검술 실력이라도 있었다면 없는 틈이라도 파고들겠는데, 난 검도장 문턱에도 안 가본 사람이다.

산속에 있을 때의 경험을 물어온다면, 사냥을 할 때는 죽어라 도망가는 놈들을 열심히 쫓아다니기만 했다고 이야기하겠다.

와이번 떼하고도 신나게 도망 다니던 기억밖에 없다. 게다가 그건 날아다니면서 도망 다녔으니 비행 능력이나 좀 키워졌으려나?

마지막에 와이번 두 마리를 잡은 건 육체 본능이 보다 보다 답답해서 안 되겠던지 자기가 깨어나서 한 거였으니 엄밀히 말해 내가 했다고도 할 수 없다.

웬 덜떨어진 마족이 왔을 때도 놈이 공격하면 피하고 막고 했던 것밖에는 한 게 없었다. 녀석을 향해 덤벼들었을 때도 기껏해야 천신기를 휘두르기만 했으니, 그 실력 가지고 저들 사이에 끼어들었다가는 세 사람에게 방해나 되지 않으면 다행일 거다.

그러니 난 얌전히 앉아 구경하는 게 저들을 도와주는 걸 거다.

'한 사람이 나가떨어져서 위험하게 되면 그때 나서지 뭐.'

그렇게 태평하게 생각하고 있었는데, 결국 내가 나설 일이 없었다. 그 세 사람이 다른 사람들이 우르르 몰려올 때까지 녀석을 몰아붙이고 있었던 것이다.

쾅~!!

이중 문 중 바깥에 있던 두 짝의 문을 박차는 소리가 나자마자 두다다다 하는, 여러 명이 뛰어 들어오는 소리가 났다. 그리고 얼마 지나지 않아 번쩍거리는 금속 갑옷을 걸친 채 손에 검을 든 일단의 무리가 우르르 들어오는 모습이 보였다.

반가운 모습에 환호성이라도 지르고 싶었지만, 이때 또 다른 굉음이 내 환호성을 대신해 줬다.

콰장창~!!

멋들어지다고 생각한, 햇빛을 그대로 투과시키는 통유리로 된 천장이 산산조각나면서 부서져 내렸다. 그리고 그 틈새로 와이번과 비슷하게 생겼지만 좀 작은 괴물 녀석이 날아 내려 왔다.

'어, 어, 저거… 몬스터 도감에서 봤는데…….'

진한 갈색인 와이번에 비해 아예 검은색을 가진 녀석, 여우 입과 비슷한 와이번에 비해 구관조 같은 부리를 가진 녀석, 날개에 달린 손가락이 와이번보다 더 가늘고 기다란 녀석…….

'저거, 뭐더라? 뭐더라?'

이런 내 의문을 해소해 주려는 듯 누군가가 외쳤다.

"가고일! 가고일이다!!"

그때였다.

세 녀석에게 가로막혀 빠져나가지 못하던—아니, 그랬던 것으로 보이던─보라색 머리 녀석이 뭔 재주를 부렸는지 순식간에 세 사람의 공세에서 빠져나오더니만, 그곳에 있는 모든 사람들에게 다 들릴 정도의 큰 소리로 외친 것이었다. 그것도 정확하게 나를 향해서 말이다.

"뒤를 부탁해!"

"뭐?"

뜬금없는 녀석의 외침에 어벙해서 바라보고 있는 사이, 녀석이 나를 향해 찡긋 윙크를 날리고는 탁자를 박차고 허공으로 뛰어오르더니, 사람들 머리 위를 빙빙 돌고 있는 가고일의 한쪽 다리를 터억 잡는 것이었다.

녀석의 무게에 가고일은 한순간 휘청거렸지만 그것도 잠시, 곧바로 그 무게에 적응했는지 한 번 끼이익~ 하고 길게 울고는 그대로 날아올라 왕창 깨져 휑~ 하게 뚫린 천장을 지나 하늘로 하늘로 날아가 버렸다.

점점 멀어지는 검은 점이 된 그 모습을 멍하니 바라보고 있는데 두두두두 하는 발소리와 함께 지원군이라 생각했던 사람들이 날 둘러싸 버렸다.

"컥! 이, 이게?"

황당해서 둘러보고 있는데 멋들어진 팔자 콧수염을 기른 중년 남자가 앞으로 나와서 말했다.

"넌 누구냐? 정체를 밝혀라!"

"허."

설마 설마 했지만 정말 기가 막히다 못해 뒤로 넘어갈 정도의 상황이었다.

아까 그 빌어먹을 보라색 머리 녀석이 마지막에 한 말 때문에 이들은 내가 그놈이랑 같은 편이라고 철석같이 믿는 모양이다.

하긴 내가 저들과 같은 입장이었어도 그랬을 거다.

나중에 이성이 돌아와 찬찬히 되짚어보면 이상한 점을 찾아낼 수 있을 테지만, 눈앞에서 어이없게 적을 놓친 상황에서 이성이고 나발이고 있겠는가?

내가 지금 여기서 아무리 '저놈과 아무런 사이도 아니에요~!' 라고 외쳐 봤자 이들에게는 씨알도 안 먹힐 거다.

그러나 다행히 나에게는 아직 원군이 남아 있었으니…….

나는 애타는 시선으로 지금까지 보라색 머리를 잡아뒀던 세 사람에게 시선을 돌렸다. 그들이라면 내가 기절한 남자를 업고 그놈을 피해 도망 다니는 모습을 봤을 테니 같은 편이 아니라고 증언해 줄 거 같아서였다.

그런데 이게 웬일?

날 둘러싸고 남은 나머지 사람들이 그 세 사람을 둘러싸고 있는 것이었다.

'에엥? 아니, 이게 무슨 일이래?

"너희들은 출입 금지 구역에 허락 없이 들어왔으니 체포하겠다. 검을 천천히 땅에 내려놔라."

나야 저 사람들을 본 후 진작에 검 대용으로 쓰려 했던 조각 상을 내려놨기에 빈손이었지만, 세 사람은 여전히 검을 들고 있었다. 하지만 자신을 둘러싼 사람들에게 덤빌 의사가 없었던지 검끝을 땅으로 한 상태였는데, 갑옷을 입은 사람들은 그것만으로도 부족했는지 아예 검을 손에서 놓길 요구하는 것이었다.

그걸 보니 너무 어이없었다.

아니, 물론 외부인 출입 금지 구역에 멋대로 들어온 건 잘못이긴 하지만, 지금은 그런 규칙을 따질 때가 아니지 않는가?

"이봐요, 너무한 거 아닙니까? 저 사람들은 침입자를 막으려 한 사람들이었다구요! 수고했다고 하지 못할망정 검을 빼앗다니요!"

"닥쳐라! 네가 나설 자리가 아니다! 너 또한 금지 구역에 침입한 죄인이라는 것을 모르느냐?"

내 항의에 콧수염 중년 남자가 나서는 것이었다.

"그 죄인이 없었다면 여기에 도둑이 왔다는 사실조차 몰랐을 거 아닙니까?"

"그놈과 한패인 줄 어떻게 아느냐?"

"바보입니까? 한패라면 왜 지원군이 올 때까지 여기에 그놈을 잡아두고 있었으며, 왜 여기에 남아 있었겠습니까? 진작에 도망갔지!"

"거짓말하지 마라. 아까 그놈이 가면서 뒤를 부탁한다고 하는 걸 내가 못 들었을 줄 아느냐?”

“뒤를 부탁한다는 말을 다른 사람 다 들리게 외치고 자기만 도망가는 게 한패입니까?”

“모르지. 네놈이 그 녀석에게 배신을 당했는지도.”

“내가 진정 같은 패라면 그자에 대한 정보를 가지고 있을 게 뻔한데 뭐 하러 여기에 고이 두고 갑니까? 데리고 가거나 아니면 입막음시키지.”

나의 이런 논리적인 말을 들었으면 차가운 이성을 회복시켜 상황을 제대로 파악해야 하는 거 아닌가 말이다.

그런데 이 콧수염의 중년 남자는 오히려 화를 내는 것이었다.

“그만! 네놈이 정녕 한패가 아니라면 얌전히 있어라. 한패인지 아닌지는 우리가 판단한다.”

“이런 어리석은! 이봐요, 이러는 와중에도 그놈은 점점 여기서 멀어질 거라구요! 빨리 쫓아가서 잡을 생각은 안 하고!”

너무 답답한 나머지 내가 버럭 외치자 콧수염의 중년 남자가 이번에는 비웃음을 내보였다.

“흥, 네놈이 그런 걱정 하지 않아도 벌써 추격대가 그 뒤를 쫓고 있다. 그러니 넌 네 자신이나 걱정해라.”

그나마 할 일은 다 해놔서 저렇게 여유를 부릴 수 있었나 보다.

하지만 그것 때문에 나에게 이리 불이익이 돌아오다니, 도저히 그냥 있을 수 없다.

"이것 보세요, 나야 그렇다 치고 왜 저 사람들까지……."

"못 들었나? 너희들은 모두 죄인이다. 더 이상의 반항은 용서치 않겠다. 말을 안 듣겠다면 강제로라도 듣게 할 수밖에."

더 이상 내 항의를 듣기 싫다는 듯 콧수염 남자는 자신의 검을 들어 보였다.

그 모습에 세 사람도 항의하는 건 무의미하다 생각했는지 얌전히 검을 내려놓고 허리에 찬 검집까지 풀러 내놨다.

세 사람까지 얌전히 따르기로 하자 나도 어쩔 수 없이 입을 다물었다.

물론 여기에서 도망가는 거야 가능할 거 같았지만, 후환이 두려웠던 것이다.

이들이 아니라 아버지께서 응징하실…….

'젠장할! 뭐야, 이거? 괜히 끝까지 따라가 가지고… 여기 들어오지 말고 그냥 아버지에게 갈 걸… 괜히 나 때문에 저 사람들까지… 어우!'

Chapter 10
내가 왜?

　결국 나와 세 사람은 한 뭉텅이로 뭉쳐서 창을 든 사람들에게 둘러싸여 어디론가 이송당하는 처지에 놓였다.

　하기야, 도서관은 뭔가를 취조하기에는 별로 적당한 장소가 아니긴 했다.

　그래도 내 평생에 이렇게 체포되어 이동하게 될 줄이야.

　비록 경찰이 아니라 병사들이었지만, 기분이 완전 다운되는 건 막을 수가 없었다.

　이럴 때 기절한 중년 아저씨가 깨어나서 '저 사람은 그 도둑과 상관없는 사람입니다' 라고 증언해 주던 얼마나 좋았을까만은, 그분은 끝까지 깨어나지 못하서서 결국 다른 병사들에게 업혀서 다른 곳으로 옮겨졌다.

'에휴우~ 이제 어쩐다냐……'

아버지가 와주시면 도움이 되긴 할 텐데, 이 사람들에게 아버지를 불러달라고 하면 순순히 불러줄지가 의문이다.

'가만, 여기 아래층에 아버지가 계실 테니 잽싸게 튀어서 아버지께 가볼까? 하지만 아버지가 아직도 거기 계실 거라고 장담할 수가 없으니 원. 게다가 아버지를 만나기도 전에 도로 잡힌다면……'

그나마 지금은 우리가 시키는 대로 순순히 움직여서 그런지—물론 움직이기 전 내가 항의했던 건 제외하고 말이다—수갑 같은 것도 채우지 않고 알아서 움직이게 놔두고 있지만, 만약 도망치다 잡힌다면 꽁꽁 묶여서 끌려갈지도 몰랐다.

가장 좋은 방법은 이대로 얌전히 붙들려 가서 고분고분 취조를 당하는 와중에 추적대가 그놈을 생포해 와서 우리의 결백을 밝히는 건데, 그놈이 쉽게 잡혀줄 리가 없고, 설사 잡혔다 해도 고이 대답을 할 것 같지도 않다.

계단을 한 칸 한 칸 내려갈 때마다 머릿속에서 수십 가지 생각이 떠올랐다 사라지길 반복하고 있어 나중에는 머리가 어질어질해질 지경이 될 즈음, 누군가 조심스레 날 부른 덕분에 난 겨우 정신을 차릴 수 있었다.

"어디… 다친 데는 없습니까?"

고개를 돌려보니 붉은 갈색 머리 남자가 날 바라보고 있었다.

세 사람 중 가장 인간답다 생각했는데, 과연 괜찮느냐고 묻는 건 이 사람밖에 없다.

'토카라 경… 이라고 했던가?'

이름 외우는 데는 도통 재주가 없었던 나는 필사적으로 어제의 기억을 더듬어 겨우 남자의 이름을 떠올릴 수 있었다.

"없습니다. 이런, 감사의 말씀을 진작 드렸어야 했는데… 아까 도와주셔서 정말 감사드립니다. 덕분에 살았습니다. 뭐어, 결과가 이렇게 되긴 했어도 말이죠."

내가 주변을 둘러싼 사람들을 눈짓으로 가리키며 어깨를 으쓱해 보이자 그가 난처한 표정으로 웃어 보인다.

"어쩔 수 없는 일이지요. 사정이 급했다고 해도 금지 구역에 들어간 건 잘못이니까요."

'캬~ 어쩜! 점점 더 내 타입인 거 같아.'

어제 그가 금갈색 머리 녀석의 말에 암묵적으로 동의하는 것 같아 좀 서운한 감정이 있었는데, 그 감정은 휘익 날아가 버리고 호감만 더 커졌다.

"그나저나 정말 대단하시더군요. 비록 세 분이 한꺼번에 상대했다 해도 그자를 막아내시다니요. 실력이……."

토카라 경과의 대화를 조금이라도 더 이어가기 위하여 그―를 비롯한 세 사람 모두―의 실력에 대해 감탄을 늘어놓던 나는 문득 떠오른 생각에 말을 멈췄다.

그에 의아하다는 시선을 보내오는 토카라 경에게 심각한 어조로 물어보았다.

"실례지만… 아니, 이건 정말 죄송한 질문이지만… 토카라 경, 토카라 경 정도의 실력자가 흔한 겁니까? 그러니까… 우리들을 둘러싼 분들이 토카라 경이나 동료 두 분 정도의 실력을 대부분 가지고 있습니까?"

어찌 보면 엄청 무례한 질문이지만 내 어조가 다급하고 심각해 보였는지 토카라 경이 불쾌한 내색은 않고 순순히 대답해 줬다.

"그, 글쎄요. 음… 자랑은 아니지만 저와 제 동료의 실력은 제법 뛰어난 편입니다. 대단한 기사단에서야 저희 수준의 실력자가 많을지 모르겠지만… 병사들 사이에서 이 정도의 실력은 기대하기 어려울 겁니다."

그러면서 주변 사람들을 힐끗힐끗 보는데, 그가 말을 조심스럽게 골라서 그런지 주변 사람들에게서 딱히 불쾌하다는 기색은 보이지 않았다. 단지 나에게만 안 좋은 눈초리를 보낼 뿐.

하지만 난 지금 그런 것에 연연해하고 있을 여유가 없었다.

"저기 혹시… 토카라 경의 실력이 어느 정도라고 말씀해 주실 수 있으십니까? 자세히는 못하더라도 대충이라도… 아니면 최소한 어느 정도 이상이라거나……."

급한 상황이긴 해도 차마 실력을 온전히 밝히라고 할 수는 없어 '최소한'이라는 기준을 정해줬더니 난처한 표정의 토카라 경이 고민 고민하며 대답을 해준다.

"예? 으으음… 최소한… 검기를 발현할 수 있는 단계 정도라야……."

그런 그에게 정말 고맙다는 시선을 보낸 나는 내 앞쪽에서 걸어가고 있던 콧수염 중년 남자의 팔을 붙잡았다. 이곳에서는 이 사람이 대장인 것 같아서였다.

"저기요, 아까 그자를 쫓는 사람들을 보내셨다고 그랬죠? 어느 정도의 실력자에 몇 명을 보내셨습니까?"

내 질문이 좀 수상했던 걸까? 콧수염의 증년 남자는 의심스러운 눈초리로 날 노려보며 오히려 되묻는 것이다.

"그건 왜 묻는 거지? 그게 너하고 관련이 있나?"

이에 내 마음만 더 다급해졌다.

"아니, 그게 대단한 비밀입니까? 그럼 최소한 검기를 발현할 수 있는 실력자가 있는지만이라도 알려주세요."

그러나 이 콧수염의 중년 남자는 꽉 막혀서는 요지부동이었다.

"왜 알고 싶은지 이유부터 대라."

"이보세요! 저분들 정도의 실력자가 아니라면 그자를 쫓아간 사람들이 살아오지 못할 거라구요. 그자가 얼마나 대단한 놈인지 아세요? 게다가 그자만 있으면 다행이지만, 그자의 동료와 함께 있다면 끝이라구요, 끝! 디 앤드!"

"동료? 네놈… 그자에 대해서 알고 있는 것이냐? 역시 네놈은 그자와 한패였구나!"

아주 자신있게 그리 단언하는 콧수염을 바라보며 나는 기가 막힌 감정을 금할 수가 없었다.

'세상에나, 역시 콧구멍이 두 개인 건 이때를 위한 신의 뛰어나신 배려였어. 어떻게 막혀도 이렇게 앞뒤로 꽈악 막힐 수가 있을까?

나는 기가 막힌 시선으로 그를 바라본 뒤 당당하게 외쳐 줬다.

"바보십니까?"

"뭣?"

두 눈을 부릅뜨고 날 노려보는 콧수염 중년 아저씨를 향해 나는 양손을 허리에 척 가져다 대고 입을 열었다.

"생각 좀 해보십시오. 내가 만약 그자와 한패라면 그자를 쫓아간 사람들의 목숨을 염려했겠습니까, 그냥 입 다물고 있지?"

"추격대의 실력을 알아내려는 수작일 수도 있지 않느냐?"

"여기 꼼짝 못하게 잡힌 상황인데 추격대의 실력을 알아서 뭐 한답니까? 차라리 날 감시하는 사람들 실력이나 알아보는 게 낫겠죠."

"그……."

내 말에 반박할 거리를 못 찾았던지 말을 잇지 못하는 콧수염 아저씨를 향해 나는 단호한 어조로 말했다.

"동료들 목숨을 잃고 싶지 않으면 지금 당장… 에… 그 뭐라고 하셨죠?"

갑자기 그 단어가 떠오르지 않아 토카라 경을 돌아보자 그가 가뿐히 대답해 준다.

"검기를 발현할 수 있는 수준."

"아, 감사합니다, 토카라 경. 어쨌든 최소한 검기를 발현할 정도의 수준이 아닌 사람들은 다 불러들이는 게 좋을 겁니다. 그자를 쉽게 제압하려면 최소한 검기를 발현할 정도의 수준보다 한 단계 높은 실력자들이 다섯 정도는 필요할 겁니다. 단, 동료 없이 그자 혼자 있는 상황이라면 말입니다. 만약 동료까지 있다면… 그 정도로도 부족할 겁니다."

아까 토카라 경과 그의 동료들이 제압은커녕 막기만 급급했던 걸 떠올리며 말하자 그제야 콧수염 아저씨가 심각한 표정이 되었다.

"자네의 말이 사실이겠지?"

"사실입니다."

내 말을 이어 토카라 경도 한마디 보탰다.

"그자의 실력이 뛰어나다는 건 저희도 보장합니다. 그자는 정말 대단한 실력자였습니다. 저희 셋도 그자를 제압하는 게 아니라 겨우 막는 정도였으니까요."

토카라 경까지 나서자 콧수염 아저씨가 흔들렸나 보다.

"일단… 은 자네들을 계속 여기 세워둘 수는 없으니 가세."

　그러고 보니 아까 내가 다급해서 콧수염 아저씨를 잡아 세운 후부터 우리는 계속 계단 위에 서서 대화를(?) 하고 있었다.

　그래도 다행히 그 일이 헛되지는 않았는지 콧수염 아저씨는 자신과 같이 금속 갑옷을 입은 사람들에게 눈짓을 하더니 자신은 일행에서 슬그머니 빠져 어디론가 향하는 것이었다.

　대신… 이라고 해야 할지는 모르겠지만, 우리 일행에는 새로운 사람이 합류했다.

　"비스닉?"

　아버지의 목소리가 이렇게 반갑게 느껴질 줄이야.

　며칠 야근으로 인하여 정신이 해롱거리고 허기가 져서 괴로워할 때 따끈한 커피와 김밥, 떡볶이, 튀김 등등을 들고 나타난 팀장보다 100배는 더 반갑게 느껴졌다.

　"아버지!"

　아버지는 우리가 서 있던 계단보다 한 층 높은 계단에 서 계셨다. 그러니까 우리는 지금 4층과 5층 사이의 계단에 서서 대화를 하고 있었던 것이다.

　"낯익은 목소리가 들려와서 와봤더니만… 너 거기서 뭐 하냐?"

　아무래도 내 목소리가 조금 컸나 보다. 아니면 여기 계단이 있는 통로의 구조상 소리가 잘 울려서 멀리까지 퍼졌는지도.

　이유야 어쨌든, 덕분에 아버지를 불러오게 되었으니 나에게는 정말 행운이었다.

"그게… 문제가 생겼걸랑요."

"무슨 문제가 있어 보이기는 하는구나."

아버지는 계단을 내려오면서 내 말에 대답하셨다.

그런데 이때 한 사람이 아버지 앞을 가로막았다.

"멈추십시오. 이자는 지금 죄인의 몸으로 호송 중에 있으니 가까이 가는 것을 허락해 드릴 수 없습니다."

금속 갑옷 남자의 정중한 어투에 나는 속으로 한숨을 내쉬었다. 내가 감정사 할아버지에게 먼저 고개를 숙이고 인사를 한 것 가지고 뭐라고 하시는 분이시니 저 금속 갑옷 남자가 무례하게 굴었으면 '감히~!' 로 시작해서 펄펄 뛰셨을지도 모른다. 어제 저 금갈색 머리 녀석이 나에게 했던 것처럼 말이다. 아니, 연륜이 있으시니 좀 더 우아하게(?) 하셨을라나?

"죄인? 무슨 죄를 지었기에?"

"외부인 출입 금지 구역에 함부로 들어갔다가 현장에서 체포되었습니다. 건물 경비대 임시 감옥으로 이송될 것이니 볼 일이 있으면 그쪽으로 오시면 됩니다."

"따로 갈 거 있나, 같이 가면 되지. 어서 가세."

아버지는 자신의 앞을 정중하게 막아선 금속 갑옷 남자에게 그리 말하고는 나에게 '뭘 몰라서 실수한 거냐?' 라는 의미가 가득 담긴 시선을 던지셨다.

'글쎄… 그런 게 아니거덩요.'

이 건물에는 나라에서 손꼽히는 장인이 거하는 건물이다 보니 건물 경비대까지 따로 존재하고 있었던 모양이다. 그리고 그 경비대 사무실과 임시 감옥은 건물 지하에 있었다.

지하로 내려가기에 습기가 많고 퀴퀴한 곰팡이 냄새가 날 거라 생각했는데, 완전 지하가 아닌 반지하인데다 통풍 시설을 잘해놨는지 습한 냄새가 거의 나지 않았다. 또 햇빛도 잘 들어오는 것이 사람이 살아도 괜찮을 정도였다. 하기야, 그러니까 경비대 사무실이 지하에 있을 수 있었던 거겠지만 말이다.

나는 임시 감옥이라고 해서 쇠창살로 가로막힌 공간이 아닐까 걱정했는데, 천만다행이도 그냥 커다란 방이었다. 누군가를 오래 가둬두는 곳이 아닌 취조실로 사용하는 건지 넓은 방에는 탁자 하나가 있었고, 주변에 십여 개 정도의 의자가 여기저기 흩어져 있는 모습이 눈에 들어왔다.

'에? 이거 가죽을 감정받던 방이랑 비슷하잖아?

게다가 나와 세 사람을 죄인으로 따로 격리시키는 게 아니라 아버지가 같이 방에 들어오는 걸 허락하는 것이었다. 물론 금속 갑옷을 입은 사람 두 명과 병사 다섯 명도 함께였지만 말이다.

"여기서 잠시만 기다리시면 곧 대장님께서 오실 겁니다."

우리를 이곳으로 안내했던 금속 갑옷 남자는 자신의 할 일은 끝냈다는 듯 병사들과 함께 문가에 조용히 서 있었다. 아마 우리의 감시 역으로 남아 있는 거 같은데, 서 있는 모습을 보니 괜스레 신경이 쓰인다. 차라리 의자를 가지고 가서 앉으면 마음 편하게 나도 의자에 앉겠는데, 저 사람들은 서 있는데 우리만 앉기도 뭣하지 않은가.

"좀 앉아봐라."

나만 그랬나 보다. 아버지를 비롯한 세 사람은 벌써 의자를 하나씩 끌어와 앉았으니 말이다.

"도대체 무슨 일을 저지른 거냐? 저 사람들은 또 누구고?"

아버지는 내가 의자를 가져다 앉는 것을 기다렸다가 느긋한 어조로 말을 이으셨다. 보아하니 여기 물정을 잘 몰라 실수로 규칙 하나 어긴 정도로 가볍게 생각하시는 모습이다.

"아버지, 지금 그렇게 느긋하게 계실 때가 아니걸랑요? 아차차, 우선 이분들은 절 도와주신 분들입니다. 이분들이 안 계셨다면 정말 큰일 날 뻔했죠."

"내 아들을 도와주셨다고? 일단 갇사드리오. 그리고 내 아들에게 뭔가 급한 일이 있나 본데 그 일 먼저 들어도 괜찮겠소?"

양해를 구하는 아버지의 말에 토카라 경이 기꺼이 고개를 끄덕였다.

"저 역시도 자세한 이야기를 듣고 싶었던 참입니다. 본의는 아니었지만 이번 일에 끼어든 이상 이대로 물러나기는 미진하니까요."

"양해해 주셔서 감사하오. 자, 그럼 이야기를 해봐라."

토카라 경에게 살짝 고개를 끄덕여 감사를 표한 아버지가 드디어 나를 돌아보았다.

"간단히 설명하자면, 이 건물 도서관에 든 도둑이 재수없게 저와 마주치는 바람에 절 입막음하려고 덤비더라구요. 열심히 도망 다니다가 결국 녀석에게 당할 뻔했는데, 그 순간에 저분들이 나타나서 그놈을 막아주셨습니다."

내 간단한 설명에 아버지의 인상이 살짝 찌푸려졌다.

"네가 그 도둑을 상대하지 못해 당할 뻔했다고?"

"그게… 보라색 머리 녀석이었거든요. 그 왜… 산속에서 본."

그 정도의 말에 누구를 지칭한지 눈치 챈 아버지의 눈이 커졌다.

"뭣? 그게 사실이냐?"

"그러니까 제가 도망치느라 바빴죠."

"당신들, 실력이 무척 뛰어난 사람들이었군. 그자를 상대하다니……."

아버지가 토카라 경을 돌아보며 놀랍다는 듯 말하자 토카라 경이 당황스럽다는 듯 손을 저었다.

"아닙니다. 저희 셋이 한꺼번에 덤벼서 겨우 막아내는 수준이었는데요."

"셋이서 그자를 막아냈다는 게 바로 뛰어나다는 증거요. 그자가 어떤 자인데……."

아버지의 말에 이번에는 낯선 목소리가 끼어들었다.

"그자가 어떤 자이기에 그런 말씀을 하시는 것이오?"

어차피 누군가가 들어오는 문소리를 이미 들었기 때문에 갑자기 끼어든 낯선 목소리에도 안에 있던 사람들은 별로 놀라지 않고 자연스레 고개를 돌렸다.

그곳에는 아까의 그 콧수염 아저씨와 함께 같은 금속 갑옷을 입은 새로운 중년인이 서 있었다. 따로 수염 같은 건 기르지 않은 단정한 얼굴에 싱긋 미소를 띠고 있어 무지 인상이 좋아 보이는 사람이었다.

"누구신지?"

아버지의 질문에 그가 살짝 고개를 숙여 보였다.

"실례했소이다. 본인은 이 마을 치안 총책임자인 시크레스트 남작이라 하오. 괜찮다면 좀 더 자세한 이야기를 듣고 싶소이다만……."

그의 소개에 아버지가 자리에서 일어났다. 남작이 자신을 소개하자 아버지 또한 자기소개를 할 필요성을 느끼신 모양이다.

"반갑네. 난 왕실마법사로 있는 괄라디느 백작일세."

아버지의 소개에 사람들의 눈이 휘둥그레 떠졌다.

"아니, 왕실마법사께서 연락도 없이 어찌 이곳에?"

아무래도 공무원 직에 몸담고 있는 사람들이 방문할 때는 이곳 관리들에게 알렸어야 했나 보다.

남작의 당혹＋의심이 담긴 어조에 아버지가 어깨를 으쓱해 보였다.

"사적인 일로 온 거라 번거롭게 하고 싶지 않아 마법사들에게도 알리지 말아달라고 부탁했었네. 어쨌든 지금 그게 문제가 아니지 않나? 내 아들 녀석의 말을 들으니 이번에 도서관에 침입한 자가 보통 자가 아니라 하더군."

"아들이라고 하시면?"

"이 녀석 말이지. 내 아들 비스닉 팔라디노라 하네."

남작의 질문에 아버지가 날 가리키며 소개하기에 난 자리에서 일어나 그들에게 살짝 고개를 숙여 보였다.

"그랬군요. 경비대 대장의 말에 의하면, 팔라디노 경이 추적대를 염려했다고 합니다만……?"

"혹시… 추적대에 속한 사람들이 전부 소드 익스퍼트 이상인가?"

아버지의 말에 남작이 고개를 저어 보이더니 물었다.

"도대체 그자가 누구이기에 소드 익스퍼트 정도의 실력자를 보내라 하시는 겁니까?"

"중급 마족, 아니면 그에 준하는 실력자."

아버지의 말에 주변에 있는 사람들의 입이 동시에 떠억 벌어졌다.

"마, 마족이요? 그게 사실입니까?"

"난 마법사일세. 마법사가 '마족' 이란 존재를 가지고 농담을 할 거 같은가?"

아버지의 단호한 말에 갑옷을 입은 사람들 얼굴이 일제히 하얗게 변했다.

"지금 당장 추적대에 이 사실을 알리도록 하게. 병사들은 즉시 돌아오라고 하고, 기사들에게는 절대 가까이 가지 말고 멀리서 존재 확인만 하라고 하게."

남작의 말에 콧수염 아저씨가 부동자세를 취하며 대답했다.

"알겠습니다."

그렇게 대답해 놓고서는 방을 뛰어나가는 것이 아니라 자신의 옆에 있던, 그러니까 그가 자리를 비웠을 때 대신 우리를 이 방으로 안내했던 금속 갑옷 남자에게 눈짓을 하는 것이었다. 그리하여 결국 그 방을 뛰쳐나가는 건 그 눈짓을 받은 금속 갑옷 남자였다.

그렇다고 우리도 그 방에서 계속 죽치고 앉아 있었던 것은 아니었다.

곧바로 남작이 아버지에게 요청을 했던 것이다.

"백작님, 도와주시겠습니까?"

"나 또한 그들의 정체에 대해 알고 싶은 게 많았던 차, 기꺼이 참여하도록 하지."

"그럼 이쪽으로 와주십시오."

남작이 앞장을 서서 방 밖으로 우리를 안내했고, 아버지를 비롯한 우리 일행은 그 뒤를 따랐다.

"그런데… 그게 무슨 말씀이십니까? 저들의 정체를 알고 싶다니요? 저들의 정체를 알고 계시는 거 아니었습니까?"

우리를 안내하며 어디론가 향하는 와중에 남작이 아버지에
게 질문을 던졌다.

원래 이런 이야기는 어딘가에 앉아서 진득하게 들어야 할
테지만, 상황이 상황이다 보니 이동하는 와중에 질문을 던지
는 모양이었다.

"안타깝게도 알고 있는 것이 몇 가지 없다네. 나 또한 며칠
전에 한 번 본 것이 다니까."

"그가 마족이라는 걸 알고도 용케 무사하셨군요."

남작은 우리가 그자와 한 번 부딪쳐서 정체를 알아낸 걸로
이해한 모양이다.

그 말에 아버지는 즉시 부인했다.

"그는 내가 자신을 봤는지 모를 걸세. 마법으로 그자의 모습
을 훔쳐봤으니까. 그리고 난 그자가 마족이라는 걸 확신하지
는 못하네. 단지 중급 마족이거나 그 정도의 실력을 가진 실력
자라고 추측할 뿐."

"옛? 아니, 그게 무슨 말씀이신지?"

"나와 마주쳐서 손속까지 겨룬 자는 그자의 동료였네. 그런
데 놀랍게도 그는 중급 마족이었지."

"헛! 그, 그럼… 중급 마족과 싸워서 이기셨단 말씀이십니
까?"

남작은 헛바람까지 일으킬 정도로 놀랐다.

하기야 놀란 건 그뿐만이 아니었다. 주변에서 열심히 발을

놀리며 대화에 귀를 기울이고 있던 사람들 모두 놀란 표정이었으니까.

"운이 좋았지. 일단 나 혼자 상대한 것이 아니라 내 아들과 함께 상대한 거였고, 무슨 영문인지 모르겠지만 그 중급 마족이 제 실력을 발휘하지 못하더군. 등에 한 쌍의 날개만 없었다면 하급 마족이라고 여겼을 거야."

"정말 천만다행한 일입니다."

"그래, 나도 그리 생각하네. 그런데 그 마족을 상대하면서 그놈이 흘린 이야기를 따져 보자니 몇 가지를 알 수 있더군. 일단 그 마족은 어떤 조직에 속해 있다는 것. 그 미지의 조직에서는 산속에 어떤 일을 하기 위하여 그 마족을 보낸 거라고 하더군."

"그럴 수가! 그 산속에서 벌이려던 일이 무엇일까요?"

"모르지. 놈은 일을 벌이기도 전에 나와 마주쳐서 싸우게 되었으니까. 그리고 자세한 이야기도 없이 죽어버렸고. 하지만 좀 더 알아낼 방법은 있겠다 싶었네. 놈이 어떤 조직에서 파견된 거라면 녀석은 일정 시간 안에 조직에 연락을 해야 할 터. 그 연락이 없다면 다른 존재가 조사하러 나올 거라고 예상했지."

"그렇다면… 도서관에 침입했던 녀석이 바로……?"

"맞아. 두 인물이 왔었는데, 그중 한 사람이 바로 그자였네. 사실 나는 조사하러 올 존재들을 잡기 위해 함정을 파놨었지.

그런데 그때는 운이 따라주지 않더군. 한 녀석이 먼저 와서 함정에 걸린 후 그 녀석이 나중에 왔으니까. 그 함정은 중급 마족까지 잡아둘 정도로 아주 강력한 마법 결계였는데, 녀석은 그걸 단 한 방에 파괴했다네.”

아버지의 말에 남작이 이해했다는 표정으로 입을 열었다.

“그래서 그자가 중급 마족, 아니면 그에 달하는 실력자라고 말씀하신 거였군요. 그리고 동료가 있다는 것 또한…….”

“맞아. 함정에 걸렸던 자와 유유히 그곳을 빠져나갔으니 말일세. 도서관에 침입한 자는 검사 차림을 하고 있었지만, 함정에 걸렸던 자는 마법사 차림을 하고 있었지.”

뒤이은 아버지의 말에 남작이 낭패 어린 표정이 되었다.

“이런… 하필이면…….”

“무슨 일인가?”

“추적대 말입니다. 그자가 가지고 간 물건에 걸린 추적 마법을 쫓아가고 있거든요.”

“추적 마법? 그게 무슨 소리인가? 저 건물 전체에는 마법을 쓸 수 없도록 결계가 펼쳐져 있지 않은가? 그런데 어떻게 추적 마법을 걸어둘 수 있단 말인가?”

“저도 지금 처음 알았습니다만, 만약을 대비해서 중요 물품과 서류들에는 건물을 벗어나는 즉시 발동되는 추적 마법이 걸려 있었습니다. 추적대는 그 마법을 따라가는 것입니다만, 그들에게 마법사가 있다면…….”

"추적 마법이 소용없어지겠지."

그 말을 끝으로 아버지와 남작을 비롯한 주변의 모든 사람들은 심각하게 얼굴을 굳힌 채 열심히 발걸음만을 옮길 뿐이었다.

남작이 우리를 안내한 곳은 이 마을 관청이었다. 뭐, 정확히는 관청 건물이 아니라 그 뒤에 있는 마법사 건물이었지만 말이다.

이미 그곳에 연락이 가 있었는지 일단의 무리가 미리 나와 우리를 기다리고 있었다.

마법사 로브를 입고 있는 두 사람과 금속 갑옷에 검을 차고 있는 세 사람이 있었는데, 마법사들은 도두 처음 보는 것에 반해 갑옷 중 한 사람은 조금 전 콧수염 아저씨의 명을 받고 추적대에 연락을 하기 위하여 뛰어나갔던 바로 그 사람이었다.

"추적대와 연락은 되었소?"

그들을 보자마자 다급히 던진 남작의 질문에 마법사 로브를 입은 두 사람 중 좀 더 나이가 들어 보이는—대략 30대 후반? 40대 초반 정도?—마법사가 대답했다. 아마 처음부터 그 마법사에게 던진 질문인 듯했다.

"일단 시키는 대로 병사들은 되돌아오게 했고, 기사들은 좀 더 주의하라고 했소이다. 그런데 그게 사실이오? 마족이 나타났다니?"

"먼저 소개할 분이 계시오. 이분은 왕실마법사이신……."

그러나 남작이 채 말을 끝내기도 전에 아버지를 본 마법사가 얼른 고개를 숙이는 것이었다.

"팔라디노님 아니십니까? 여긴 어쩐 일이십니까?"

그 마법사는 아버지를 알고 계셨나 보다.

"아아… 자네… 으음… 이름이……?"

아버지도 아시는 얼굴이었나 보다. 그런데 이름이 생각이 안 난 듯 말끝을 흐리자 그 마법사가 얼른 자신의 이름을 밝힌다.

"웨인 캔필드 남작이라고 합니다."

"아아… 맞아, 그랬지. 그런데 자네, 언제 여기로 부임해 왔나?"

"몇 달 전에 이곳 마법사장으로 새로이 부임해 왔습니다."

몇 달 전이라면 아버지가 나와 함께 산속에 계실 때니 아버지가 모르는 것도 무리가 아니다.

"그랬군. 이곳 경비 총책임자인 남작도 낯선 얼굴이라 했더니만, 다들 얼마 전에 새로 부임해 왔나 보군."

"그렇습니다. 몇 달 간격을 두고 저도, 남작도, 그리고 이 곳 관리장까지 모두 새로이 바뀌었지요."

"죄송합니다만……."

아버지와 남작 마법사의 대화가 길어질 것 같자 잠시 옆으로 비켜서 줬던 총책임자 남작이 다급한 어조로 끼어들었다.

"반가운 두 분의 심정은 이해하겠지만, 자세한 이야기는 뒤로 미루시는 게 어떻겠습니까? 지금은 그보다 더 중요한 일이 있지 않습니까?"

그 말에 두 마법사가 아차 하는 표정으로 돌아보았다.

"그렇군. 내 깜빡했네."

남작 마법사의 말을 뒤이어 아버지도 정색을 하고 남작 마법사를 바라봤다.

"본론으로 돌아가지. 추적대들은 그자를 어디까지 추적해 갔는가?"

"마지막으로 연락했을 때가 이곳에서 북서 방향으로 대략 10㎞ 정도 떨어졌을 때였습니다. 그때 병사들을 뒤로 물린 후 더욱더 주의하라고 했지요."

남작 마법사의 말에 총책임자 남작이 놀란 표정으로 물었다.

"그때까지도 추적이 가능했단 말씀이오? 그러니까⋯ 추적 마법이 제대로 작동했단 말이오?"

"마법이 제대로 작동했으니까 추적을⋯ 이런, 어찌 된 일이지? 그걸 훔쳐 간 자가 마족이라고 하지 않았소?"

당혹스러운 표정이 된 남작 마법사는 아버지께로 시선을 돌렸다.

"자네, 그 추적 마법 결계를 본 적 있나?"

아버지의 질문에 더더욱 당혹스러운 표정이 된 남작 마법사.

"죄, 죄송합니다. 저는 추적 마법이 있다는 것조차 몰랐습니다. 단지 이번에 중요 문서가 분실되었을 경우의 행동 지침서에 따라…….."

남작 마법사가 너무 몸 둘 바를 몰라 하는 것 같자 아버지가 그의 말을 잘랐다.

"괜찮네. 나 또한 모르고 있었으니. 그런 거야 될 수 있는 한 알리지 않는 게 좋은 거 아니겠나? 나는 단지 그 추적 마법이 단순한 건지, 아니면 고차원적인 건지 알고 싶은 걸세."

아버지의 말에도 남작 마법사의 표정은 풀리지 않았다.

"그, 그것도… 제가 알고 있는 건 추적 마법이 발동되면 그걸 추적하는 방법뿐입니다."

"그런가? 하긴… 그곳에 새겨진 마법 결계가 유출되면 안 되니 우리 같은 마법사들에게는 더더욱 접근 불가령이 내려졌겠지. 자네 잘못이 아닐세. 그렇다면 아직도 추적 마법이 발동되는 이유는 여러 가지로 추측할 수 있겠군."

"어떤 이유일까요?"

"우선은 그걸 가지고 간 자는 마법에 문외한이라는 것."

아버지의 말에 총책임자 남작이 즉각 반박했다.

"하지만 그자가 백작님의 마법 결계를 깼다고 하지 않으셨습니까?"

"꼭 마법으로만 결계를 깰 수 있는 건 아니지. 강한 물리력도 결계를 깰 수 있어. 대표적인 게 걸기지. 이건 내 실책이군. 어떻게 결계를 깼는지 확인했어야 하는데……. 어쨌든, 그자가 마법의 문외한이라면 마법사 동료를 만나기 전까지는 추적 마법을 눈치 채기 어렵겠지."

"그렇겠군요."

수긍이 간다는 듯 두 남작이 고개를 끄덕인다.

"그다음으로는 추적 마법이 단순한 게 아니라 고난위 마법이라 눈치를 못 챈 걸 수도 있지. 우리 입장에서야 정말 이러면 바랄 게 없겠지만, 솔직히 이건 별로 가능성이 높지 않을 것 같군. 마지막으로는……."

거기서 잠시 뜸을 들인 아버지가 두 남작을 바라보며 심각한 어조로 입을 열었다.

"이게 함정일지도 모르지. 추적 마법을 눈치 챈 후 우리가 추적하길 기다렸다가 하나하나 처리하는 거야. 그자에게는 충분히 그럴 능력이 있으니까."

"하지만 그들이 함정까지 파서 추적대원들을 몰살시킬 필요가 있을까요? 우리야 중요 문서를 도난당했으니 추적하는 게 당연합니다만."

총책임자 남작의 반박에 아버지가 고개를 저어 보였다.

"그거야 나도 모르지. 그러나 솔직히 우리는 그자들이 왜 그 문서를 훔쳐 갔는지 그 이유조차 모르지 않나. 그러고 보니 그자가 가지고 간 문서가 도대체 뭔가?"

"그, 그건 저도 잘……. 게다가 안다 해도 저에게는 그걸 발설할 수 있는 권한이 없습니다."

'에엥? 아니, 이 마을 경비의 총책임자라면 경찰서장 비스무리한 위치일 텐데 그 정도도 모르나? 하긴… 그 건물은 대단한 장인들의 건물이니 대충 대기업 비스무리한 조직이겠네. 그 정도라면 모를 만도 하지 뭐.'

내 예상이 맞았던 걸까?

아버지도 납득한 얼굴로 고개를 끄덕이시는 거다.

"내가 이곳이 어디인지 깜빡했군. 그렇다면 그들이 가지고 간 이유는 나중에 찾고, 일단은 추적대의 일이 문제인데… 설사 함정이 아니라 하더라도 그자들과 마주치면 위험하네. 게다가 그들에 대한 정보를 알아내기 위해선 그자들을 사로잡을 필요가 있어."

아버지가 무슨 이야기를 하려는 건지 알아챘는지 총책임자 남작이 난처한 표정으로 입을 열었다.

"뛰어난 실력자를 추적대에 합류시키자는 말씀이십니까? 하지만 정말 송구스럽게도 이곳 경비대 중 소드 익스퍼트의 실력자는 단 열 명뿐입니다. 설마 그들을 모두 보내라고 하시는 건……."

"다 보내라고 하는 건 아니야. 자네는 차출할 수 있는 만큼만 내주면 되네. 나와 내 아들이 나설 테니까."

아버지의 뜻밖의 말에 두 남작은 안도의 표정을 지었지만,

난 아니었다.

"엑? 제가 왜요?"

이들에게는 내 말이 뜻밖이었던 걸까?

내가 그 말을 꺼내자마자 일제히 이해할 수 없다는 시선을 나에게 보내오는 것이었다.

그러나 나는 그에 아랑곳없이 아버지를 바라봤고, 그건 아버지도 마찬가지셨다.

"그럼 네가 가지 누가 가냐?"

"누가 가다뇨? 여기에 그 소드 익스퍼트인지 뭔지 하는 실력자들이 열이나 있다잖아요. 그들을 데리고 가시지 뭐 하러 저까지 끌고 가려고 그러세요?"

"이 불효자식아, 넌 내가 간다는데 걱정도 안 되냐?"

"걱정도 팔자예요. 아버지가 저 같은 것에 비하면 엄청 대단하다는 걸 잘 아는데 무슨 걱정이에요? 갈 거면 혼자 다녀오세요. 전 여기서 얌전히 기다리고 있을게요."

"뭣이라? 내가 네놈 혼자 여기서 낑까떵까 놀고 있는 걸 두 눈 시퍼렇게 뜨고 보고만 있을 거라 생각했냐? 당장 갈 준비 햇!"

"싫어요! 뭐 하러 그 무서운 놈들이 있는 곳에 절 끌고 가려고 하십니까? 저 능력이 안 돼요. 자신도 없다구요. 게다가 이 일은 저와는 상관없잖아요."

지금도 그놈을 끝까지 쫓아갔던 걸 얼마나 후회하는데, 그

곳까지 쫓아갈 거 같은가?

녀석이 도서관에 침입해서 뭔가를 훔쳐 갔다는 걸 알린 걸로 내가 할 일은 끝이었다. 더 이상 녀석들과 연관되고 싶지 않았다. 아까 얼마나 무서웠는데…….

게다가 솔직히 이후의 일은 이곳 치안을 담당하고 있는 사람들 소관이 아닌가 말이다.

아버지야 비록 이곳 담당은 아니라도 나라의 녹을 먹는 공무원이신데다 그들이 '마족'이라는 것에 뭔가 책임을 느끼는 모양이지만, 난 절대 아니었다.

하지만 아버지는 내 말을 바로 반박해 버렸다.

"왜 상관없어? 넌 내 아들이잖아! 그리고 네가 안 되면 누가 된단 말이냐?"

"무기도 없는 사람에게 너무하신 거 아닙니까? 맨손으로 그 놈들에게 가서 얻어맞으라구요?"

끝까지 끌고 가려는 아버지의 말에 내가 툴툴거리자 아버지가 갑자기 의기양양하게 씨익 웃으신다.

"오호라, 무기가 없어서 안 간다고 버티는 거냐? 그럼 무기만 있으면 되겠네?"

그리 말씀하신 아버지는 품에서 마법 주머니를 꺼내시더니만 그 안에서 뭔가 길쭉한 곽을 하나 꺼내는 거다.

"받아라. 이거면 되지?"

"이, 이게 뭔데요?"

얼결에 받기는 했는데 왠지 열고 싶지 않다.

"어제 약속한 선물이다."

"서, 선물이요?"

선물이라는 걸 받았어도 내 얼굴은 떨떠름했다.

선물이라 해도 받아서 기쁜 선물이 있고 받기에는 뒤가 찜찜한 그런 선물이 있는데, 지금 아버지께 받은 선물이 후자의 선물 같았던 것이다.

"뭔지 안 궁금하냐?"

무기라고 말씀하신 뒤 건네주셨으니 안에 들은 건 뻔한 거 아닌가? 검 아니면 도겠지.

하지만 아버지가 얼른 열어보라는 시선으로 열렬히 보시는데 차마 돌려드릴 수가 없어 내키지 않은 손짓으로 뚜껑을 열었더니, 과연 안에는 검이 한 자루 들어 있었다.

대략 검날의 길이가 1m 정도 되어 보이는, 곧게 뻗은 검은 뭔가 휘황찬란한 장식은 하나도 되어 있지 않은 보통 검이었다.

"설마… 저보고 이걸 가지고 싸우란 말씀은 아니시겠죠? 저 검술은 할 줄도 몰라요!"

"무슨 소리냐? 그럼 산속에서 네가 보여준 건 뭔데?"

"뭐긴 뭡니까? 그냥 들고 되는대로 휘두르는 거지. 아앗! 혹시 그걸 보고 제가 검술을 할 줄 안다고 오해하신 겁니까?"

"이놈아, 그냥 되는대로 휘두른 놈이 와이번을 잡고 마족을

막아내냐? 그럼 그거 못하는 사람은 어디 가서 검술을 한다고
말하지도 못하겠구나?”

아버지의 말에 주변에 있던 사람들의 눈초리가 사나워진다.

“아니, 말이 또 왜 그렇게…….”

“시끄럽다. 검도 줬으니까 잔말 말고 따라와. 안 그럼… 너,
이거 안 준다?”

아버지가 그러면서 마법 주머니에서 웬 은빛 팔찌를 하나
꺼내 슬쩍 보여주셨다.

이것 또한 단순하게 은색 링으로만 이루어진 팔찌였지만,
난 금방 그게 어떤 팔찌인지 알아차렸다. 그 팔찌야말로 우리
가 이 마을로 와야 했던 이유가 아니던가.

“엇, 그거 완성하셨습니까?”

“그래. 그러니까 내가 여기 있지. 어떻게 할래? 말 안 들으
면 이거 확 뿌사버린다?”

“캑! 치사합니다!”

“먼저 치사하게 군 게 누군데 그래? 실력 좀 있으면 이럴 때
도우란 말이다. 정의의 용사란 말도 모르냐, 넌?”

‘정의의 용사라니… 그거 먹는 겁니까?’

치사하게 보일지도 모르겠지만, 나는 겨우 양심을 지키는
선에서 살아온 사람이다. 아니, 약간 찔리는 것까지는 감수할
수 있을 정도? 눈앞에서 불량배들이 웬 학생을 괴롭히는 걸 봐
도 소리를 치거나 득달같이 달려들어 정의를 행할 용기가 없

는 소시민인 것이다. 뭐, 뒤로 돌아서서 112에 신고는 해줄 테지만.

이런 나에게 '정의'를 위하여 두 팔 걷어붙이라고 요구하는 건 나에게 코웃음치고 무시해 달라는 요구와 같다.

그러나 아버지가 '팔찌'까지 들먹이며 협박하시니 무시하기가 힘들었다. 아버지의 표정을 보아하니 정말 부숴 버리지는 않겠지만, 말 안 들었다는 이유로 팔찌를 넘겨주기 전에, 아니면 넘겨준 후에도 그걸 두고두고 우려먹으실 듯…….

'그냥… 포기하면 안 될까?'

그만큼 그 보라색 머리 녀석이 만만치 않게 느껴졌던 것이다. 될 수 있는 한 피하고 싶은.

하지만 아버지가 저리 나오신 이상 더는 버틸 수가 없다는 걸 깨달았다.

그런데 이때, 나의 이런 행동을 보다 못해 나선 이들이 있었으니…….

"그렇다면 저희가 대신 가도록 하겠습니다."

토카라 경과 그 일행이었다.

"자네들이?"

내가 안 간다고 버티는 와중에 선뜻 가겠다고 나선 이가 있으니 무지 반가웠던지 총책임자 남작이 환한 얼굴로 그들을 돌아본다.

"예. 저희 모두는 소드 익스퍼트 정도의 실력을 가지고 있으니 조금이나마 도움이 될 것입니다.”

“조금뿐이겠는가? 엄청 도움이 될 걸세.”

그렇게 말하며 총책임자 남작은 힐끗 나에게 시선을 보낸다. 이들은 이런데 넌 뭐냐는 시선이었다.

하지만 난 코웃음만 날 뿐이었다.

‘당신이 대신 가서 죽어줄 거요?’

물론 호감이 있던 토카라 경에게 잘못 보이는 건 아쉬웠지만, 그에게 잘 보이기 위하여 위험 속에 몸을 내던지고 싶지는 않았던 것이다. 오히려 ‘아니, 갈 거면 진작에 나설 것이지 왜 이제야 나선대?’ 하는 원망까지 조금 생기려고 그런다.

뭐, 저들이 간다고 해서 아버지가 날 놔두지는 않겠지만 말이다.

“비스닉?”

‘역시나……’

아버지의 부름에 나는 길게 한숨을 내쉬며 입을 열었다.

“알았어요. 가요, 간다구요.”

“진작에 그럴 것이지.”

그럴 줄 알았다는 아버지의 어조에 한숨을 푹푹 내쉬며 아버지가 주신 검을 곽에서 꺼내 허리에 차고 있는데, 아까 남작 마법사와 함께 있던 마법사가—어느새 어디론가 갔던 모양이다—달려왔다.

“추적대에서 연락이 왔습니다. 범인은 5㎞ 앞쪽에 멈춰 있는 상태이며, 추적대는 그를 향해 천천히 접근하고 있다 합니다."

"멈춰 있다고?"

남작 마법사의 질문에 달려온 젊은 마법사가 힘차게 고개를 끄덕인다.

"예."

그에 두 마법사의 시선이 다시 아버지에게 쏠렸다.

"멈췄다면… 동료를 만났거나 함정을 준비한다거나 둘 중 하나겠군."

"어느 쪽이든 위험한 상황이겠근요."

남작 마법사의 말에 아버지가 고개를 끄덕이더니 추적대의 연락을 전해준 마법사를 향해 지시했다.

"일단 접근하지 말고 우리가 가는 걸 기다리라고 하게."

"알겠습니다."

아버지의 지시에 그 마법사는 고개를 숙여 보이더니 다시 아까 왔던 곳으로 허둥지둥 뛰어갔고, 뒤이어 아버지는 총책임자 남작에게로 시선을 돌렸다.

"시크레스트 남작, 기사를 몇 명 지원해 주겠는가?"

"추적대에 소드 익스퍼트의 실력자가 두 명 있습니다. 거기에 더해 세 명을 지원해 드리겠습니다. 그 정도라면……."

"몇 명이든 자기 앞가림만 할 수 있으견 충분하네. 좋아, 지체할 여유가 없으니 즉시 출발하도록 하지."

아버지의 말에 총책임자 남작이 고개를 끄덕이더니 한 마법사가 준비를 시키려는 듯 어디론가 달려갔다.

"저도 같이 가도록 하겠습니다."

남작 마법사였다.

"자네가?"

아버지가 놀랍다는 시선으로 바라보자 그 남작이 힘있게 대답했다.

"예. 비록 백작님께 미치지 못할 실력이지만 조금이나마 도움이 되고 싶습니다."

"좋아. 어차피 나 말고도 또 다른 마법사가 더 필요하던 차이고, 애송이보다야 자네가 낫겠지. 준비하게."

"감사합니다!"

무지 기뻐서 외치며 준비하기 위하여 어디론가 달려가는 남작 마법사를 보면서 나는 정말 어이가 없었다.

'진짜 좋은거?

사람들은 마족이 엄청 대단한 실력자라는 걸 잘 알고 있는 거 같은데, 그렇다면 지금 이 일이 얼마나 위험한 일인지도 알 수 있을 터. 죽거나 크게 다칠지도 모르는데 저렇게 좋아할 수 있을까나?

사실 그 남작 마법사뿐만이 아니었다.

내가 안 간다고 버틸 때 나선 토카라 경 일행은 물론이거니와, 갑옷을 입고 있는 남정네들도 눈에서 형형한 빛을 뿜는 폼이 허락을 받을 수만 있다면 자신들도 즉시 달려가고 싶어하는 기색이 역력했다.

‘혹시… 예전에 마족이 이 나라를 지배해서 엄청 괴롭히기라도 했었나? 아니면, 이 사람들 전부가 영웅 열혈 마니아?’

내 입장에서는 도저히 이해할 수 없는 사람들의 모습에 고개를 갸웃거리는 사이, 어느새 난 아버지의 손에 이끌려 마법사 건물 앞에 나와 있었다.

그리고 그곳에는 총책임자 남작과 금속 갑옷을 입은 세 사람, 토카라 경을 비롯한 일행 세 사람, 아버지와 나, 그리고 마지막으로 남작 마법사들이 모였다.

“이들에게는 백작님의 명을 따르라 일러두었습니다. 그리고 이건 만약을 대비한 건량입니다. 사흘치인데, 아껴 드신다면 닷새까지는 무리 없을 겁니다.”

총책임자 남작이 그리 말하며 우리에게 각각 큼직한 주머니를 나누어 주는 것이었다.

사람들은 각자 그 주머니를 받아 챙겼지만, 나는 아버지에게 떠넘겼다. 아버지에게는 휴대하기도 간편한 마법 주머니가 있었으니 말이다.

이 모습에 주변 사람들이 또 눈살을 찌푸렸지만 상관없었다. 이미 밉게 보인 몸, 이제라도 잘 보이려고 손수 귀찮음을 감수할 마음은 요만큼도 없었던 것이다.

‘게다가 억지로 끌려가는데 무슨…….’

"넌 말이다, 어른 공경이라는 말도 모르냐?"

아버지가 내가 건네는 꾸러미를 순순히 마법 주머니에 넣으시면서 농담조로 툭 던지자 나는 씨익 웃어 보였다.

"그거 무거우시면 제가 들어드릴까요?"

물론 여기서 내가 가리킨 건 아버지의 마법 주머니였다.

"됐다, 이놈아. 노릴 걸 노려야지."

"체엣, 나두 나중에 하나 만들어주심 안 돼요? 검보다는 그게 더 좋아 보이는데……."

다른 거야 둘째 치고, 그 마법 주머니가 제일 탐이 나서 말해봤더니 아버지가 수상한 표정으로 씨익 웃으신다.

"훗, 부럽냐? 대가를 지불한다면야 생각해 볼 수도 있는데……."

그 웃음이 엄청 불길하게 느껴져서 나는 얼른 고개를 휘휘 저을 수밖에 없었다. 팔찌 가지고 지금 나를 험지로 끌고 가는데, 마법 주머니로는 어디로 끌고 갈지 몰랐기 때문이다.

그렇게 여러 우여곡절 끝에 새로운 추적대가 출발했다.

걸어가기에는 조금 먼 거리인 데다 한시가 급한 상황이었음에도 불구하고 일동은 모두 도보로 이동해야 했다. 이유인즉슨 녀석이 문서인지 뭔지를 들고 튄 방향이 바로 산속이었기 때문이다.

원래 이 마을 자체가 산 중턱 부근에 위치해 있기는 하지만,

녀석은 그곳에서도 더욱더 깊은 산속, 사람의 발길이 거의 닿지 않아 길도 없는 곳으로 도망갔기에 말을 타고 쫓아가기가 힘들었다.

그런데 이건 오히려 나에게 다행한 일이었다. 난 말을 탈 줄 몰랐으니 말이다.

'아니, 오히려 나쁜 일 아냐? 차라리 녀석이 평지에 형성된 숲으로 도망쳤으면 말 타고 쫓아갔을 거고, 난 말을 못 탄다는 이유로 여기서 빠질 수도 있었잖아?'

하여간 그놈은 내 일생에 도움이 안 되는 놈이다. 놈을 만난 건 몇 번 안 되지만, 어째 악연으로만 마주치게 되는 건지…….

게다가 녀석과의 인연이 이것으로 끝이 아닌 것 같은 아주 불길한 예감이 든다는 것이다.

내 심정이야 어쨌든, 우리 일행이 이동하는 속도는 엄청 빨랐다. 실력자들만 골라놔서 그런지 장애물이 수없이 널려 있는 산속을 거의 뛰다시피 하는 속도로 전진하는 것이었다.

다행히 나 또한 산속에서 몇 달을 살아 왔으니 그들의 뒤를 따르는 건 문제도 아니었고, 따라올 수 있을지 걱정되는 아버지와 남작 마법사 씨는 마법으로 허공을 날아 따라왔기에 조금도 뒤처지지 않았다.

그렇게 해서 대략 4, 50여 분 전진했을 때 우리는 우리를 기다리고 있던 추적대와 조우하여 그때까지 추적대 속에서 길을 안내했던 마법사와 소드 익스퍼트까지의 실력이 안 되는 사람들은 모조리 돌려보낸 후 남은 사람들과 다시 출발했다.

그러기를 다시 30여 분 정도?

여전히 그 자리에 멈춰 움직이지 않는 마법 신호를 대략 1km 앞둔 시점에서 갑자기 아버지가 일행을 멈춰 세웠다.

"정지!"

적과의 거리가 점점 좁혀져서 그런지 분위기는 일행이 풍기는 긴장감으로 인해 장난이 아니었다. 그럴 때 아버지의 정지 명령이 떨어지자 일행은 즉각 걸음을 멈추고 주변을 둘러보았다. 그리고 앞쪽에 있던 남작 마법사가 아버지께로 달려왔다.

"무슨 일이십니까? 뭔가 발견하셨습니까?"

"그건 아닐세. 단지 이제 슬슬 팀을 나눠야 할 것 같아서."

"팀을 나눠요?"

"그래, 두 팀으로 나눈다. 어차피 함정이든 아니든, 이대로 정면으로 부딪쳤다가는 큰 위험을 감수해야 할 거야. 그래서 양동작전을 펼치자는 거지."

"양동작전이요?"

"한 팀은 미끼가 되어 적의 시선을 끄는 거야. 그리고 다른 팀은 적의 시선이 팔려 있을 때 기습하는 거다."

아버지의 말에 주변에 모여 귀를 기울이고 있던 일행에게서 뿜어지는 긴장감이 한층 더 짙어졌다.

그리고,

"미끼… 라면… 죽음을 각오해야겠군요."

이름은 들었는데 잊어버렸다. 어차피 이곳을 뜨면 다시는 보지 않을 인물 같아서 각자 소개를 할 때도 한 귀로 듣고 한 귀로 흘려버렸지만 말이다.

하여간 마을에서 같이 출발한 기사 중 한 사람이 긴장감 어린 어조로 말하자 주변 사람들이 동감한다는 듯 고개를 끄덕인다.

'아, 그래서 긴장감이 짙어진 건가? 자기가 미끼가 될 수도 있으니까.'

"적들과 끝까지 맞서 싸우라고는 하지 않겠네. 그건 뒤따르는 조가 할 일이니까. 미끼는 적을 끌어내 실력을 드러낼 때까지만 버티면 돼."

'그 정도라면…' 이라고 생각했는지 일행의 긴장감이 조금은 완화되었다.

"세 명의 지원자를 받겠네. 그리고 캔필드 남작, 자네가 미끼 조에 합류했으면 하네. 자네라면 뒷 조가 나타날 때까지 버틸 수 있겠지?"

아버지의 말 어디에서 감동을 받은 건지 모르겠지만, 남작 마법사 씨는 그 말에 즉각 허리를 숙이며 외치는 것이었다.

"기대에 부흥하도록 하겠습니다! 맡겨만 주십시오!"

"믿음직스럽군. 그리고… 너도 가라."

아버지가 가리킨 건 나였다.

그에 나는 즉각 눈썹을 치켜 올렸다.

여기까지 끌고 온 것만으로도 모자라 이젠 아예 날 죽음의 늪에다 발로 뻥 차서 넣으실 심산이신가 보다. 어제 아버지께 좀 잘하려고 마음먹었던 거 다 취소닷!

"아예 절 죽이려고 작정하셨죠?"

즉각적으로 튀어나온 반박이었지만, 아버지는 눈썹조차 꿈틀하지 않으셨다.

"헹, 네 녀석이 이 정도에 죽을 거 같아?"

"아버지가 어찌 장담하신대요?"

"얼마든지 장담해 주마. 미끼 역할을 해라."

"싫어요."

이번에는 아버지의 눈썹이 꿈틀거리셨다.

하지만 난 이번에는 절대로 아버지에게 끌려 다니지 않을 생각이다.

사실 여기까지 끌려오기는 했지만 난 싸움이 시작되면 틈을 봐서 잽싸게 빠져나갈 계획을 세우고 있었다. 평화를 사랑하는 섬세한 여성과 피가 난무하는 전투지는 절대 어울리지 않으니 말이다.

그러나 미끼 역할을 하면 최소한 뒷 조가 올 때까지 버텨야 하니 도망갈 수 있을 리가 없었다.

'혹시 내가 도망치려 했던 거 눈치 채신 거 아니야?

그런데 정말 그러셨나 보다.

"도망가는 거 허락해 줄게."

“옷, 진짜요?”

뜻밖의 말에 냉큼 반색을 한 게 문제였다.

“흥, 역시… 튈 생각이었구먼?”

“캑!”

아버지의 확인 사살에 내가 낭패 어린 표정을 짓자 주변 분위기가 안 좋아졌다.

뭐, 이해는 한다. 나라도 동료 녀석이 일은 팽개치고 땡땡이 칠 궁리를 했다는 걸 알면 절대 가만 안 뒀을 테니까.

하지만 이번 일은 목숨이 걸려 있지 않은가 말이다.

'에구우~ 한국에 있을 때는 이래 봬도 철판 같은 얼굴을 자랑했건만, 여기 와서는 왜 이리 단순해졌나 몰라.'

“네놈이 머리를 굴려봤자 내 손바닥 안이지. 순순히 끌려올 때부터 혹시나 했었다, 이놈아.”

'쳇, 절대 순순히 끌려온 거 아니었는데… 이런 고단수를 쓰시다니……'

불퉁한 눈으로 아버지를 바라보며 쳇쳇거리자 아버지가 푸욱 한숨을 내쉬더니 다시 입을 여셨다.

“정말로 튀는 거 허락해 줄게. 단, 녀석들이 본색을 드러내게는 해라. 놈들이 정체를 드러낸 후에는 얼마든지 도망쳐도 좋다.”

음… 그건 가능할 거 같다.

“진짜죠? 딴말하기 없기예요?”

“내가 언제 한입 가지고 두말하든? 대신 조건이 하나 더 있는데…….”

“윽… 너무하신 거 아니에요?”

내가 입을 닷 발은 내밀며 투덜거렸지만 아버지는 꿈쩍도 않으셨다.

“싸움이 시작되기도 전에 튈 궁리하는 네놈에게는 듣고 싶지 않다.”

“큭.”

맞는 말이라 나는 어쩔 수 없이 입을 다물었는데, 그 순간 왼쪽에서 ‘킥!’ 하고 웃는 소리가 들렸다.

‘아쭈? 금발 너, 나한테 딱 걸렸어.’

그렇지 않아도 그놈은 이미 나에게 찍힌 놈이긴 했다. 처음부터 네 가지 없이 굴던 트라한 경이라는 녀석.

‘여자에게 원한을 사다니… 넌 네놈이 얼마나 불행한 놈인지 모를 거다.’

나는 속으로 그리 중얼거리면서 아버지의 말에 귀를 기울였다.

“하여간 하나만 더. 너와 같이 미끼 역할을 맡는 조원을 보호해라.”

“말도 안 됩니다. 저희 몸은 저희가 지킬 수 있습니다.”

이름 모를 기사 하나가 못 참겠던지 울컥하고 나섰지만, 곧바로 아버지의 싸늘한 눈빛에 질려 뒤로 물러났다. 울 아버지가 정색을 하고 카리스마를 풍기면 나조차도 찔끔하니 저 기사가 주눅 드는 것도 이해가 갔다.

"동료를 지키라는데 뭐가 말도 안 된다는 건가?"

"아, 아닙니다."

"좋아. 어쩔래, 미끼 할래? 만약 미끼 안 하고 기습조에 끼어든다면… 도망은 꿈도 꾸지 못할 게야."

그 기사의 반응이 마음에 드신 듯 고개를 한 번 끄덕이신 아버지는 곧바로 나에게 고개를 돌려 엄포를 놓으신다.

뭐, 어차피 계획을 들킨 이상 도망은 이미 물거품이 되었다고 봐야 했기에 나는 어쩔 수 없이 고개를 끄덕였다.

그래도 미끼 역할로 조금만 버티면 합법적으로(?) 도망칠 수 있게 해준다잖은가.

아버지에 대한 걱정? 훗, 나보다도 강하신 분인데 뭘.

"좋아요. 미끼 할게요."

얌전히 대답하자 아버지가 그럴 줄 알았다는 듯 씨익 웃어 보이고는 다시 주변을 돌아보셨다.

"그래서 지원자는?"

아버지의 말에 저희들끼리 시선을 주고받는 기사들과 토카라 경의 일행. 그러다 결국 세 사람이 나섰다. 그들은 마을에서 같이 출발했던 기사들이었다.

"좋아, 그럼 나머지는 나와 같은 조인가? 어쨌든 계획은 간단하다. 우리가 먼저 출발하여 적당한 지점에 자리 잡고 있을 때 미끼조가 함정에 스스로 걸어 들어가 적들을 이끌어낸다는 것. 우리가 먼저 출발할 테니, 자네들은 30분 정도 이곳에 머물다가 출발하도록 하게.”

아버지가 그렇게 줄줄줄 지시만 하달하고 몸을 돌리려 하자 미끼조의 기사 중 한 명이 조심스레 앞으로 나섰다.

“저기, 백작님?”

그 부름에 아버지는 당연히 몸을 돌려 그를 마주 보았다.

“무슨 일이지?”

“저희 조의 대장은 누구입니까?”

질문을 하는 그의 시선에는 간절한 바람이 어려 있었다. 아마도 다른 사람 누구라도 좋으니 나만은 대장으로 세우지 말아줬으면 하는 바람일 것이다.

내가—아마도 이곳에 있는 모든 사람들이 그의 애원을 단박에 눈치 챘을 거다. 아니, 아예 같은 심정일걸?—이렇게 쉽게 알아챌 정도인데 아버지가 그의 애원을 눈치 채지 못할 리가 없었다.

하지만,

“그거야 당연히 내 아들이 맡아야지. 그러니 그의 명을 잘 따르길 바라네, 제군들.”

‘아버지도 은근히 사악한 면이 있단 말이야.’

절망적인 시선으로 나와 아버지를 번갈아 바라보는 그들의 모습에 나는 남몰래 한숨을 푹푹 내쉬었다.

홀몸(?)이어야 내빼기가 수월할 텐데, 혹 덩어리 셋을 달고서는 제대로 도망칠 수 있을 리가 없었다. 그들은 스스로가 제법 능력이 있어 도움이 될 거라 생각하겠지만, 내 보기에는 보라색 머리 녀석을 겨우 몇 번 막아낼 정도? 아마 녀석이 봐주지 않고 처음부터 자신의 온 힘을 다한다면 한 번도 막아내지 못할지도 모른다. 그러니 나에게는 혹 덩어리들로 보일 수밖에.

'으이그, 하여간… 끝까지 도망 못 치게 하려고 수를 쓰신다, 이거지?'

속으로 그리 한숨을 내쉰 나는 먼저 출발한 기습조의 모습이 안 보이게 되자 곱지 않은 시선으로 날 바라보고 있는 이들을 향해 멋쩍은 미소를 한 번 날려준 후, 적당한 곳에 자리를 잡고 앉았다. 30분 후에 출발하라고 했으니 그때까지 편히 있을 생각이었다.

그런데 계속 얼굴이 따끔따끔한 거 같아 눈을 들어보니 이제는 내 부하가—비록 임시직이기는 해도—된 가여운 세 기사와 한 마법사가 여전히 선 채로 세모꼴의 눈으로 날 바라보고 있는 거다.

'뭐, 뭐냐? 설마 나 혼자 앉아서 그런 겨? 앉으라는 것도 따로 명령해야 하는 거야?'

한국에서 직장을 다닐 때 내 밑에 부하 직원이 있기는 했다. 뭐, 부하라기보다는 후배 직원이라는 말이 적당하겠지만, 하여간 같은 팀을 이뤄 일을 하다 보면 아무래도 내 지시를 따르게 되니 말이다.

그러나 그때도 난 일일이 지시를 내리지 않았다. 후배가 할 일의 분량을 지정해 주고, 그것만 알아서 잘해낸다면 후배가 화장실을 가건 전화를 받으러 가건 커피를 한 잔 뽑아 마시든 전혀 터치하지 않았던 것이다.

나 같아도 그런 거 일일이 상사에게서 터치받으면 엄청 스트레스받았을 거다.

군대에서는 그럴지도 모르겠지만, 내가 군대를 안 가봐서…….

그래서 이번에도 시간이 되어 내가 출발 신호를 내릴 때까지는 당연히 각자 자유 시간을 즐기게 할 생각으로 암 말도 안 하고 나 혼자 앉은 건데 저런 시선을 받게 될 줄이야.

'어휴~ 그냥 대충 알아서들 하지.'

나는 속으로 구시렁거리면서 입을 열었다.

"뭐어, 출발할 때까지 알아서들 쉬고 계세요. 멀리 가지는 마시구요. 혹시 볼일 보러 가실 거라면 이야기는 하고 가세요."

내 말에 그제야 사람들이 사방으로 흩어져 적당한 자리를 잡고 앉는데 여전히 시선은 불만에 차 있다.

내가 대장이라 그런 건지, 너무 늦게 쉬라고 이야기해서 그런 건지, 아니면 시시콜콜 다 지적해서 그런 건지…….

'으윽~ 머리 복잡해. 에잇, 몰라. 어차피 이번에만 같이 움

직이고 곧 헤어질 건데 뭐.'

불편해도 잠시만 참자 하는 심정으로 시간을 보내다 슬슬 시간이 된 것 같아 나는 자리에서 일어났다.

"시간 됐죠? 이제 움직이죠?"

내 말에 각자 흩어져 편히 쉬거나 자신의 볼일을 보던 사람들이 즉각 자리에서 일어났다. 내가 마음에는 안 들어도 명령에는 잘 따르기로 한 모양이다. 어쨌든 그건 마음에 든다.

그렇게 해서 비장한 마음으로 마법 신호가 전해져 오는 곳으로 향하기는 했는데…….


"여기 맞습니까?"

제법 널찍한 공터.

지금까지는 길도 거의 나 있지 않은 울창한 산속을 헤치고 오다가 갑자기 햇볕이 잘 드는 널찍한 공터로 나오자 마치 순식간에 딴 세상에 온 것만 같았다.

앞서서 길을 안내하던 남작 마법사는 내 질문에 고개를 끄덕였다.

"분명합니다. 여기서 신호가 전해져 오고 있습니다."

남작 씨는 겨우 기사 작위뿐인—그것도 아직 발표가 안 되어 정식으로 받지 않은—나에게 존대를 쓰고 있었다. 아무래도 이것도 아버지 덕분이겠지?

하여간 그 마법사는 널따란 공터를 손으로 가리키고 있었는데, 문제는 그 공터에는 아무도 없었다는 거다.

아무도 없는 공터에서 마법 신호가 나오고 있다니, 역시 아버지의 말대로 함정일 가능성이 높다. 그렇다고 '함정이니 이만 돌아갑시다~!' 할 수도 없고.

이제 어쩌느냐는 물음이 담긴 시선이 나를 향해 쏘아져 오기에 나는 한숨을 내쉬고 입을 열었다.

"주변을 수색합니다. 천천히 조심해서 하시고, 수상한 모습이나 물건이 있으면 건드리지 마시고 마법사이신 남작님을 불러주십시오. 아참, 그리고 각각 수색하시되 너무 멀리 떨어지지 마시고 1m 간격을 유지해 주십시오. 자, 그럼 시작하죠."

내 말에 일행은 각자의 무기를 꺼내 들고—그래 봤자 다 검이었지만—천천히 공터 안으로 발을 들이밀었다.

나 또한 구경만 하고 있을 입장은 아니었기에 그들과 함께 발걸음을 옮겼다.

햇볕이 잘 들어오는 공터라고 해도 누가 사용한 곳이 아니었기에 굵고 커다란 나무가 없었다 뿐이지 내 무릎을 넘는 잡초가 무성하게 자라 있었다. 그러니 그 사이에 뭔가가 숨겨져 있다면 쉽게 발견될 수 없을 거다.

'함정을 설치하기에는 정말 최적의 장소잖아?

게다가 함정이 있나 없나 살펴보는 데 집중하다가 그 보라색 머리가 나타나 공격이라도 한다면…….

그게 더 걱정이 된 나는 잡초 사이는 건성으로 살펴보며 혹시나 보라색 머리가 나타날까 싶어 신경을 더 곤두세웠다.

그때,

"여기 뭔가 있습니다!"

한 기사의 외침에 모든 이들의 시선이 그쪽으로 쏠렸다.

"건드리지 말게. 내가 지금 가네."

그리고 제일 먼저 남작 마법사 씨가 그리 외치며 그쪽으로 다가갔다.

나 또한 뭔지 궁금해서 슬그머니 다가갔더니만…….

"뭐야, 이거? 건물 설계도 같은데?"

눈앞에는 웬 수많은 종이가 마구잡이로 던져진 채 쌓여 있었는데, 맨 위에 활짝 펼쳐진 종이를 보니 네모난 도형들이 반듯반듯하게 그려져 있는 거다.

그걸 본 내가 '어째 설계도처럼 생겼네?' 라고 생각하는데, 옆에서 같이 그걸 본 기사 한 명이 그렇게 외친 것이었다. 덕분에 난 그게 진짜 설계도라는 걸 알 수 있었다.

'헤에~ 설계도는 한국이나 여기나 비슷비슷하네.'

하여간 그런 설계도들이 정말 끓이도 쌓여 있었다.

건물 한 채를 지을 때 필요한 설계도는 수십 장인 걸로 알고 있다. 위에서 본 거, 앞, 뒤, 옆에서 본 거, 거기에 몇 층짜리면 층마다, 방마다 각각 설계도가 필요할 테니 말이다. 거기에 설계도가 그려진 종이는 무척 크고 두터웠다.

그런 게 대략 50㎝ 넘는 높이로 쌓여 있는 걸 보니 한두 개 건물이 아니라 여러 채의 건물 설계도인 것 같았다.

"이거 혹시 그자가 훔쳐 간 거 아닙니까?"

한 기사가 나에게 물어봤지만 나도 녀석이 훔쳐 간 게 무엇인지 듣지 못했기에 대답을 할 수 없었다. 단지 숲 속이라는 장소에 어울리지 않는 설계도란 물품이 떨어져 있으니 이게 혹시 그게 아닐까 추측할 뿐.

'그런데 이거 맞나? 그놈 혼자 옮기기에는 양이 너무 많잖아? 도대체 이 많은 걸 어떻게 들고 왔던 거지?'

그때 나에게 덤벼들던 녀석은 손가방 하나 들고 있지 않았었다. 아마 그놈이 나와 마주쳤을 때 종이 한 뭉치를 들고 있지 않았다면, 난 그가 뭔가를 훔쳐 가는 게 아니라 그냥 보고 나왔다고 생각했을 거다.

'혹시 그 녀석도 아버지처럼 마법 주머니를 가지고 있었던 건가?'

내 생각이야 어쨌든 남작 마법사의 확답이 들려왔다.

"분명해. 여기서 마법 신호가 나오고 있어."

"그렇습니까? 그런데 그 녀석들, 왜 이걸 여기에 두고 간 걸까요?"

한 기사가 그리 말하며 별 생각 없이 설계도를 잡으려 손을 뻗자 남작 마법사가 다급히 제지했다.

"잠시만 기다리게. 어떤 함정이 설치되어 있을지도 몰라."

그 말에 그 기사는 얼른 손을 움츠렸다.

남작 마법사는 설계도 뭉치를 건드리지 않는 거리에서 눈으로만 꼼꼼하게 살펴보더니 뭐라고 중얼거리기 시작했다.

"디스펠 매직!"

그러자 파란 빛이 설계도 뭉치에서 형성되더니 설계도 속으로 스며드는 것이었다.

"이제 된 겁니까?"

"웬만한 마법이라면 풀렸을 겁니다."

내 질문에 남작 마법사가 확실한 어조로 대답했는데, 난 어째 그 '웬만한' 이란 단어가 마음에 걸리는 거다.

"마족이 걸어놓은 마법이라도?"

이번 질문에는 남작 마법사의 얼굴이 굳어졌다.

"아, 그, 그건……."

확신을 하지 못하는 남작 마법사의 태도를 보고 나는 한 번 더 확인 작업을 하는 게 좋겠다고 생각했다. 잘 모를 때는 돌다리도 두들겨 보고 건너는 게 좋지 않겠는가.

"일단은 건드리지 말고 한번 시험해 봅시다."

그리 말한 나는 기사들에게 기다란 나무를 구해오라고 지시했다. 뜬금없는 지시에 기사들이 당혹스러움을 감추지 못했지만, 내가 단호한 표정으로 바라보자 불만 어린 기색이면서도 순순히 지시를 따랐다. 하기야 뭐, 이 상황에서는 어려운 지시도 아닐 거다. 여기가 산속이니 주변에 널린 게 나무 아닌가?

그것도 보통 나무가 아니라 굵고 쭉쭉 뻗은 것이 대부분이었기에 그들은 얼마 지나지도 않아 적당한 굵기의 나무 하나를 베어왔다.

길이도 4, 5m 정도라 딱 적당했다.

주변의 가지들을 대충 정리한 나는 사람들을 데리고 뒤로 물러났다. 나무를 손에 쥐고 팔을 뻗으면 설계도에 닿을 정도로 말이다.

세 명의 기사와 한 명의 마법사는 내가 뭘 하나 하는 시선으로 바라보다가 내가 나무를 들어 힘겹게—아무리 내가 힘이 세어졌어도 4, 5m 하는 나무를 들고 붕붕 휘두르는 건 힘들었다—설계도 더미를 쿡쿡 찌르자 어이없다는 표정이 되는 것이다.

'이것들이? 내가 얼마나 힘든데……'

결국 참다못한 한 기사가 물어왔다.

"지금 뭐 하시는……."

콰과광~!!

하지만 그 기사가 채 말을 끝내기도 전에 커다란 굉음과 함께 설계도뿐만이 아니라 주변의 땅이 폭발로 인하여 사방으로 튀어 올랐다.

나를 비롯한 네 사람은 반사적으로 두 팔로 얼굴을 보호하고 땅에 엎드렸는데, 시간이 지나도 몸에 아무 영항이 없는 거다. 그에 조심스레 얼굴을 들어보니 신기하게 우리 주위에는 희미한 회색 막이 쳐져 폭발의 여파를 확실하게 막아내고 있는 모습이 보였다.

"나, 남작님?"

한 기사가 남작 마법사를 돌아봤지만, 그는 당황한 얼굴로 고개를 설레설레 저었다.

"나, 난 아닐세."

"그, 그럼?"

"아, 아마도……."

남작 마법사 씨가 날 가리키며 말끝을 흐리자 기사들의 시선이 다 나를 향해 쏠렸다. 그러나 나는 그 시선에 제대로 반응해 줄 수가 없었다.

'헛. 헛. 헛… 이런…….'

생각 같아서는 기사와 마법사에게 쿨한 미소라도 보여주고 싶었지만, 나도 놀라서 같이 엎드린 다당에 쿨한 모습은 무슨, 하양이와 까망이가 웃다가 넘어가지나 않으면 다행이지.

설계도를 건드리기 전 혹시나 하는 생각에 하양이와 까망이 보고 대비하고 있어달라고 부탁하기는 했는데, 기껏해야 나하나 어떻게 보호할 줄 알았지, 뒤의 혹들까지 애들이 이렇게 완벽하게 막아줄 줄은 몰랐다. 솔직히 애들 힘으로 보호막까지 칠 수 있다는 것도 지금 처음 알았다.

보호막이 회색 빛인 거 보니 기특한 두 아이가 모두를 보호하려고 힘을 합한 것 같다.

'기특하기도 하지. 나중에 불러내서 많이 놀아줘야겠다.'

폭발은 정말 강렬했다.

그 넓었던 공터가 우리가 있던 장소만 빼고 모조리 폭발에 휩쓸려 엉망이 되어버렸으니 말이다. 그러니 폭발 바로 앞에서 아무 방비 없이 있었다면 어떻게 될 뻔했는가?

'후우~ 혹시나 하는 생각에 조심하길 잘했어.'

무성한 잡초밭이 완전히 뒤집어진 흙밭이 된 걸 보고 안도하며 가슴을 쓸어내리는데 남작 마법사 씨가 다가왔다.

"팔라디노 경이 아니셨으면 정말 큰일 날 뻔했습니다."

'내 말만 믿고 설계도에 손을 대었더라면…' 하는 생각을 하고 있었는지 남작 마법사 씨의 얼굴은 딱딱하게 굳어져 있었다. 그런 그의 앞에다 대고 잘난 척할 수는 없어서—나 또한 순전히 하양이, 까망이 덕이었으니까—나는 위로하는 심정으로 대답했다.

"운이 좋았을 뿐입니다. 저도 아까는 그럴 필요가 있나 하고 생각했었거든요. 하지만 이로써 마족을 상대할 때는 조심에 조심을 거듭해야 한다는 걸 깨달았습니다."

"예, 앞으로는 저도 조심에 조심을 거듭하겠습니다."

방금 전까지만 해도 나를 별로 탐탁지 않게 여기던 마음이 이번 일로 인하여 조금 바뀐 모양이다. 남작 마법사 씨도 그렇고 기사들도 이제는 초롱초롱해진 시선으로 날 바라본다.

"이제 어떻게 합니까?"

한 기사의 질문에 나는 난감한 심정으로 주변을 둘러보았다.

마법 신호가 여기에서 온다기에 녀석들이 기다리고 있을 줄 알았건만, 이런 함정을 파놓고서는 코빼기도 보이지 않다니…….

"남작님, 혹시 주변에 그자들이 있는지 알아볼 수 있는 마법이 있습니까?"

전에 아버지가 동굴을 나오기 직전 마법으로 주변을 탐색했던 걸 떠올리며 묻자 남작이 고개를 끄덕였다. 그러나 어째 대답하는 그의 태도가 별로 자신이 없어 보인다.

"무, 물론 있습니다만… 그자들에게 소용있을지……."

함정 하나 발견하지 못한 것 때문인지 남작 마법사는 무척 의기소침해 있었다. 게다가 나 또한 남작 말대로 그들이 작정하고 숨는다면 찾을 수 있을지도 의문이 들었다. 아무래도 마법은 남작 씨보다는 그들이 한 수 위인 것 같으니 말이다.

"함정을 파고 나면 뒤도 안 돌아보고 도망갈까요, 아니면 함정에 걸린 적들이 어떻게 되었을까 궁금해서 돌아올까요?"

내 질문에 사람들이 진지한 표정이 되더니만, 한 기사가 먼저 입을 열었다.

"상황에 따라 다르지 않겠습니까? 만약 무언가를 수비하는 입장이라면 절대로 그 자리를 떠나지 않겠지만, 도망가는 입장이라면 함정 때문에 번 시간을 절대 헛되이 쓰지 않으려 할 것 같습니다."

그 말이 맞는다는 듯 같은 기사들이 고개를 끄덕인다.

하지만 마법사는 의견이 달랐다.

"상대는 마족일세. 도망가는 입장이라 해도 과연 우리를 두려워할까? 게다가 우리는 그가 도망가는 건지, 우리를 유인하는 건지도 몰라."

"저도 남작님 말씀이 맞는 것 같습니다. 아무래도 녀석들은 우리가 함정에 걸려 어떻게 되었는지 궁금해서라도 돌아올 것 같군요. 그럼 일단 남작님께서는 주변을 살펴봐 주시겠습니까? 그리고 경들께선… 아무래도 저 설계도… 챙겨놔야 할 거 같지 않습니까?"

폭발의 여파 때문에 사방으로 날아가 널려 있는 설계도를 바라보며 묻자 기사들이 인상을 찌푸리면서도 고개를 끄덕인다.

기실 그들의 임무 중 가장 중요한 것은 잃어버린 문서의 회수일 테니 말이다. 그걸 가지고 간 녀석을 붙잡는 건 그다음 문제일 거다. 지금은 그걸 가지고 간 녀석이 마족인 탓에 그쪽으로 시선이 더 쏠린 거지만, 설계도를 회수해 가는 일도 잊으면 안 되겠지.

내 말에 기사들이 주변으로 흩어져 설계도를 회수하기 시작했다. 하지만 언제 녀석들이 나타날지 모르니 긴장을 풀지 않은 채였고, 각자의 거리도 멀리 떨어지지 않게 조심했다.

그러나 아무리 상황이 상황이라도 설계도를 회수하는 건 귀찮은 일이었나 보다.

"쳇, 병사들이 있었다면 이건 그들의 몫일 텐데."

한 기사가 작은 목소리로 투덜거리자 옆의 기사도 동의한다.

"그러게."

그들에게 뭐라고 할 마음은 없었다. 나도 귀찮은 심정은 같았기 때문이다.

그래서 난 대장이라는 직위를 십분 활용하여 그들과 같이 설계도를 줍는 대신 괜히 남작 마법사에게로 다가가 속삭였다.

"죄송하지만 아버지께 연락 좀 해주시겠습니까? 아버지보고 주변 좀 한번 훑어봐 달라고 해주세요."

그 말을 하면서 혹시 남작 씨가 자존심 상해하면 어떻게 하나 조금 걱정되었는데, 다행히도 그건 아니었다.

"그렇지 않아도 저 또한 백작님께 그런 부탁을 드리면 어떨까 생각했는데… 알겠습니다. 지금 당장 연락을 드리도록 하죠."

남작 마법사 씨가 눈을 지그시 반쯤 감은 채 입 안에서 뭔가를 중얼중얼거리며 아버지에게 연락하는 포즈를 취하자, 나는 그 틈을 타서 주변에 있는 설계도 두 장을 조심스레 주워 올려 기사들이 모아둔 설계도 더미에 살포시 올려놨다. 양심상 하나도 안 주우려니 조금 찔렸던 것이다. 그래서 최소한 몇 장 정도는… 이란 생각을 가지고 있었는데, 다행히(?) 바로 옆에 두 장이 널려 있기에 냉큼 주워 든 것이었다.

종이가 약간 두터웠던 덕분에 비록 흙투성이가 되고 중간 중간 생채기도 많이 나긴 했지만, 그래도 생각보다 많이 상해 있지 않았다. 나는 폭발이 너무 커서 완전히 산산조각이 나서 흩어졌을 거라 예상했던 것이다. 그런데 조각난 건 별로 없는 걸 보니, 아무래도 종이에 뭔가 특수 처리라도 해놓은 모양이다.

그런 설계도 두 장을 들고 기사들이 모아놓은 곳에 가져다 놓으러 한 번 다녀오자 남작 마법사 씨가 날 기다리고 있었다.

"백작님께서 괜찮냐고 물어보시기에 모두 무사하다고 말씀드렸습니다. 그리고 흔쾌히 주변을 탐색해 주겠다고 하셨습니다."

"그거 잘됐네요. 아버지가 없다고 하면 없는 거겠죠. 그나저나 신호가 이 주변에서만 전해져 오고 있습니까? 혹시 멀리 떨어진 곳에서 따로 오는 신호는 없는 겁니까?"

내 말에 마법사가 다시금 신호를 확인해 보더니 고개를 저었다.

"없습니다. 아마도 여기 주변에 있는 것이 다인 모양입니다."

"그래요? 그럼 다행이지만… 이것도 좀 황당한 일이군요. 여기에 다 놓고 갈 거라면 뭐 하러 훔쳤을까요?"

나는 여기에 다 있는 게 아니라 아무래도 놈들이 가지고 간 것에 걸려 있는 추적 마법을 깨뜨렸다에 한 표를 던지고 싶었다. 마족은 마법 실력이 뛰어나다고 하니 말이다.

남작 마법사 씨 또한 나랑 비슷한 생각을 하는 건지 안색이 별로 밝질 못했다. 그런 그에게 실없이 한번 웃어주고 나는 그 옆에 있는 또 다른 설계도를 주우러 갔다.

어차피 여기서 머리 싸매고 있어봐야 해답을 알 수 있는 것도 아니니, 지금 할 수 있는 자그마한 일이라도 하려는 생각… 보다는 가만히 있으려니 또다시 눈치가 보여서 한 번만 더 주우려는 생각이었다.

그러자 남작 마법사 씨가 다가왔다.

"저도 돕겠습니다."

스스로 와서 돕겠다는데 사양할 내가 아니었기에 기꺼이 도움을 받으려는 순간,

쉬익~!!

날카로운 바람 소리에 나는 나도 모르게 반사적으로 남작 마법사 씨를 잡고 옆으로 굴렀다.

탁, 탁, 탁~!

아무래도 내 육체 본능은 선견지경이라드 있는 모양이다.

옆으로 두어 바퀴 구르자마자 들리는 소리에 시선을 돌려보니 이게 웬일? 가느다란 막대기가 내가 서 있던 땅에 꽂혀 있는 것이다.

그리고 곧바로 또 다른 날카로운 바람 소리가 들려왔다.

쉬이익~!!

이번에는 내 쪽이 아닌 건 다행이었지만, 문제는 날아오는 게 한두 개가 아니라 십여 개 정도는 된다는 것이었다.

"조심!"

뒤쪽에 있을 기사들이 걱정되어 외치며 그쪽으로 시선을 돌렸더니, 다행히도 그들은 이미 뭔가가 날아온다는 걸 알아채고는 내 쪽으로 달려오고 있었다.

"실드!"

그사이 남작 마법사 씨께서 마법을 일으켜 막 내 쪽으로 다가온 세 기사를 포함한 우리 모두를 감싼 반투명한 막을 만들었다. 덕분에 그 뒤로 날아온 가느다란 막대기 수십 개를 모두 막아낼 수 있었다.

투명한 막 덕분에 겨우 한숨을 돌린 나는 그제야 우리를 향해 날아온 가느다란 막대기를 자세히 살필 여유를 가질 수 있었다.

"…화살?"

가느다란 막대기이니 척하면 알아채야 했겠지만, 나는 나를 향해 날아온 화살을 보는 게 처음이란 말이다. 내 평생 이런 경험을 하게 될 줄 어디 상상이나 했겠는가?

진검이야 한국에서도 몇 번 봤지만, 화살은 영화에서나 구경할 수 있는 물건이었다.

"갑자기 이게 무슨 일입니까?"

"적입니까?"

"그들일까요?"

기사들이 저마다 나에게 물어봤지만, 난들 아나?

그사이 모습을 숨긴 채 우리에게 화살을 날리던 미지의 적들은 화살이 소용없음을 알아챈 모양이다.

"화살이 멈췄습니다."

한 기사가 나에게 보고하려는 듯 이야기하기에 나는 당혹스러운 상황에서도 살짝 고개를 끄덕여 줬다.

꾸어어어~

갑자기 돼지 멱 따는 듯한 소리가 들린다 싶더니, 울창한 나무 사이로부터 뭔가 시커먼 그림자들이 두다다다~ 하며 뛰쳐나온다.

그 그림자들의 모습을 확인한 나는 얼떨떨한 기분으로 중얼거렸다.

"돼지머리… 인간?"

그랬다. 그들은 돼지 얼굴에 몸은 사람 모습을 하고 있었던 것이다.

일반 돼지보다는 멧돼지 쪽과 더욱 비슷했지만, 어쨌든 돼지머리는 돼지머리였다. 아래쪽은 사람처럼 옷에 갑옷까지 걸치고 무기도 들고 있었다. 그런데 그 옷이라는 것이 안 빤 지 한 달은 넘은 것처럼 지저분하고 갑옷은 겨우 형태만 간신히 알아볼 정도이며, 들고 있는 무기는 엄청 조악한 것들이었다. 검은 다 시뻘겋게 녹이 슬고 이가 잔뜩 나가 있었으며, 창은 창이라고 부르기 민망할 정도로 긴 막대기 끝에 쇳덩어리 하나가 꽂혀 있었다.

그러고 보니 아까 녀석들이 날린 화살도 반듯한 길이에 뾰족하고 날카로운 화살촉이 달려 있는 게 아니라 지나다가 꺾은 나뭇가지를 대충 다듬어 날카로운 돌조각 하나를 칭칭 동여맨 모습이라, 만약 그게 날아오지 않았다면 화살이라는 걸 알아채지도 못했을 거다. 그래서 더 신기했다. 화살이 상상과는 좀 다른 엄청 부실한 모습이라…….

하여간 그런 희한한 멧돼지 인간 수십 명이 우리를 향해 무기를 치켜들고 덤벼들고 있었다.

"오크입니다!"

"갑자기 어디서 저런 오크들이~!!"

내가 저놈들이 뭐냐고 묻기도 전에 기사들이 당혹스러운 목소리로 먼저 말해줬다. 그러나 다행히도 두려운 기색은 없었다. 과연 실력자들만 모아놓은 추적대답다.

"매직 미사일!"

예전에 읽은 어떤 소설에서 전쟁을 할 때는 먼저 장거리 무기를 사용하고 그 다음에 맞부딪치는 거라고 했었는데, 여기서도 그런지 첫 공격은 남작 마법사 씨였다.

그의 외침에 허공에서 십여 개의 빛의 막대기가 형성되더니 눈앞의 멧돼지 인간들에게 날아갔다.

퍼버버벙~!!

"매직 미사일~!!"

퍼버벙~!!

이번에는 뒤쪽을 향해 십여 개의 매직 미사일이 날아갔다.

남작 마법사 씨의 활약으로 단숨에 공터로 다가오는 멧돼지 인간들의 수가 20여 마리 정도로 줄어들었다.

"팔라디노 경! 공격 명령을!"

한 기사가 나를 향해 다급하게 외쳤다.

하지만 난 그 기사가 원하는 대로 공격 명령을 내리는 대신 질문을 던졌다.

"이런 전투 경험이 가장 많으신 분이 누구십니까?"

그러자 두 기사의 시선이 반사적으로 한 기사에게로 쏠렸고, 그가 나섰다.

"예, 여기서는 제가 가장 경험이 많습니다만."

"그럼 지휘를 맡아주세요. 저는 이런 경험이 처음이거든요."

그랬다. 화살 날아오는 것도 처음 보는 초짜 중의 초짜인 나보고 무슨 전투 명령을 바란단 말인가? 이런 건 빨리 빨리 경험자에게 넘겨 버리는 게 나도 좋고 남도 좋은 거다. 아, 물론 적에게는 안 좋겠지만.

"알겠습니다. 그럼 경의 명을 받아 제가 지휘권을 넘겨받겠습니다."

그 기사도 나와 같은 생각인지 진중한 어조로 그리 말하더니 두 기사를 돌아봤다.

"내가 앞을 막고, 너희 둘은 각각 남작님의 좌우를 맡는다. 팔라디노 경은 뒤를 맡아주십시오. 가능하시겠습니까?"

남작 마법사 씨를 중심으로 방어진을 짜는 모양새.

그 기사의 말에 난 고개를 끄덕이며 검을 뽑아 들었다.

이곳에 오기 전에는 어떻게든 도망갈 생각이었지만, 저 정도 녀석들이라면 뭐.

저 멧돼지 인간들은 이번에 처음 보는 생김새이지만, 숫자는 좀 많아도 내 거처 주변에서 본 녀석들보다 약하다는 걸 알 수 있었기에 겁은 나지 않았다.

하긴, 그러니까 육체 본능도 아까 잠깐 깨어난 후에는 잠잠하지.

"최선을 다하겠습니다."

내 대답에 기사가 이번에는 남작 마법사 씨를 바라봤다.

"그럼 남작님, 실드를 걷어주십시오."

"무운을 빌겠네."

기사의 요청에 남작이 그리 말하고 나서 우리 주변을 감싼 반투명한 막이 사라졌다.

그때 즈음에는 멧돼지 녀석들과의 거리가 채 다섯 발자국 정도밖에 남지 않았을 때였다.

"공격!"

지휘권을 넘겨받은 기사가 외치자 남작 마법사 씨의 삼방—한 방향은 내가 맡고 있었으니까—에 있던 기사들이 기합을 지르며 나섰다.

남작을 보호하는 입장이라서 그런지 기사들은 남작에게서 두어 발자국 이상은 절대 떨어지지 않은 채 이제 막 덤벼오는 멧돼지 인간들을 막아섰다.

"취익~ 주~거~라아~ 취!"

콧바람이 무척 심하게 섞여 있었지만, 분명히 알아들을 수 있는 인간의 언어였다.

'우왓, 돼지머리가 사람 말도 하네?

정말 신기한 놈이었다.

그런데 그보다도 더 신기한 게 있었으니, 놈들이 나에게 덤벼들고 있는 것이었다. 감히 나한테…….

거처에 살 때 이놈들보다도 몇 배는 흉악한 놈들도 나만 보면 꽁지가 빠져라 도망가기에 바빴다. 그래서 난 그 녀석들 얼굴을 제대로 보려면 오히려 내가 쫓아가야만 했었다.

그런데, 그런데…….

'우와~ 살다 보니 나에게 덤벼드는 놈들도 다 있어~!'

물론 마족이랑 와이번은 빼고 말이다. 그 녀석들은 다 나에게 덤빌 이유가 있었다.

하여간, 항상 나만 보면 도망가는 놈들만 보다가 처음으로

나에게 덤벼드는 놈을 만나니 신기함을 넘어서 감동까지 받을
정도였다.

덕분에 나는 녀석이 나에게 다가와 녹이 슨 검으로 내려치
는데도 녀석들을 구경만 하고 있었다.

그리고 그 순간,

"매직 미사일!"

푸억~!

남작 마법사 씨의 목소리가 들린다 싶더니만, 눈앞의 돼지
머리가 산산조각나는 것이었다.

'앗, 신기한 녀석이 죽어버렸네? 아까워라.'

라는 생각을 하고 있었건만…….

"팔라디노 경, 정신 차리십시오!"

누군가 다급히 어깨를 흔들어 돌아보니 염려가 가득 든 남
작 마법사 씨의 얼굴이 보인다.

"침착하게 녀석들을 상대하십시오. 제가 뒤에서 엄호해 드
릴 테니 너무 두려워하실 필요는 없습니다."

"네?"

이게 무슨 귀신 씻나락 까먹는 소리인가 싶었는데, 꽤액 꽥!
하는 소리가 주위에서 시끄럽게 울린다.

뭐가 이리 시끄러운가 해서 돌아봤더니만, 어느새 내가 남
작 마법사 씨와 함께 세 기사가 만들어주는 방어막 안에 있는
것이었다.

‘어라라?

“거기다가 주변에는 강한 기사들도 있습니다. 만약 너무 긴장되신다면 크게 심호흡을 해보십시오.”

계속 들려오는 남작의 목소리에 그제야 나는 갑자기 왜 남작이 이해 불가한 말들을 나에게 늘어놓는지 알 수 있었다.

‘아.하.하.하! 이러언~’

그는 내가 이런 일은 처음이라 얼어버린 거라고 오해를 한 모양이다.

‘너무 신기한 녀석을 봐서 구경하느라 가만히 있었다고 하면… 큰일 나겠지?

그리하여 나는 때로는 필요한 하얀 거짓말을 꺼냈다.

“심려를 끼쳐 드렸군요. 제가 너무 놀랐나 봅니다. 그러나 이제 괜찮으니 염려 마십시오.”

싱긋 웃으며 말하자 오히려 남작이 의심스럽다는 듯이 날 바라본다.

“너무 무리하지 마십시오.. 조금씩 천천히 하셔도 괜찮습니다.”

“예. 그 말씀, 명심하겠습니다.”

그래도 연륜이 있어서인지 나에게 친절히 충고해 주는 남작이 고마워 싱긋 웃어 보인 나는 그의 걱정스러운 눈을 뒤로하고 다시 신기한 돼지머리 녀석들에게 다가갔다.

‘으음… 미안하다. 산속에 있었다면 구경할 생각에 살려줬겠지만, 지금은 어째 그러지 못하겠네?

확실히 이놈들은 약한 놈들이었다. 수십 명이 한꺼번에 달려들었음에도 불구하고 세 기사의 방어막을 무너뜨리지 못했으니까 말이다.

세 기사가 너무 잘해서 나서지 말까 하는 생각도 들었지만, 날 걱정까지 해주는 사람들에게 그러기에는 좀 미안했다.

해서 슬쩍 한 기사 옆으로 나서자 그 기사가 날 보더니 말을 걸어왔다.

"제가 보좌해 드릴 테니 한 녀석씩 상대해 보십시오."

얼마나 약한 녀석들이면 이 기사가 내 연습용으로 생각하겠는가 말이다.

그래도 뭐, 검술 연습이란 걸 해볼 셈으로 기꺼이 그의 배려를 받아들이려 하는데,

쿠오오오~!!

갑작스럽게 들려온 커다란 굉음에 나는 멈칫했다. 아니, 나뿐만이 아니라 내 옆의 기사들도, 남작도, 그리고 심지어 우리 주변에 있던 오크라 불리는 멧돼지 머리 녀석들까지도 멈칫했다.

살기가 가득 든 괴성.

이건 내가 산속의 녀석들에게서도 들어본 적이 없었다. 가장 비슷한 거라면 나에게 다친 와이번 새끼의 어미가 나를 향

해 울부짖은 괴성 정도일까? 하지간 이 괴성에 비한다면 약하
게 느껴진다.

쿠오오오~!!

다시 한 번 괴성이 들려왔는데, 이번에는 아까보다 좀 더 크
게 들렸다. 이 괴성의 주인이 우리 쪽으로 다가오고 있는 모양
이다.

이번 괴성으로 정신을 차린 듯 오크들이 다시금 우리를 향
해 덤벼들었다. 그런데 어째 입에 거품까지 물고 아까보다 몇
배나 더 치열하게 덤벼들었는데, 이상하게도 놈들의 표정에는
아까의 적의나 투지가 더욱더 강렬하게 어려 있는 게 아니라
완전 공포에 물들어 있는 것이었다.

'뭐, 뭐야? 공포에 질려 덤벼들 수도 있는 건가? 혹시 누가
우리에게 제대로 덤비지 않는다면 죽여 버리겠다고 협박이라
도 했나?'

오늘 정말 새로운 경험을 많이 해본다.

하여간, 그런 처절한 오크 녀석들 때문에 여유있게 녀석들
을 상대하던 기사들이 진중한 얼굴로 놈들을 막아서고 있었
고, 남작 마법사는 아예 날 뒤로 이끌어 기사들의 방어막 안으
로 집어넣는 것이다. 하여간 내가 어지간히 못 미더운 모양이
다.

그리고서는 입으로 중얼중얼거리는데, 그의 몸에서 피어오
르는 마나의 기운을 보니 아무래도 큰 마법을 준비해 놓고 있

는 것 같았다.

쿠어어어~!!

다시 한 번 더 들려오는 괴성. 과연 전보다 더 가까이 들린다.

그리고는,

쿵, 쿵, 쿵, 쿵~!!

얼마나 무거운 녀석이 뛰면 저 멀리서도 이렇게 쿵쿵거리는 소리와 함께 땅의 진동을 느낄 수 있는 건지……. 아직 기척도 느껴지지 않는데 말이다.

'잠깐, 기척이 안 느껴져?'

나는 문득 깨달아지는 상황에 다시 한 번 온 신경을 집중시켰다. 그리고 깨달았다.

'맙소사! 기척이 안 느껴져.'

소리와 진동으로 보아 녀석이 오고 있는 방향과 거리는 대충 알겠다. 하지만 가장 먼저 느꼈어야 할 녀석의 기척은 여전히 느껴지지 않는 거다. 아무리 지금 내가 사람의 모습이라 신경이 약간 무뎌졌다 해도 방향과 거리가 감지되는데 기척이 느껴지지 않는 건 비정상적이었다.

'그리고 보니… 이놈들, 아무리 약한 놈들이라 해도 기척을 못 느꼈어.'

생각해 보니 그랬다.

갑자기 날아온 화살을 피할 수 있었던 건, 그 화살을 쏜 오크 녀석의 기척을 느껴서가 아니라 날아오는 화살의 기척을 느꼈기 때문이다. 만약 오크 녀석들의 기척을 먼저 느꼈다면 난 허둥지둥 바닥을 구르는 것이 아니라 여유있게 뒤로, 혹은 옆으로 물러나면서 화살을 피했을 거다.

'뭔가 있어.'

남작 마법사 씨의 중얼거림이 멈췄다. 마법 준비가 다 끝난 모양이다.

그때를 노려 나는 그에게 질문을 던졌다.

"혹시 기척을 지우는 마법이 있습니까?"

"예."

긍정의 대답에 나는 역시나란 생각이 들었다.

"괴물 녀석들의 기척이 느껴지질 않았어요. 게다가 지금 오는 뭔지 모를 놈의 기척도 아직 느껴지질 않아요. 아무래도 누군가가 괴물들의 기척을 지우고 있는 모양입니다. 아버지께는 아직 연락 없죠?"

"예, 아직."

아까 주변을 탐색해 달라고 연락을 했는데 아직 대답이 없다니, 이 역시 이상하다.

아버지도 뭔가가 있다는 걸 느끼신 걸까?

'그러면 좋겠는데……'

치열하게 덤벼드는 오크들 때문에 바쁜 기사들과는 달리 나와 남작은 쿵쿵거리는 소리가 커지는 방향을 주시했다.

그리고,

콰지지직~ 쿵! 쿵! 우지끈~! 쿵! 쿵!

사방의 나무들이 사정없이 패이고 쓰러지는 소리와 함께 드디어 괴성의 주인이 모습을 드러냈다.

"바, 발록……!"

신음성처럼 흘러나온 남작 마법사 씨의 말 덕분에 그 괴물의 이름이 발록이라는 걸 알 수 있었다.

그 괴물을 보자마자 제일 먼저 든 생각은 '크다' 라는 거였다. 내가 산속에서 살 때 본 괴물들도 컸는데, 이건 그들과 비교할 수 없을 정도로 더 컸다. 대략 5m 정도? 게다가 온몸이 시커멨다. 아마 눈이 붉은 게 아니라 검었으면 어디가 눈인지 구분이 안 되었을 거다.

고릴라 얼굴을 한 녀석의 등에는 놀랍게도 한 쌍의 박쥐 날개를 가지고 있었고, 양손에는 기다란 채찍을 하나씩 들고 있었다. 옷도 안 입고 하반신만 푸르죽죽한 색의 가죽으로 겨우 가리고 있는 주제에 윤이 반들반들 나는 채찍이라니, 정말 안 어울렸다.

오크 녀석들과 마찬가지로 처음 보는 놈이었는데, 문제는 이놈은 내가 산속에서 봤던 어떤 괴물보다 더 강하게 느껴진다는 거였다. 심지어 와이번보다도 더 강하게 느껴졌다. 그러니 남작 마법사 씨가 그를 보고 놀라는 거겠지.

"맙소사!"

놀라기만 한 게 아니라 두려움까지 느끼나 보다. 남작 씨 목소리에는 두려움이 배어 있었다.

"남작님, 저 괴물을 아십니까?"

"저, 저건 몬스터가 아닙니다."

"예?"

못생긴 게 딱 괴물이구만 괴물이 아니라니? 그럼 뭐냐고 묻고 싶었지만 그전에 남작이 답해준다.

"저건… 마물입니다. 이번 일에 마족이 개입되어 있다는 것이 비로소 확실해졌군요. 마족이 개입하지 않은 이상 마물이 나타날 수가 없으니까요."

'마물하고 몬스터의 차이가 도대체 뭡니까?' 라고 묻고 싶었지만 물어볼 틈이 없었다. 나에게 그렇게 대답해 준 남작 마법사 씨가 다짜고짜 준비하고 있던 마법을 날려 버렸기 때문이다.

"체인 라이트닝~!!"

갑자기 발록이라는 녀석의 머리에 시커먼 먹구름이 꾸역꾸역 모여들기 시작하더니 우릉우릉 소리가 들리는 것이었다. 그 순간 날카로운 빛을 번쩍이는 번개가 녀석을 향해 내리쳐졌다.

꽈르르릉~!!

한꺼번에 수십 개의 번개가 내리치는 모습은 정말 장관이었다. 소리도 크고 말이다. 얼마나 소리가 컸는지 반 실성한 것처럼 기사들에게 덤벼들던 오크들을 돌아보게 만들 정도였다.

하지만 그 화려한 빛의 향연이 끝나자 남작 마법사는 망연자실해졌다. 수십 발의 번개를 한꺼번에 맞았는데도 녀석의 몸에는 그을음 자국조차 남지 않았던 것이다.

"이, 이럴 수가!"

그러나 그건 발록이라는 괴물인지 마물인지 하는 놈이 잘나서가 아니었다.

"저 사람 때문인 거 같은데요?"

나는 남작 마법사 씨를 툭툭 치면서 하늘을 가리켜 보였다. 거기에는 몇 시간 전에 봤던 가고일 한 마리가 날고 있었는데, 그 가고일 위에 웬 시커먼 그림자 하나가 올라타 있었다.

나의 뛰어난 시력으로 보니, 그건 시커먼 후드를 피부 하나 드러나지 않게끔 푸욱 눌러쓴 인영이었다. 그 모습을 확인하자 떠오른 사람이 있었으니…….

'마물을 자신의 몸에 이식한 마법사.'

보라색 머리가 나타났다 했더니 과연 저 사람도 같이 있었던가 보다.

"저자가 남작님의 마법을 막아준 모양이에요."

'가고일… 보라색 머리 녀석이 틸 때 이용했던 가고일이 저 마법사가 보내준 건가? 그럼 역시 보라색 머리가 설계도를 훔친 건 추적대를 유인하기 위해서? 왜?'

그러나 내 생각은 길게 이어지지 않았다. 요만큼의 피해도

입지 않았으면서 있는 대로 화가 난 발록이 우리를 향해 달려
들었기 때문이다.

"남작님, 팔라디노 경을 모시고 피하십시오! 어서! 여기는
저희가 막겠습니다!"

나에게 지휘권을 이양받은 기사가 결연한 어조로 외쳤다.

내가 비록 정의는 코웃음 쳐 보내고, 위험에는 남이 가든 말
든 자신은 샤샤삭 피해가는 인간이지만, 자신의 목숨을 버리
면서까지 날 살리려는 그의 외침을 눈앞에서 직접 들으니 뭉
클 감동이 솟아난다.

'아아, 남자들이 이래서 정의와 의리를 따지는 모양이야.'

이렇게 감동까지 받은 이상, 나 혼자만 도망칠 수는 없는
법. 그리하여 기사 말대로 날 데리고 도망치려는 듯 내 손목을
잡아끄는 남작의 손을 부드럽게 뿌리치고는 빠른 어조로 말했
다.

"남작님, 어서 아버지께 신호를 보내세요. 고기가 미끼를 물
었다구요. 그리고 저 마법사의 시선 좀 끌어주셨으면 고맙겠
습니다. 공격을 막기는 힘드실 테니까 최대한 방어 쪽에 치중
해 주세요. 최대한 녀석을 잡아두시면 더욱 좋구요."

"안 됩니다, 팔라디노 경! 발록은 우리가 상대할 수 있는 존
재가 아니란 말입니다!"

남작이 다급하게 외쳤지만 나는 싱긋 웃었다.

"괜찮습니다. 아버지가 오실 때까지만 시간을 끌려는 것뿐

이니까요. 그 정도면 충분합니다. 만약 그 정도도 못한다면 아버지가 절 가만두지 않으실걸요?"

그리고는 나에게 지휘권을 넘겨받은 기사를 보며 말했다.

"두 분만 절 돕게 해주세요. 제가 딴 건 몰라도 채찍은 한 번도 상대를 해본 적이 없으니 채찍만 막아주시면 됩니다. 그리고 한 분은 아무래도 남작님을 보호해야겠죠?"

"아니, 팔라디노 경?"

그 기사는 당황스러운 얼굴로 뭔가 말을 하려 했지만, 날 만류하려는 것이 뻔했기에 나는 듣지도 않고 바로 앞으로 뛰어나갔다.

"팔라디노 경! 이런, 젠장!! 자네, 나와 같이 간다!"

뒤에서 두 기사가 쫓아오는 기색이 느껴졌기에 나는 조금은 안심을 하고 앞에 버티고 있는 발록을 향해 똑바로 달려나갔다.

오크들은 이미 사라져 있었다. 녀석들은 가고일을 탄 마법사가 나타나자 필사적으로 달려들던 모습도 던져 버리고 사방으로 흩어져 도망가 버렸던 것이다. 그랬기에 난 마법사 옆에 기사 한 명만 남기고 두 기사를 내 보조로 차출해 달라고 할 수 있었던 거다.

'발록이라……'

덩치가 큰 고릴라의 모습을 보니 예전에 봤던 영화 킹콩이 생각난다.

'나쁜 놈 같으니라고. 내가 그 영화를 볼 때 네놈을 그렇게 응원해 줬건만 이렇게 배신을 때려? 넌 죽었어!'

녀석이 비록 와이번보다 강하긴 하지만, 보라색 머리 녀석보다는 강해 보이지 않았다. 즉, 해볼 만한 상대로 느껴졌던 것이다. 물론 내가 아니라 육체 본능이 말이다.

'잘 부탁해용~!'

내 내심의 부탁을 들은 것일까? 육체 본능이 마치 배턴터치하듯 육체에 대한 지배를 행사하기 시작했다. 제일 먼저 심장의 박동이 천천히 빨라지더니 그와 함께 온몸의 피가 빠르게 돌며 머리끝부터 손끝, 발끝이 흥분으로 짜릿해지기 시작했다. 아드레날린이라도 팍팍 분비되는 모양이다. 그리고 내 모든 신경이 발록에게로 집중되었다.

그때 발록이 막 나를 향해 휘두르는 채찍이 걱정되었지만, 육체 본능은 개의치 않는 모양이었다.

쐐에에액~!!

아까 오크들이 쏜 화살이 날아오는 소리와는 차원이 다른, 듣는 것만 해도 소름이 오싹 끼칠 정도의 매서운 소리와 함께 채찍이 날아들었다. 손잡이부터 끝까지 매끄러운 검은색이었지만 채찍 끝이 뭉툭한 거 보니 거기에 뭔가 달려 있는 것 같았다.

'그러고 보니 무협 소설에서 채찍 끝에 쇳덩어리를 단다고 한 것 같았는데? 방향 조절도 쉽게 하고, 맞을 때 더욱더 큰 타

격을 주기 위해서······.'

퍼억!

내 기억이 맞았다. 내 육체가 살짝 피한 자리를 채찍이 때렸
는데, 어째 커다란 포환이 날아와 떨어진 것만 같은 소리가 들리
는 것이다. 거기에 땅이 움푹 들어가 있는 모습을 보니 만약 저
거에 맞았다면 하고 떠올리는 것만으로도 온몸이 오싹거린다.

당장에라도 채찍이 미치지 못하는 곳까지 물러나고 싶은 마
음이 간절했지만, 이런 나와는 달리 육체 본능은 또다시 전진
이다.

'야, 야, 설마 못 먹어도 고~! 라고 생각하는 건 아니겠지?'

그 폼이 꼭 아무 생각 없이 돌진만 하려는 것 같아 불안함이
스멀스멀 피어올랐다. 물론 육체 본능이 그리 무식하다고는
여겨지지 않지만, 그래도 불안이 생기는 건 어쩔 수 없었다.

쉬익~!

아까 나를 향해 내려쳤던 채찍을 회수함과 동시에 발록이라
는 놈은 다른 손에 있던 채찍을 나를 향해 휘둘렀다.

양손을 따로 따로 움직이는 놈이 대단하게 느껴졌지만, 채
찍이 하나는 뒤에서, 하나는 앞에서 날아오는 데도 침착하게
그 틈 사이사이를 누비며 누벼 계속 놈에게로 다가가는 육체
본능은 더욱더 대단하게 느껴진다.

'넌 역시 대단한 놈이었어.'

그런데 이번에는 나를 향해 휘둘러진 채찍이 땅을 때리는

소리가 안 들린다. 생각 같아서는 뒤를 돌아보고 싶었지만 지금 육체의 지배권은 나에게 없었기 때문에 볼 수가 없었다. 이런 내 마음을 알았음인가? 뒤에서 낯익은 기사의 목소리가 들려왔다.

"기다리십시오, 팔라디노 경! 혼자 가시면 위험합니다!"

아까 나 혼자 뛰어나가자 허둥지둥 뒤를 쫓은 기사들이 드디어 채찍의 사정거리 안에 들어온 모양이었다.

'헤유, 그럼 채찍에 대한 걱정은 좀 덜 수 있겠네.'

기사들이 도착했다는 것에 안도감을 느끼고 있는 사이, 내 육체는 드디어 발록의 앞에 다다랐다. 멀리 있을 때도 참 크게 느꼈건만, 바로 앞에서 보니 더더욱 커 보인다. 녀석의 머리를 보려면 고개를 뒤로 완전히 젖혀야 했으니 말이다.

쿠워!

발록은 자신의 코앞까지 달려온 내가 가소롭다는 듯 한 번 짧게 부르짖더니만, 방금 회수한 채찍 중간 부분을 손에 감아 짧게 만들어 그대로 나를 향해 내려쳤다.

그러자 정말 황당하게도 내 육체가 흥~! 하고 코웃음을 치는 것이었다. 그따위 것으로 날 맞출 수나 있겠냐는 듯이. 싸움을 앞에 두고 흥분한 건 많이 느꼈지만, 육체 본능의 의지로 코웃음을 친 경우는 또 처음이었다.

'헤에, 얘가 코웃음도 칠 줄 아네?'

아무래도 육체 본능 또한 전투를 한 번, 두 번 겪으며 조금씩 업그레이드를 하는 모양이었다. 이러다 나중에 말도 하는 건 아닌지 궁금하다.

'그럼 나와 대화도 할 수 있으려나?'

육체 본능이 점점 나를 삼켜서 내가 사라지는 건 아닌가 하는 걱정 따윈 하지도 않는다. 오히려 가지고 가겠다고 나타난다면 '그래 잘 가지고 가라' 라고 해줄지도.

'아아… 전부터 생각했지만, 내가 너무 육체에게 매정한 거 같단 말이야. 아니, 뭐… 그래도 좀 서운할 거 같긴 하니 정이 좀 붙은 건가?'

내가 그렇게 이 몸에 얼마나 정이 쌓였는가를 고심하는 사이, 내 육체는 코웃음 친 것만큼이나 정말 가뿐하게 놈의 채찍을 피해내더니 내 몸통만큼이나 굵은 놈의 다리를 향해 달려들었다. 그와 함께 진작에 빼 들고 있던 검에 뿌연 회색빛이 어린다 싶더니, 그것은 가차없이 발록의 두툼한 허벅지 근육 사이로 파고들었다.

쿠억~!

녀석이 아팠는지 괴성을 토해냈지만, 육체 본능은 아랑곳하지 않고 그대로 검을 옆으로 비틀어 검날을 세로로 세운 뒤 아래로 그어 내렸다. 쫘아악! 벌어지는 사이로 발록의 속살이 모습을 드러냈고, 그 사이로 진한 녹색 피가 쏟아져 나왔다.

허벅지 중간부터 아래로 쭈욱 내려 그어진 검은 무릎에 도착하자 그대로 무릎 관절 사이로 파고들어 그 안을 헤집어놓는다.

설명은 길었지만 이 모든 일이 행해진 시간은 겨우 2, 3초 정도였다. 그렇게 무릎까지 헤집어놓은 내 육체는 검을 빼어 들고 다시 녀석의 뒤로 돌아가 무릎 뒷부분에 다시 검을 찔러 넣었다.

꾸어어어~!!

보고 있던 나조차 무지 아플 것 같아 눈살이 찌푸려질 정도였다.

발록 또한 엄청 아팠던지 내 육체에게 신나게 찔린 다리가 굽혀지며 한쪽 무릎을 꿇고 바닥에 앉은 꼴이 되어버렸다.

제법 강해 보이던 놈이었는데, 육체 본능이 수월하게 무릎을 꿇리니 이게 육체 본능이 내 생각보다 강한 건지, 아니면 녀석이 생각보다 약한 건지 헷갈린다. 하지만 저 멀리서 발록 녀석이 아까 휘두른 채찍 하나를 부여잡고 아직까지 버티고 있는 두 기사의 모습이 시야에 들어오자 그제야 저들 덕분에 한결 쉬워졌다는 걸 깨달을 수 있었다.

'이런, 혼자 잘난 줄 알았잖아? 도와준 사람은 생각도 안 하고. 반성하자, 반성.'

크억!

그사이 완전히 너덜너덜해진 다리가 바닥에 닿자 고통스러웠는지 발록이 괴로운 음성을 토하다가 갑자기 팔을 뒤로 휘둘렀다. 뭐, 자신을 그 꼴로 만든 날 절대로 가만두고 싶지 않은 심정은 이해하지만, 놈이 워낙 덩치가 크다 보니 앉은키만 해도 2미터가 거뜬히 넘었기에 내 육체는 살짝 허리를 숙이는 것만으로도 놈의 팔 공격을 피할 수 있었다.

그러나 그대로 뒤로 물러나는 것이 아닌, 한 걸음 앞으로 간 내 육체는 검을 들어 또 한 번 발록의 몸을 노렸다.

크어어억~!

괴로운 듯한 발록의 괴성.

그걸 들으며 난 내 육체 본능의 실력에 감탄하고 싶었지만, 그보다는 찜찜한 시선으로 다시금 발록의 몸에서 뽑혀 나온 검을 바라보았다. 하필이면…….

'그래 하고 많은 중에 왜 하필이면 겨드랑이냐?

얼굴도 고릴라 같은 놈이라 몸에도 수북하니 털이 많고 겨드랑이에도 꽤나 많았는데, 여기까지 달려온 탓인지 땀이 잔뜩 배어 있어 냄새가 장난이 아니었던 것이다.

아버지가 이걸 아시고 화를 내실까 봐 걱정이다. 기껏 선물로 줘서 개시를 하게 했더니만, 하필이면 그런 데나 찌른다고 말이다.

'돌아가면 검부터 닦아야겠다.'

생각 같아서는 그냥 버렸으면 좋겠지만, 기껏 아버지께서 선물로 주신 거고, 이 검이 겉으로는 수수해 보이지만 겉보기와는 달리 검날이 상당히 예리한 데다 휘두르는 손맛이 깔끔한 것이 검에 대해 문외한인 나도 상당히 대단한 검이라는 걸 알 수 있어버리기는커녕 앞으로도 고이고이 가지고 다닐 생각이었다.

그 좋은 검으로 거시기한 곳을 찌른 게 못마땅했지만, 그래도 확실히 효과는 있었는지 발록의 한쪽 팔이—그러니까 찔린 쪽—더 이상 움직일 수 없는지 추욱 늘어진다.

그렇게 되자 발록의 마지막 발악인지, 아직도 기사들과 힘겨루기를 하듯 채찍을 붙잡고 있던 팔이 채찍을 놓고 나에게로 휘둘러져 왔다.

하지만 이미 늦었다. 이미 내 육체는 녀석의 허벅지를 도약대 삼아 허공으로 몸을 띄운 뒤 녀석의 돋을 향해 검을 날리고 있었던 것이다. 덕분에 놈의 팔이 나에게 다다른 건 내가 다시 땅에 내려온 뒤.

사람이 죽어도 신경은 좀 더 살아 있다지? 그런데 그 말은 사람뿐만이 아니라 모든 생물에게도 통용되는 말이다. 특히 동물은 그 경향이 강해서 더더욱 조심해야 한다. 안 그러면 기껏 잡은 사냥감을 놓쳐서 쓰러져 있는 걸 찾아 헤매거나 다른 녀석에게 빼앗기거나 하게 되니까(이것도 몇 달간 사냥한 덕분에 생긴 노하우다). 그래 이번에도 놈이 완전히 쓰러질 때까지 긴장을 늦추지 않고 있었던 덕분에 나는 늦지 않게 죽은 놈의 팔을 검으로 막아낼 수 있었다.

그 후 놈의 거대한 몸이 뒤로 서서히 넘어가는 걸 지켜보고 있는데 날 지원해 줬던 기사들이 달려왔다.

"괜찮으십니까, 팔라디노 경?"

"예."

먼저 지휘권을 이양받았다가 다시 빼앗긴(?) 기사가 내 몸을 훑어보며 묻기에 나는 씨익 웃어줬다.

"도와주셔서 감사합니다. 덕분에 무척 수월하게 상대할 수 있었습니다."

정말 진심으로 말하며 고개를 숙이자 그가 당황하며 마주 고개를 숙였다.

"아닙니다, 당연히 해야 할 일……."

그러나 그 기사는 채 말을 끝낼 수가 없었다. 같이 있던 기사가 다급히 외쳤기 때문이다.

"저자가 도망갑니다!"

그 기사가 가리키는 하늘을 바라본 나는 그동안 깜빡 잊고 있었던 존재를 볼 수 있었다.

"앗, 이런. 아버지는 아직 안 오셨나?"

그곳에는 가고일을 타고 막 다른 곳으로 날아가고 있는 마법사가 있었던 것이다.

장거리 공격 능력이 없는 나는 녀석이 달아나려 하는 걸 빤히 보면서도 어찌할 수가 없어 발만 동동 구르고 있었다. 이자리에서 날개를 펴고 날 수는 없는 일 아닌가 말이다.

"매직 미사일!!"

저쪽에서 남작 마법사 씨가 마법을 날리는 소리가 들려왔지만, 아쉽게도 남작 씨가 날린 빛의 막대기들은 녀석의 몸 주위에 쳐진 반투명한 막과 충돌, 그대로 폭발해 버려 놈에게는 하등의 피해를 주지 못했다.

그래 이대로 놈을 놓치는 거 아닌가 하는 바로 그때,

"홀드 몬스터!!"

낯익은 목소리와 함께 잘 날고 있던 가고일 녀석이 갑자기 허공에서 굳어버리더니 그대로 추락하기 시작했다.

"아버지!"

목소리가 들린 쪽으로 고개를 들려보니 과연 아버지가 하늘을 노려본 채 서 계신다.

"매직 미사일~!"

드디어 아버지의 장기가 발휘되었다.

가고일이 추락하는 바람에 같이 추락하게 된 그 마법사가 가고일의 등에서 뛰어올라 마법으로 허공을 날아가는데, 갑자기 그 주변을 수십 개의 매직 미사일이 빼곡하게 둘러싸는 것이었다.

굵고 튼튼한 빛의 막대기들에 둘러싸이자 뛰어난 마법사로 보였던 놈도 어찌할 수가 없었던 모양이다.

"남작, 저놈을 포박하게."

아버지의 지시에 남작 씨가 힘있게 대답했다.

"알겠습니다. 홀드!"

　남작 씨에게는 정말 미안한 소리지만, 아무래도 남작 씨는 저 마법사에 비해 실력이 낮은 것 같으니 남작 씨의 마법이 먹힐지 의문이었다. 그런데 이게 웬일? 남작 씨의 마법대로 그 마법사가 꽁꽁 묶여서 끌려 내려오는 것이었다. 아무래도 그의 주위에 있는 아버지의 매직 미사일의 위력인가 보다.

　"후우~ 무사히 임무를 완수할 수 있게 되었군요. 정말 다행입니다."

　내 옆에 있던 기사가 끌려 내려오는 마법사의 모습에 안도의 한숨을 내쉬며 말을 걸었다.

　"그렇군요. 아참참, 설계도는 어떻게 되었지요? 아까 흩어졌던 걸 한곳에 모아뒀던 것까지는 기억이 나는데……."

　문득 떠오른 생각에 기사를 바라보자 기사의 얼굴이 하얗게 굳었다.

　"헉, 잊고 있었습니다."

　우리가 설계도들을 한곳에 모아둔 건 오크 녀석들이 달려들기 전의 일. 오크 녀석들이 설계도라고 거기만 피해줬을 리가 없었다.

　"캑, 거기가 어디였죠?"

　나, 그리고 같이 있던 두 기사. 이렇게 셋이서 설계도를 모아뒀던 곳을 찾느라 다급히 땅 위를 살펴보고 있는데,

　콰과과광~!!

　하늘에서의 난데없는 폭발에 우리는 그대로 땅으로 처박혀

야 했다. 폭발에 휘말린 건 아닌데, 그 영향으로 생긴 강한 폭풍이 우리를 그대로 강타했던 것이다.

그러면서·갑작스러운 폭발에 놀란 것보다는 그 설계도들이 이 바람에 또 사방으로 날려갈까 봐 그게 더 걱정이 되었다. 하지만 위에서 무슨 일이 있었는지도 궁금했기에 자연적으로 사람들처럼 위로 시선을 들었던 나는 낮게 내뱉었다.

"제기랄!"

그곳에는 절대로 마주치고 싶지 않은 존재의 모습이 떡하니 나타나 있었던 것이다. 화려한 보라색 머리카락을 휘날리고 있는 잘생긴 미남자. 그 녀석은 우리에게 잡혔던 마법사를 구하기 위해 나타났던 것인지, 그의 몸을 부축한 채 우리와 멀찍이 떨어진 곳에 내려서고 있었다  아버지의 매직 미사일들이 보이지 않는 걸 보니 방금 전의 폭발은 그 매직 미사일들을 처리할 때 생긴 거였나 보다.

아까 발록과 마법사가 나타났어도 그의 모습은 보이지 않아 자기네가 필요한 것만 가지고 먼저 튀었다고 생각했다. 그런데 가져다 놓고 다시 온 걸까, 아니면 딴 사람에게 주고 자기는 대기하고 있었던 걸까?

나야 그리 태평하게 생각에 잠겨 있었지만, 다른 사람들은 절대로 그렇지 못했다.

"매직 미사일!"

"파이어 애로우!"

멀리 떨어져 있었으니 일차 공격은 마법사들 담당이었다. 아버지의 뒤를 이어 남작 씨도 그들을 향해 마법을 날렸고, 폭발의 영향을 받지 않고 멀쩡히 서 있던 기사들이 그 뒤를 이어 놈들을 향해 달려갔다.

하지만,

"실드! 실드! 실드!!"

아버지와 남작 씨의 마법 공격은 그 두 사람의 마법 위협에서 벗어난 마법사가 친 삼중 실드에 막혀 효과를 잃어버렸고, 그 뒤 기사들이 그들에게 도달하기 전 보라색 머리가 먼저 움직였다. 마법사를 부축하고 있던 보라색 머리가 품에서 뭔가 허연 종이를 꺼내더니만 한쪽을 입으로 물고 손으로 그 종이를 찢는 것이었다.

싸움을 코앞에 두고 도대체 뭐 하는 짓인가 싶어 바라보는데, 놀랍게도 그 종이가 찢어지면서 그 종이로부터 강렬한 마나가 쏟아져 나오더니 빛이 번쩍하면서 놈들의 모습이 사라졌다.

"마법 스크롤!!"

"이런 젠장!"

다 잡았다고 생각했는데 방심하는 사이 놈들이 달아나 버리자 사람들은 허탈한 표정으로 서로를 마주 보았다.

"젠장, 이번에야말로 잡았다고 생각했는데……."

그중 가장 아쉬워하시는 분은 바로 아버지셨다. 아버지야 이게 벌써 두 번째가 아니던가 말이다.

"그래도 아버지, 저는 솔직히 그놈이 우리에게 안 덤빈 게 다행이라는 생각이 드는데요."

너무나 아쉬워하시는 아버지께는 정말 죄송한 말이었지만, 내 솔직한 심정을 털어놓자 아버지가 심각한 시선으로 날 바라보셨다.

"너와 내가 있고, 이 사람들이 있는데도 말이냐?"

"예. 이상하게도 저는 그 보라색 머리 녀석이 두려워요. 절대로 마주치고 싶지 않은 느낌이랄까요? 도서관에서도 그렇고 지금도 도망간 건 녀석이었지만, 어째 우리를 봐주는 것 같다니까요."

"흠."

"그나저나, 아까 왜 연락이 없으셨어요? 주변 탐색을 부탁드렸을 때 말입니다."

"그게… 마법사 녀석은 얼마 지나지 않아 발견했는데, 그 뒤쪽에서도 뭔가 수상한 마나가 포착되더라고. 그것까지 알아보느라고 좀 늦었더니만, 그사이 오크들이 몰려가더라? 싸우느라 바쁜데 연락하면 귀찮을 것 같아서 그냥 지켜보고 있었다. 뭐, 알아서 잘하더만? 발록도 알아서 잘 해결하고. 그래놓고서 왜 뺐냐?"

"보라색 머리 녀석이랑 마주치고 싶지 않았거든요. 여기 오면 혹시 마주칠 거 같아서."

“허, 그럼 난 마주쳐도 되고?”

“아버지야 저보다 강하시잖아요. 최소한 도망칠 수는 있으시다면서요?”

“고얀 녀석. 아무리 그래도 그렇지.”

그렇게 아버지랑 툭탁거리고 있는데 나와 같은 조의 기사 한 명이 어두운 얼굴로 다가왔다.

“백작님, 팔라디노 경, 큰일 났습니다.”

“무슨 일인가?”

“아까 회수했던 설계도들이 모두 엉망이 되어버렸습니다. 온전한 것을… 찾기가 힘들 정도입니다.”

“켁, 역시…….”

그렇지 않아도 폭발에 한 번 휩쓸렸던 것들인데, 그 위를 오크들이 짓밟고 지나갔으니 아무리 두껍고 질긴 종이라 해도 온전할 리가 없었다.

“에구, 어쩌죠?”

“어쩌긴 뭘 어쩌냐? 그렇더라도 일단은 회수해야지. 혹시 모르니 작은 조각까지 가능한 한 모조리 회수하도록 하게.”

“알겠습니다.”

Chapter 11
대신전으로

완전히 엉망이 되어버린 설계도를 들고 돌아와 보니 거기에
는 총책임자 남작뿐만이 아니라 기절했던 도서관의 아저씨,
처음 보는 30대 중반의 남자, 그리고 놀랍게도 짐머만 씨까지
와서 우리를 기다리고 있었다.

"찾았나? 찾았어?"

"찾으셨습니까?"

"어떻게 됐습니까?"

우리의 모습이 보이자마자 누가 먼저랄 것도 없이 질문을
던져 대는 통에 정신이 없을 지경이었다.

아버지는 일을 설명하기 귀찮았는지 뒤로 빠졌고, 대신 같이 갔던 남작 마법사 씨가 나섰다.

"이번 일은 녀석들의 함정이었습니다."

"뭣?"

"그게 사실입니까?"

"설계도는?"

총책임자 남작 씨, 처음 보는 남자, 짐머만 씨가 일제히 외치다시피 물었기에 나는 남작 마법사 씨가 누구의 말에 먼저 대답할지 궁금할 정도였다.

"처음부터 말씀드리겠습니다."

'와우!'

누구 한 사람의 질문에 먼저 대답하는 것도 아니지만, 그렇다고 사람들의 질문을 무시하는 것도 아닌 대답을 하는 남작 마법사 씨가 무척이나 대단해 보였다. 정말 이 상황에 딱인 대답이 아닌가 말이다.

처음부터 이야기하겠다는 말에 사람들은 입을 다물고 남작 마법사 씨의 말에 귀를 기울였다. 그러다가 설계도가 있었다는 대목에서는 짐머만 씨와 도서관 중년 아저씨가 흥분을 했고, 그 뒤에 오크의 습격에는 총책임자 남작 씨가 흥분했다. 하지만 그다음 발록의 등장에서는 모든 사람들이 경악을 하는 것이었다. 발록이 나타났을 때의 남작 마법사 씨 못지않게 말이다.

"발록? 발록이라니?! 그 마물이 나타났단 말인가?"

“그게 사실이오?”

“정말 마족이 개입되었단 말입니까?”

그 이야기를 듣고 있던 나는 아버지를 돌아보았다.

“아버지, 왜 발록이라는 놈을 마물이라고 하지요? 제가 보기에는 몬스터던데.”

“몬스터는 이 세상에 사는 놈들이고, 마물은 마계에 살고 있는 놈들이다.”

‘오호, 사는 곳이 달랐구먼.’

“그런데 마계에 사는 놈이 어떻게 여기에 나타난 겁니까?”

“소환당한 거지. 내 생각에는 아까 그 마법사가 소환술사인 것 같구나. 마물 소환도 금지된 마법이건만. 하긴, 그 마법사의 존재 자체가 금지된 마법이지.”

“마물이 나타나면 무조건 마족과 관련이 있나요?”

“100% 그런 건 아니다만 대부분이 그렇지. 게다가 이번에는 너와 내가 직접 마족을 본 상황이 아니냐?”

‘하긴…….’

아버지와 내가 그렇게 따로 속닥이는 사이, 남작 마법사 씨의 이야기는 완결에, 그러니까 그 마법사를 잡을 뻔하다가 보라색 머리가 나타나 구해갔다는 것까지 이르러 있었다.

“그놈이…….”

“백작님의 매직 미사일을 해결한 거 보면 역시 그놈도 보통 놈이 아니었군요.”

“도서관까지 침입했던 놈이 아닙니까?”

아무나 들어갈 수 있는 곳이 아니었기 때문에 그 도서관 입구에 있는 이중 문에는 튼튼한 잠금 장치가 되어 있다고 한다. 마법으로도 열지 못하고, 쇠꼬챙이 같은 것으로 따기도 어렵고 부수기도 힘든 장치라는데 그걸 소리 소문 없이 쉽게 열고 들어갔으니 도서관 문짝의 튼튼함을 아는 사람들은 벌써 그놈이 보통 놈이 아니라는 걸 예상하고 있었던 거다.

“그래서 그놈들이 가져간 설계도는?”

짐머만 씨가 다시 한 번 똑같은 질문을 던진다. 짐머만 씨에게는 무엇보다도 잃어버린 설계도의 행방이 가장 중요했던 모양이다.

그 질문에 남작 마법사 씨가 푸욱 고개를 숙였다.

“일단… 놈들이 놓고 간 걸 회수해 왔습니다만, 심히 좋지 못한 상태입니다. 폭발에 휩쓸리고 침입을 받았을 때 제대로 챙겨놓지 못해서…….”

“뭣이라? 얼마나 안 좋은데?”

그에 남작은 대답 없이 손짓을 해 보였고, 그러자 뒤에서 대기하고 있던 기사들이 앞으로 나와 회수한 설계도들을 조심스럽게 내려놨다.

그걸 본 짐머만 씨와 도서관의 중년 아저씨가 황급히 달려들어 살피다가 엉망이 된 꼴을 보고는 기겁한 시선이 되어 우리를 바라봤다.

"뜨어어억~!! 서, 설계도가~!"

"몇 번이나 수색해서 자그마한 조각까지 모조리 가지고 오긴 했습니다만, 혹시 빠진 게 있을지 모르니 확인해 주시겠습니까?"

남작 마법사 씨의 말에 굳어버린 짐머만 씨 대신 도서관 중년 아저씨가 대답했다.

"알겠습니다. 그럼 저희는 이단 가보도록 하겠습니다. 짐머만님, 설계도를……."

"설계도가… 설계도가아아… 크흑흑… 내 대에 이게 무슨 수치란 말인가."

"온전히 다 있으면 복원할 수 있지 않습니까? 복원하러 가셔야지요. 다른 분들도 부르겠습니다."

"그, 그래 그래야지. 그래야지. 복원해야지."

침울한 어조로 그리 말한 짐머만 씨는 도서관 중년 아저씨, 그리고 다른 세 사람의 도움을 받아 조심스러운 손길로 설계도를 챙긴 후 그곳을 빠져나갔다.

그제야 총책임자인 남작 씨가 아버지에게 말을 걸 수 있었다.

"무사히 돌아오셔서 다행입니다, 백작님."

"운이 좋았지. 하지만 녀석들에 대한 정보를 조금도 얻지 못한 게 조금은 아쉽네. 설계도를 살펴보는 와중에 뭔가 나왔으면 좋으련만……."

"그러게 말입니다."

아버지와 총책임자 남작 씨는 그리 말했지만 별로 기대하는 눈치는 아니었다.

하지만 다음날.

총책임자 남작 씨가 추적대를 모두 모아놓고 수고했다는 뜻에서 점심을 푸짐하게 내는 자리에 다급한 표정의 짐머만 씨와 도서관 사서 씨—중년의 아저씨는 도서관의 사서였다—가 달려왔다.

"없어! 없다고!"

"무슨 일이십니까?"

"없다니까아~!!"

총책임자 남작 씨의 물음에 오히려 대들 듯 짐머만 씨가 바락 외치자 총책임자 남작 씨가 놀라 뒤로 두어 걸음 물러났다. 그리고는 도대체 어찌 된 영문인지 묻는 시선을 뒤에 서 있던 도서관 중년 아저씨에게 던지자 그가 당혹스러운 얼굴로 대답했다.

"다른 설계도들은 다 있는 걸로 확인이 되었습니다만, 두 곳의 설계도가 빠졌습니다."

"빠지다니? 어디가?"

"2대 대신전의 설계도가 없습니다."

"빌어먹을 녀석들! 설계도를 엉망으로 만들어놓은 것도 모자라 아예 가지고 가? 잡히기만 해봐라아~!!"

도서관 중년 아저씨의 말에 다시금 울화통이 터졌던지 짐머

만 씨가 자신의 그 탐스러운 머리칼을 쥐어뜯으며 외치는 거
였다.

"빌어먹을 새끼들, 왜 그걸 가져가냔 말이야! 가지고 가면
지들이 그 건물을 지을 거야, 뭐야? 가지고 갈 거면 베껴서 가
지고 가든지~!!"

하지만 정말 안타깝게도 방 안의 사람들은 도서관 중년 아
저씨의 말을 확인하느라 드워프 한 명이 발광을 하든 놀고 있
든 전혀 관심이 없어 보였다.

"그게 사실인가?"

총책임자 남작의 말에 도서관 중년 아저씨가 확실하게 고개
를 끄덕였다.

"예, 그 두 곳의 설계도는 한 장, 아니, 한 조각도 없었습니
다."

그 말의 영향은 컸다.

"옛?"

"2대 대신전이란 말입니까?'

"그럴 수가!"

말을 꺼내지 않은 사람들도 두 눈을 휘둥그레 뜨고 있었지
만 나는 거기에 동참할 수가 없었다. 2대 대신전이 뭔지 몰랐
기 때문이다. 아니, 뭐, 신전이라니 신을 모시는 곳이긴 하겠지
만, 그래 봤자 그리스의 신전 유믈밖에 떠오르는 게 없어
서…….

‘으음… 성당이나 절 같은 걸까나? 그런데 그게 왜?

내가 의아함을 느끼며 지켜보고 있는 사이, 사람들은 대신 전인지 2대 신전인지의 설계도를 노렸다는 것에 경악하다가 점점 놈들이라면 그럴 만하다고 납득을 하는 것이다.

“하긴, 마족이 끼어 있으니……”

“역시 마족이군요.”

이런 식으로 말이다.

게다가 잠시 더 있다 보니 설계도를 가지고 간 건 신전을 습격하기 위함이 틀림없다고 단정하더니만, 거기에 더해 마족과 계약의 목적이 신전 습격인지, 아니면 불러낸 사람이 마족에게 이용당해 습격을 하게 된 것인지를 가지고 토론하고 있는 거다.

잠시 듣고 있자니 너무 이야기가 한쪽으로만 치우치는 것 같아 뭐라 이야기를 하고 싶었지만, 마족에 대해서 제대로 알고 있는 게 없으니 말을 꺼내기도 어려웠다.

하지만 대충 마족과 신전과의 관계가 엄청 안 좋다는 건 알겠는데, 사이가 안 좋다고 해서 설계도를 봤다는 것 가지고 신전에 침입할 거라고 단언하는 건 너무 극단적인 이야기가 아닐까 싶다. 예를 들어, 우리나라하고 일본하고 엄청 사이가 안 좋았을 때 울 나라 사람들에게 일본 대사관 건물 설계도가 유출되었다고 치면, 그거 가지고 일본 대사관에 몰래 침입할 사람들이…….

‘있을 거 같다. 아니, 확실히 있을걸?

아니, 쳐들어가려고 마음먹었다면 설계도를 몰래 유출할 필요도 없을 거다.

예전에 어느 나라였는지는 모르겠지만, 하여간 미국과의 사이가 안 좋아졌을 때 그 나라의 열혈 사람들이 미국 대사관에 몰려가서 화염병을 던져 불태웠다는 뉴스를 본 적이 있다. 그때 그 나라 사람들이 미국 대사관에 몰려가려고 미국 대사관 설계도를 찾지는 않았을 거 아닌가?

그 생각이 떠오르자 나는 이건 뭔가 좀 아니다 싶은 기분이 들었다.

'단순히 침공하기 위하여 설계도를 빼냈다? 이건 좀 말이 안 돼. 차라리 무언가를 몰래 훔쳐 가기 위하여 설계도를 필요로 했다는 게 더 말이 되지 않나?'

그쯤 되자 다른 쪽으로 머리가 돌아가기 시작했다.

'신전이 싫어서 뭔가 피해를 주고 싶다면… 단순히 쳐들어가서 폭파시키는 것도 좋지만, 그건 너무 무식한 방법이야. 그놈들은 그렇게 단순해 보이지 않았어. 그들 정도의 능력을 가지고 있는 상황에서 나라면… 신전에서 아주 중요하게 여기는 보물이라도 훔쳐서 팔아치우든지, 아니면 신관들이 보는 앞에서 산산조각 낼 거 같은데?'

단순히 신전을 습격한다고 보는 것보다 이게 더 그럴듯하게 여겨졌다.

거기까지 생각한 나는 그 즉시 진지하게 토론에 동참하고 있는 아버지의 옆구리를 쿡 찔렀다.

"아버지, 혹시 그 2대 신전인지 뭔지 하는 곳에 뭔가 중요한 보물이라도 있나요?"

"보물?"

내 질문이 뜬금없었는지 아버지가 어리둥절한 얼굴로 돌아보았지만 나는 여전히 진지했다.

"예. 뭐, 꼭 엄청난 값어치가 있어야 한다는 건 아니고, 신전에서 엄청 중요시하는… 에, 그러니까 성물이라고 합니까? 하여간 그런 게 있습니까?"

"성물? 그런 거야 당연히 있겠지. 게다가 어디 한두 개겠나? 못해도 수백, 수천 개? 아니, 수천 개는 너무 많이 잡았나? 하여간 그 정도 있겠지."

내 표정이 진지해서 그랬던지 아버지가 의아해하면서도 대답해 주셨다.

"헤에~ 그 정도로 많습니까? 뭐, 그거야 어쨌든… 그렇게 많은 성물이나 보물 중에서도 가장 중요한 게 있겠지요?"

"갑자기 신전의 보물 이야기는 왜 꺼내시는 겁니까, 팔라디노 경?"

아버지에게만 작게 물어본다는 것이 나도 모르게 목소리가 커졌나 보다. 갑자기 날 부르는 목소리에 고개를 들어보니 모든 이의 시선이 내 쪽으로 쏠려 있는 거다.

그리고 나에게 질문한 사람은 총책임자 남작 씨.

"혹시 신전의 보물이 이번 녀석들이 설계도를 훔쳐 간 일과 관련이 있는 겁니까?"

"단지 신전을 습격하는 거라면 그냥 정면으로 쳐들어가 부딪치면 되지 뭐 하러 애를 써서 설계도를 훔쳤을까 하는 생각이 들어서 말이죠."

"그럼 지금 팔라디노 경의 말씀은, 놈들이 신전의 보물을 훔치기 위하여 설계도를 훔쳐 갔다는 겁니까?"

"제가 만약 녀석들이라면 어떻게 했을까 생각해 봤는데요. 제가 만약 녀석들처럼 능력이 있고 적의 저택 설계도를 가지고 있다면… 무작정 정면 돌파를 하기보다는 차라리 적이 제일로 소중히 여기는 걸 훔칠 것 같습니다."

"하아?"

아직 이해를 못한 사람들을 위하여 나는 부연 설명을 덧붙였다.

"정면 돌파를 한다면 상대에게 피해를 주기는 하겠지만, 저 또한 피해를 감수해야 하지 않습니까? 그러나 적이 가장 소중하게 여기는 걸 훔쳐 낸다면 저의 피해는 적고 상대의 피해는 엄청나겠지요. 게다가 적의 자존심까지 산산조각 낼 수 있지 않겠습니까? 적의 적에게 팔아먹는다든가, 그게 불가능하다면 적의 눈앞에서 산산조각 내든지 하면서 말이죠."

"과연……."

"그럴듯하군요."

그렇게 좋게 납득하는 사람들도 있었지만,

"놀랍군요. 어찌 그런 생각을 하실 수 있지요? 마치 전에 해 보신 것처럼 말입니다."

아주 악의가 절어 있는 말을 내뱉는 녀석도 있었다. 트라한 경이라는 녀석이었다.

그는 나와 시선이 마주치자 비릿하게—보이려고 노력한 것 같았지만 내 보기에는 어색해서 웃길 뿐이었다—미소를 지어 보이며 재차 입을 열었다.

"저희는 생각도 못한 일들을 잘도 생각해 내서서 말입니다. 그러니 꼭 경험이 있으신 것 같습니다."

말을 아주 우아하게 돌려 했지만, 녀석의 요지는 지금 '네가 도둑—아니면 그 비슷한 직업을 가진 사람—이니까 그런 걸 잘 아는 거 아니냐?' 라고 하는 거였다. 아예 대놓고 말했으니 못 알아들은 사람은 없었을 거다.

그리고 당연하겠지만, 즉시 경고를 담은 토카라 경의 엄중한 목소리가 녀석을 불렀다.

"트라한 경!"

"아니, 그냥 너무 잘 아시는 것 같아서 말이죠."

녀석은 미안한 척 어조를 누그러뜨렸지만, 자신이 하고 싶었던 말은 이미 다 해서인지 날 바라보는 얼굴 표정이란 '약 올라 죽겠지?' 였다.

저 녀석, 어제 기껏 추적대에 참여했는데 오크 한 마리 못

죽이고, 나는 가기 싫다는 거 억지로 끌려가서는 발록을 죽여 공을 세우게 되어 꽤나 심기가 상해 있었다. 그렇다고 뭐라 하지는 못하고 속으로만 참는 거 같더니만, 결국은 이렇게 비틀린 심기를 발산한다. 그래 봤자 나에게는 별 영향이 없었지만 말이다.

'참 내, 저런 미숙한 도발이라니……. 도발을 할 거면 좀 멋들어지게 해서 날 좀 흥분(?)시켜 보란 말이닷!'

나야 녀석의 의도는 파악해 줬지만, 내 자존심이 너무 튼튼해서 그런지 그 정도로는 흠집이 나긴커녕 하품만 나올 정도라 대꾸해 주기도 귀찮았다. 그래서 그냥 시선만 슥 돌려 버렸더니 오히려 녀석이 울컥하는 표정을 짓는 거다. 아무래도 자기 뜻대로 안 되니 열 받은 모양이다.

역시 사람을 가장 열 받게 하는 건 무시가 최고라니까.

녀석의 돌발적인 발언 때문에 '마족의 신전 습격'으로 잔뜩 달아올랐던 방 안의 분위기에 살짝 김이 빠져 버렸다. 덕분에 끝이 날 것 같지 않은 대화가 접싸게 끝을 맺을 수 있었으니, 그건 녀석에게 감사를 표해야 할지도 모르겠다.

"그럼 저는 이에 대한 일들을 대신전 쪽에 알리도록 하겠습니다. 아무래도 이런 일은 한시가 급하니까요."

제일 먼저 그리 말하며 자리에서 일어난 사람은 남작 마법사인 캔필드 남작이었다.

왜 그가 보고를 하는지 의아했지만, 다른 사람들이 수긍하는 분위기라 나는 조용히 입을 다물고 있었다. 나중에 알고 보니 마법 중에는 전화 역할도 하는 마법이 있어서 멀리 있는 사람에게 급히 해야 하는 연락은 마법사들이 전담하는 모양이었다.

어쨌든, 그 2대 대신전이 이 마을에 없는 이상 이곳 사람들이 할 수 있는 일이란 '이런 이런 일이 있었으니 주의하시오~!' 라고 알려주는 것 외에는 없을 거다. 이곳 사람들이 그 신전까지 달려가서 경비를 서준다고 할 수도 없는 거고, 그곳에도 경비를 담당하는 사람들이 있을 테니 말이다. 게다가 정말 마족과 신전과의 사이가 극악을 달리는 거라면 마족 상대 전문은 아무래도 그들이 아니겠는가. 귀신 전문은 경찰이 아니라 신부님이나 무당, 도사님 쪽이듯 말이다.

그렇게 해서 남작 마법사 씨가 방을 빠져나가자 그다음은 짐머만 씨와 도서관 중년 아저씨였다.

"나도 이만 가보지. 이 일을 알리기 위해 잠깐 빠져나온 거니 얼른 돌아가 봐야 해. 참, 우리는 이 복구 작업이 끝날 때까지 일체 다른 주문은 받지 않을 테니 알아두게."

짐머만 씨의 말에 총책임자 남작이 대답했다.

"알겠습니다. 마을에 공고를 내려두도록 하겠습니다."

그리고 나자 도서관 중년 아저씨가 아버지를 돌아보았다.

"저어… 백작님."

"음?"

"설계도의 복구가 끝나는 대로 설계도에는 다시 추적 마법 결계를 그려야 합니다. 그걸 백작님께서 맡아주시지 않겠습니까?"

"흠? 어차피 왕실마법사단에 요구하면 들어줄 텐데 딱히 날 지적하는 이유가 있나?"

"물론 그건 알고 있습니다만, 그래도 중요 문서에 추적 마법이 걸렸다는 건 될 수 있는 한 적은 사람이 아는 게 좋지 않겠습니까? 백작님께서는 이미 알고 계시니……."

도서관 중년 아저씨의 말에 아버지가 고개를 끄덕였다.

"알겠네. 그럼 복구가 끝날 즈음 요청하도록 하게. 아무래도 복구하는 데 시간이 꽤나 걸리겠지?"

"예. 아마도 두세 달 정도는 각오하고 있습니다만, 정확하게는 모르겠습니다. 그럼 잘 부탁드리겠습니다."

그렇게 해서 짐머만 씨와 도서관 중년 아저씨까지 자리를 뜨자 어째 식사를 계속하기도, 그렇다고 이대로 파하기도—이제 막 메인 메뉴가 나와서 먹기 시작했을 타이밍이라—뭣해 어색한 분위기가 되어버렸다. 덕분에 사람들이 음식을 제대로 먹지 못하고 깨작깨작하자 총책임자 남작이 분위기를 타파하려는 듯 갑자기 트라한 경 일행에게로 말을 걸었다.

"그러고 보니 정신이 없어 자네들과 제대로 이야기를 나누지 못했군. 그자를 막아낼 정도면 실력이 무척 뛰어날 텐데, 어디 속한 곳이라도 있는가?"

어제는 돌아와서 결과를 보고한 뒤 피곤하다고 각자 흩어져 숙소로 갔다가—이때 여관을 잡고 있었던 아버지와 나, 트라한 경 네 세 사람은 총책임자 남작의 부탁 겸 배려로 인하여 이곳 마법사 건물로 숙소를 옮겨왔다—오늘 점심때 다시 모이게 되었다.

식사가 나오기 전부터 식사를 하면서까지 여러 가지 이야기가 오고 가긴 했지만, 어제 사건이 이야기의 중심이었기에 각자의 소개는 대충 그냥 지나쳤던 것이다. 덕분에 난 토카라 경 일행이 기사 작위를 받은 사람들이라는 것밖에 몰랐다.

게다가 토카라 경만 자신의 이름을 밝혀서 트라한 경 녀석은 여전히 성만—이것도 토카라 경이 녀석의 이름을 불러서 알게 된 거지 정식으로 소개받은 게 아니다—알고, 검은 머리 애는 아예 아무것도 모르는 상태였다. 그래서 총책임자 남작이 그들에게 관심을 갖고 질문을 던지자 나는 호기심을 가지고 그들을 바라보았다.

하지만 토카라 경은 이런 질문이 난처했던 모양이다.

"저희는… 사실 이 나라 사람이 아닙니다."

"음? 그렇다면?"

"일부러 숨기려는 건 아니었습니다만, 어쩌다 보니 말씀드리지 못했습니다. 저희는 아스트라드 국에서 왔습니다."

이 나라 사람이 아니라고 했을 때는 약간 긴장한 기색이던 총책임자 남작이 아스트라드 국 사람이라고 하자 긴장을 풀었다.

"그랬군. 다른 나라 사람이니 내 자네들을 보지 못했군. 혹이 나라 사람들이었다면 알 수도 있었을 텐데."

"그랬을지도 모르겠습니다."

"아쉽군. 혹시 우리나라로 올 생각은 없나?"

"핫핫핫, 죄송하지만 맡은 일이 있어서요. 마음만 감사히 받겠습니다."

"그러고 보니 자네 외에는 이름을 모르는군. 혹시 밝히기 어려운가?"

"죄송합니다. 사정이 있어서……."

"흐음, 사정이 있다니 어쩔 수 없지."

난 이름을 밝히지 않는다면 괜히 더 수상해 보일 것 같은데, 총책임자 남작은 이해하는 분위기다. 그리하여 더 이상 그들의 신상에 대한 질문은 나오지 않고, 대신 무난한 대화가 주를 이루다가 식사 시간이 끝나게 되었다.

이 자리에서 가장 높은 사람인 아버지가 제일 먼저 자리에서 일어났고, 곧바로 내가 아버지의 뒤를 따랐다.

"원래 다른 나라 사람들은 이름을 안 밝혀도 되는 건가요? 토카라 경이 자신 외에 두 녀석의 이름을 안 밝히는 걸 이해하는 분위긴데요?"

방을 나서서 인적이 드문 곳에 이르자 나는 그제야 질문을 꺼냈다.

"만약 밝힌다면 저들이나 우리나 무언가 불편한 관계가 되기 때문에 그렇겠지. 아마 저 두 아이 중 한 명이 대단한 신분인 것 같구나."

아버지의 말에 나는 다시 한 번 고개를 갸웃거렸다.

"그럴 수도 있지만, 안 좋은 방향일지도 모른 거 아닌가요? 어떻게 그렇게 확신하시죠?"

"확신하는 게 아니라 토카라 경을 믿는 거지. 네가 보기에 토카라 경이 믿지 못할 사람으로 보이냐?"

'설마 그럴 리가……. 셋 중 가장 호감이 가는 사람인데.'

"아니요."

"그래 나도 그렇게 생각한다. 그런 토카라 경이 보증하는 사람이니 믿는 수밖에 없지. 뭐, 귀족들이 외유 중에는 신분을 숨기는 경우가 가끔 있단다. 편히 구경하고 싶은데 높은 신분을 밝히면 아무래도 여러 가지로 귀찮은 점이 많거든. 그럴 때는 상대방도 슬쩍 눈감아주는 게 예의란다."

"헤에, 그렇군요."

어째 눈 가리고 아웅하는 것 같지만 나쁘지는 않은 것 같다.

"그런데요, 아까 시크레스트 남작─총책임자 남작─이 토카라 경이 외국인이라니까 긴장하다가 아스… 하여간 뭔 나라라고 하니까 긴장을 푸시데요. 아버지, 그거 아셨어요?"

내 말에 아버지가 킥, 하고 웃으신다.

"아스트라드 국."

"뭐, 어쨌든요. 뭔 나라 이름이 그렇게 긴지."

“아스트라드 국은 우리나라와 적대하는 나라가 아니니까
그렇지. 만약 적대하는 나라에서 왔다면 여러 가지로 곤란하
지 않겠느냐? 일단 귀중한 서류를 도둑맞았다는 사실 자체도
엄청 자존심 상하는 일이니까. 물론 상대가 상대이니만큼 이
번에는 별 타격은 없겠지만 말이다.”

“아하!”

“그나저나 마족이라니… 대신전에서 이 소식을 들으면 난
리가 나겠군.”

아버지의 말에 나는 아까 사람들의 반응을 이해하지 못했던
것을 떠올렸다.

“아, 맞다. 그 2대 대신전이라는 곳이 어떤 곳입니까?”

“어떤 곳이긴, 각각의 신관장이 상주하는 곳이지.”

“각각의 신관장이요?”

아버지의 말을 이해 못한 내가 고개를 갸웃거리며 되묻자,
아버지는 오히려 이해 못한 내가 이상하다는 듯 고개를 갸우
뚱하신다.

“그래 오르 신전의 신관장은 오르 대신전에 있고, 크리마 신
전의 신관장은 크리마 대신전에 있지.”

“그… 신관장이라는 직책이 신관들 중에서 가장 높은 사람
을 말하는 거죠?”

“그렇지.”

“그런데 어떻게 가장 높은 사람이 두 명이나 있어요? 한 명

이면 충분하잖아요?"

내 말에 아버지가 당혹한 얼굴로 날 돌아보신다.

"무슨 소리냐? 어디에 두 명이야? 각각 한 명씩이잖아. 오르신의 신관장 한 명, 크리마 신의 신관장 한 명."

그제야 나는 내가 착각하고 있었음을 알 수 있었다. 나는 오르와 크리마란 이름이 지명 이름인 줄 알았던 것이다. 아니면 이곳 영웅이나 성인이거나. 왜, 성당도 베드로 성당, 바울 성당 하고 성서에 나오는 성인의 이름을 붙이지 않는가 말이다. 아니면 춘천 성당, 명동 성당 하고 지명의 이름을 붙이든가. 그래서 여기도 그럴 것이라 생각했는데, 그게 아니라 신의 이름이었다니.

"어, 잠깐만. 그럼 여기는 신이 여러 명… 아니, 여러 분입니까?"

이번 질문은 정말 대박이었나 보다. 아버지가 입을 떠억 벌리며 황당한 얼굴로 날 바라보셨으니 말이다.

"너, 너… 그것도 모르냐?"

그나마 너무 놀라 여기가 어디인지 잊지 않으신 게 다행이다. 그 질문은 나에게 다가와 작게 속삭이셨으니까.

"아하하! 그게 어쩌다 보니… 저기… 일부러 그런 건 절대 아니거든요?"

내 말에 아버지는 길게 한숨을 내쉬더니 날 이끌고 건물 바깥으로 나가셨다.

"산책이나 하자."

그리하여 아버지가 날 데리고 간 곳은 마법 건물 뒤쪽에 형성된 널찍한 정원이었다. 정원 안에는 산책로까지 형성되어 있었기에 아버지와 나는 자연스레 그 길을 따라 천천히 걷기 시작했다. 그리고 몇 걸음 걷지 않아 아버지는 난감한 표정으로 입을 여셨다.

"나 원… 어디서부터 이야기를 해야 하나?"

뭔가 본격적인 이야기가 나올 거 같아 나는 정중하게 요청했다.

"처음부터 모든 걸 이야기해 주시면 감사할 거 같은데요. 아는 게 하나도 없어서요."

"기억을 잃어버린 건 알겠다만, 그렇다고 해도 어떻게 깡그리 몽땅 잃어버리냐? 그냥 상식은 남기지."

"핫. 핫. 핫!"

'상식은 있긴 있걸랑요. 단지 이 세계의 상식이 아닐 뿐이지.'

"어쨌든… 으음… 그래 너는 이 세계가 어떻게 창조되었는지 아냐?"

알 리가 있나.

"그, 글쎄요."

'설마 태초에 하나님이 창조하셨나?'

지구에서는… 아니, 한국 대부분의 사람들이 알고 있는 기독교의 천지창조론을 떠올리고 있는데, 의외로 아버지가 그 창조론을 이야기하시는 거다.

"이 세계가 아직 형성되기 전 홀로 존재하시던 창조주께서 아무것도 없음을 한탄하셔서 이 세상을 만드셨지."

"엇? 그래요?"

'설마 지구의 하나님이 여기의 창조주인 건 아니겠지?'

"신기하냐? 하여간 그렇게 이 세상을 만들고 수많은 종족을 만들어서 평화롭게 살게 하셨는데, 어디 그 평화가 오래 가겠느냐? 가깝게 인간을 봐도 욕심들이 많아서 금방 분란을 일으키는데 말이다. 그렇게 해서 세상이 시끄럽자 창조주께서는 자신의 힘을 뚝 떼어내어 새로운 신 네 명을 만들어내셔서 이 세상을 관리하게 하셨지. 그 첫 번째 신이 바로 '오르'라고 한다. 이 세상의 조화를 지킨다고 하여 '빛과 조화의' 신이라 하기도 하고, 천계에 살고 있다고 해서 천신이라고도 하지."

처음에는 비슷한 거 같더니만 뒤에 가서는 다르다. 하기야, 이곳에는 여러 종족이 살고 있고 지구에는 지성이 있는 종족이라고는 인간뿐이니 어디 같겠는가.

"헛, 오르가 신의 이름이었습니까? 그럼 크리마도?"

"그래, 그가 두 번째 신이다. 영계에 살고 있는데 그 신은 사후에 심판을 하기 때문에 '심판과 형벌의 신'으로 불리고 있지."

"그래요? 어, 그럼 그 신이 있기 전까지는 누가 심판을……?

아, 혹시 창조주께서 직접?"

"아니. 그전에는 모든 종족에게 영혼이 없었다고 하더군. 그러니 내세도 없고 환생이라는 것도 없었지. 그러나 착한 존재나 악한 존재나 죽어버리면 끝이라는 것이 계속 악을 발생한다 생각하셨는지, 그 후에 창조주께서 모든 종족에게 영혼을 불어 넣으셨다는군. 그래서 죽은 뒤의 영혼을 심판하여 벌을 내리거나 상을 주고 환생을 시키는 일을 관리하는 크리마신이 필요했던 거지."

"헤에……."

그 크리마라는 신은 염라대왕 비스무리한 건가 보다.

'그럼 천신은 옥황상제인가?'

그런 생각이 들던 나는 뒤이어 떠오르는 생각에 입을 열었다.

"궁금한 게 있는데요?"

"뭔데?"

"그 상, 벌을 준다는 게 혹시 착한 사람은 부자 집에서 환생하고 나쁜 사람은 찢어지게 가난한 집에 태어난다는 거?"

"잘 아네."

아버지의 대답에 나는 실소를 금할 수가 없었다.

'푸핫~ 상벌은 어디나 똑같은가 보네.'

환생을 주장하는 불교에서 이 비슷하게 말하지 않는가. 단지 거기서는 잘못하면 동물로 태어난다는 게 좀 다르지.

“어… 그런데요, 여기는 여러 종족이 있는데 환생할 때 종족은 어떻게 돼요? 혹시 인간은 인간으로?”

“그래. 각 종족마다 영혼이 조금씩 달라서 같은 종족으로밖에 환생이 안 된다더군. 인간은 인간으로, 엘프는 엘프로, 드워프는 드워프로… 이런 식으로 말이지.”

“그건 재미없네요. 여러 종족이 된다고 하면 재미있을 텐데…….”

“어쩔 수 없는 거 아니냐? 각 종족마다 수명도 다르고 종족 특성도 다른데 어찌 환생해서 다른 종족이 될 수 있겠느냐?”

뒤이은 아버지의 설명도 그럴듯하다고 생각은 되는데…….

‘그럼 인간에서 괴물이 된 나는 뭐지? 어, 잠깐. 그럼 천족하고 마족은?’

“아버지, 그럼 천족은 뭡니까?”

“뭐긴 뭐냐. 천신이 자기를 도울 부하들을 만든 게 바로 천족이지.”

“어어, 그럼 마족은 천신에게 쫓겨난 천족입니까?”

왜, 기독교에서 기독교의 적인 사단이 바로 천당에서 쫓겨난 천사장이 아니었는가 말이다.

그래서 그걸 빗대어 물어봤더니만 아버지가 어깨를 으쓱하셨다.

“비슷하다만 아니다. 아까 창조주께서 이 세계를 위하여 만든 신은 네 명이었다고 했지?”

"아, 그랬어요. 두 명은 말씀하셨고, 나머지 두 명이 남았네요."

"아아, 한 명은 정령신이라고 자연을 관리하지. 정령하고만 관계가 있어서 이 세상 종족은 그 신을 섬기지 않는단다."

'정령? 요정인가? 잠시 후에 책에서 즘 찾아봐야겠군.'

아버지에게 묻고 싶었지만 아버지는 한창 신에 대한 설명을 이어가고 계셨기 때문에 차마 말을 끊고 질문을 할 수가 없었다.

"그리고 마지막 한 명은 이 세계를 지키기 위하여 창조주께서 만드셨다는데, 그만 창조주에게 반기를 들었다는군. 그리하여 창조주께 버림을 받아 자신의 부하들과 함께 마계로 쫓겨났고, 그 후로 호시탐탐 이 세계를 넘본다는 이야기지."

그래서 이 세상 모든 종족의 적이 되었나 보다.

"그럼 2대 신전이란, 오르하고 크리마를 섬기는 신전?"

"그래."

"창조주를 섬기는 신전은 없나요?"

"창조주가 자신에게 반기를 든 신을 마계로 쫓아내시고 잠이 드셨기 때문에 창조주의 신전은 없단다."

"그렇군요. 음… 그럼 아버지는 어느 신을 믿나요?"

"믿다니? 어느 종교를 가졌냐고 묻는 거냐? 나는… 아니, 마법사는 중립이다. 어느 한쪽의 신도 섬기지 않지."

"그러니까 오르하고 크리마라는 신이 없다고 생각하는 거예요?"

"무슨 소리냐? 내가 지금까지 그 두 신이 있다고 설명했잖냐."

아버지의 말이 어째 앞뒤가 맞지 않는 거 같아 나는 인상을 찡그렸다.

"두 신을 안 믿는다면서요? 그럼 창조신화라든가 오르나 크리마에 대한 신화를 믿지 않는 거 아니었어요? 그냥 전설로만 생각하는……."

"그게 단순한 옛날이야기라면 네가 여기 이렇게 존재할 수 있겠어? 네 존재야말로 오르라는 신이 있다는 증거인데. 거기에 이 마을에는 없어도 도시에 가면 신의 힘을 사용하는 신관이라는 존재들이 있는데 어떻게 안 믿겠느냐?"

'아! 나, 천족과 마족의 혼혈이랬지?

"그런데 종교를 안 가졌다면서요?'

"신의 존재를 믿는다고 꼭 신을 섬겨야 하느냐?"

아버지의 말에 이번에는 내가 말문이 막혔다.

'어… 그런 거 아닌가? 하나님을 믿는다면서 교회에 안 가면 천국에 못 가잖아? 아, 잠깐.'

"아버지, 저기 있잖아요… 신을 섬기지 않으면 죽어서 상 받지 못하는 거 아니에요?"

"전~혀 아닌데? 그렇게 따지면 오르를 섬기는 사람은 죽으면 다 상을 못 받게? 심판과 상벌을 관리하는 건 크리마니까."

‘어어, 그건 또 그러네.’

“그럼 그냥 착하게 살면 되는 겁니까?”

“그렇지. 신의 섭리에 반하지 않고… 잠깐, 이것도 말이 안 되는구나. 마법사는 신의 섭리를 거역하는 자라고 하니까.”

“헉? 그건 또 무슨 소리입니까? 신의 섭리를 거역하는 자라뇨? 그럼 마법사는 죽으면 다 벌을 받나요?”

“거창하게 생각할 거 없다. 원래 마법이라는 게 자연의 규칙을 깨뜨리는 거니까.”

이해를 못하는 내 표정을 보고 아버지는 한숨을 쉬시더니 다시 입을 여셨다.

“그러니까 내 손을 보렴. 아무것도 가지고 있는 게 없지 않느냐? 이런 상태에서 불이 생기는 게 자연스러운 일이냐?”

“당연히 아니죠.”

“그래 그런데 마법이 있으면 아무것도 없는 상태에서도 불을 일으킬 수 있거든. 그러니까 자연의 규칙을 깨뜨린다는 거야. 한여름에도 얼음을 만들 수 있고 눈보라를 치게 할 수도 있어. 한겨울 꽁꽁 얼어붙은 호수를 불덩어리로 녹이기도 하고 물을 뜨겁게 만들 수도 있어. 이 모든 것이 자연의 규칙을 깨뜨리는 거 아니냐?”

“그, 그러네요.”

“그래서 마법은 신의 섭리를 거역한다고 하는 거야. 이 세계의 자연은 신이 만드신 거니 자연스러움, 즉 자연의 규칙이야말로 신의 섭리라고 할 수 있지 않느냐?"

그제야 이해가 갔다.

"아… 어, 그럼 혹시 그래서 마법사들이 신을 섬기지 않는 건가요?"

"그래. 신을 섬기면 신의 섭리를 따라야 하니 마법을 쓰는 거야말로 신에 대한 불경일 수밖에."

"엇, 그럼 혹시 신전에서 마법을 금지하는……?"

"그건 아니다. 마법계도 하나의 학문으로 신이 주신 거라 인정하고 있다. 그러니 내가 지금 당당히 마법사라고 밝힐 수 있는 거 아니겠느냐? 금지했다면 마법사라는 걸 숨겼겠지."

"헤에."

세계가 다르고 존재하는 종족과 신도 다 다르다 보니 신화가 다른 건 당연할 테지만, 기독교 사상에 익숙해 있던 나로서는 복잡하기만 했다.

'그래도 마법이 신전에서 금기시하는 학문이 아니라는 것 하나는 천만다행이네. 내가 아버지 덕분에 마법으로 여러 가지 도움을 받고 있는데 말이야. 마법이 금기시되는 일이었다면 아버지께 고맙기는 했겠지만, 그와 함께 걱정거리도 떠안는 거였잖아.'

그렇게 속으로 아버지가 들으셨다면 '이런 불효막심한 놈~!'이라고 하셨을지 모를 생각을 하고 있는데 아버지의 목소리에 얼른 생각을 접었다.

"참, 마법사 하니까 생각났는데……."

"예?"

"네 팔찌 말이다. 완성했으니 제대로 만들어졌나 착용해 봤어야 하는데 그동안 정신이 없어서 깜빡했구나."

"아, 맞다. 그랬지요?"

나도 잊고 있었다.

"가자. 여기서는 팔찌를 착용하지 못하니 일단 숙소로 돌아가자꾸나."

마법사 건물에도 혹시 모를 손님을 대비한 방이 있었고, 그 중에는 고위직 사람들을 위한 방도 있었기에 아버지와 나는 그 고급 여관 못지않은 멋들어진 방에서 머물고 있었다.

방으로 돌아간 아버지는 제일 먼저 문을 잠근 후, 그것으로도 모자라 문에다 대고 무슨 마법을 실행하시는 거다.

"뭐 하시는 거예요?"

"내가 아니면 열지 못하게끔 마법으로 문을 잠근 거다. 이 건물에는 마법사들이 있어서 말이다. 그들이 팔찌의 마법을 작동시킬 때 마나를 느끼고 뭔 일인가 와볼 수도 있으니 만약을 대비한 거야."

"오오……!"

"자, 그럼."

그렇게 말씀하시며 아버지의 마법 주머니에서 팔찌를 꺼내드셨다.

아무 무늬가 없는 얇은 두께에 3~4㎝의 너비를 가진 은색 링 팔찌는 단순하고 깔끔한 것도 마음에 들지만, 내 팔에 이미 채워진 천신기와 한 쌍의 팔찌로 보이기도 해서 더 마음에 들었다.

일단 그걸 거실의 탁자에 내려놓으신 아버지는 내 팔목에 채워진 팔찌를 풀려고 하시다―팔찌가 풀려지지 않게 마법을 걸어둔 터라 아버지밖에 풀지 못했다―문득 날 보시더니 아차 하는 표정으로 말씀하셨다.

"아참, 너 옷 벗어라."

"네? 갑자기 옷은 왜요?"

뜻밖의 요구에 화들짝 놀라며 묻자 아버지가 인상을 찡그리신다.

"도대체 뭔 생각을 하기에 그리 놀라는 거냐? 팔찌를 풀면 네가 잠시지만 본래의 모습으로 돌아갈 텐데, 그럼 그 옷이 작지 않겠냐?"

"아……!"

물론 2미터가 넘는 모습으로 돌아가는 건 아니지만, 본래 모습은 한 떡대의 몸매였기에 지금 살짝 달라붙는 옷차림이 작기는 할 거다.

"저, 저기… 다 벗어야 할까요?"

그래도 아버지 앞에서 알몸을 보이는 건 내키지 않는 일이라 부끄러움을 무릅쓰고 그리 물었더니 아버지가 픽 웃으신다.

"뭐냐, 전에는 내 앞에서 알몸으로 잘만 빨빨거리더니만, 갑자기 부끄러워진 거냐? 같은 남자끼리 어떠냐며?"

예전에 내가 써먹었던 장난을 그대로 써먹으시며 아버지가 쿡쿡 웃자 나는 불퉁한 눈으로 아버지를 바라봤다.

"그렇게 제 알몸을 보고 싶으신 겁니까?"

"푸헐헐~ 아버지에게 알몸 좀 보이는 게 뭐 어때서 그러냐? 그래도 정 부끄러우면 목욕 가운이라도 입든지. 그건 커서 헐렁하잖냐."

그래도 계속 놀리고만 있을 수 없다 생각하신 아버지가 적당한 제안을 하셨고, 그 말에 나는 잽싸게 욕실로 달려가며 외쳤다.

"그럼 잠시만 기다려 주세요~!"

목욕 가운은 그곳에 비치되어 있었던 것이다.

빠른 속도로 옷을 벗어젖히고 커다란 목욕 가운만 입은 채 바깥으로 나오자 아버지가 팔찌를 천천히 살펴보시는 모습이 보였다.

"다시금 점검하시는 겁니까?"

"뭐어… 드워프가 만들었으니 이보다 더 완벽할 수는 없겠지만, 마법진이 제대로 작동될지는 염려가 되는구나."

"마법진은 안 보이는데요?"

"이게 하나처럼 보여도, 사실은 얇은 판 두 개를 겹친 거다. 그 안쪽에다 마법진을 새겨 넣었지. 겉으로 드러나지 않게 말이다.”

“오오……!”

겉으로 안 보이는 마법진을 어떻게 점검하시는 건지, 안 보이는 마법진보다 아버지가 더 신기하게 보인다.

그런데 마법진 하니까 문득 떠오른 생각이 있다.

“아버지, 그러고 보니 장인의 건물에는 마법을 사용할 수 없는 거 아닙니까? 그런데 어떻게 제가 그 안에 들어가도 모습이 그대로고, 거기서 마법 팔찌를 만들 수 있는 거지요?”

“거기에 설치된 마법진이 일반 안티 매직 쉘 마법진이 아니고…….”

그렇게 서두를 꺼내시던 아버지가 맹한 내 표정을 보시더니 인상을 찡그리셨다.

“뭔 말인지 모르겠냐?”

“아니, 뭐…….”

살짝 의기소침해진 내 표정이 안됐던지 아버지가 다시금 입을 여셨다.

“그러니까… 으음… 쉽게 설명하자면, 이 불빛 있지?”

최대한 내가 이해하기 쉽게 설명하려 고심하시던 아버지는 갑자기 손바닥 위에 마법으로 자그마한 빛의 구를 만들어내셨다.

“건물 안에서는 이 빛의 구를 형성하지 못하지만, 내가 바깥에서 이걸 형성해서 가지고 들어가면 그대로 유지되지.”

"어엇, 그게 가능합니까?"

"가능하니까 너에게 건 마법이 풀리지도 않았고, 그 건물에서 마법 팔찌를 만들 수도 있었던 거 아니겠냐? 건물 안에 들어가는 모든 마법이 무효화된다면 마법 물품을 제작하거나 수리할 때 엄청 곤란해질걸?"

"오오, 이곳에 마법 물품을 수리하러 많이 오나 보죠?"

"수리뿐이냐? 새로이 만들어지는 마법 물품의 90%가 다 여기서 만들어지는 거란다. 마법 물품이란 조금만 손상되어도 작동이 안 되거나, 아니면 반대로 폭주할지도 모르기 때문에 최대한 튼튼하고 완벽하게 만들어야 하거든. 그렇게 만드는 솜씨라면 드워프를 따라갈 자가 없기 때문에 이곳으로 올 수밖에……."

"헤에, 그랬군요."

"이제 궁금한 게 풀렸으면 어여 이거나 차봐라."

다행히 아버지가 가지고 오신 팔찌는 제대로 작동이 되었다. 그걸 보신 아버지는 다시 한 번 자신의 천재성을 자화자찬하셨고, 나는 아부 반 진심 반 심정으로 열심히 맞장구쳐 드렸다.


저녁에 다시 사람들을 만나 같이 식사를 하는 와중에 아버지가 이곳에서의 볼일이 끝났으니 곧 돌아갈 생각이라고 넌지시 이야기를 꺼내자, 우연의 일치인지 토카라 경 일행도 볼일이 끝나서 떠날 예정이라고 했다. 그 이야기를 들은 총 책임자 남작이 엄청 서운해했지만 우리가 머물 필요도 없고, 멋진 구경거리라든가 휴양지가 있는 게 아니라서 잡지는 못 했다.

그리하여 다음날, 천천히 수도로 여행하며 나에게 세상을 구경시키려는 아버지와 외국인이라 마법진을 사용하지 못하는 토카라 경 일행이 사람들의 배웅을 받으며 길을 떠나려는 찰나, 그때까지 얼굴을 보이지 않던 남작 마법사 씨가 허둥지둥 건물 안에서 뛰어나오는 것이었다.

"잠시만 기다려 주십시오~!!"

저분도 배웅을 하려나 하고 지켜보고 있는데, 어째 얼굴이 배웅하려는 게 아닌 뭔가 다른 용무가 있는 거 같다.

"백작님, 그리고 토카라 경, 아무래도 떠나시는 건 잠시 보류하셔야 할 것 같습니다."

"응? 그게 무슨 소리인가?"

어리둥절한 우리 일행의 대표로 아버지가 묻자 남작 마법사 씨가 무지 미안한 얼굴로 대답했다.

"방금 전 오르 대신전에서 급한 연락이 왔습니다. 이번 일 때문에 의논할 것이 있다고 최대한 빨리 와달라고 합니다."

"뭐?"

아버지를 비롯한 그곳에 있던 모든 사람들이 당혹감을 감추지 못한 채 남작 마법사 씨를 바라봤다.

"그게 무슨 소리인가? 자네가 자세한 이야기를 하지 않았던가?"

대표로 아버지가 질문을 던지자 남작 마법사 씨 또한 자신도 마찬가지라는 표정으로 대답했다.

"물론 그랬습니다. 어제 제가 연락할 당시에는 그걸로 충분한 것 같았습니다만, 갑자기 오늘 아침에 와달라는 연락을 받아서 솔직히 저도 당혹스럽습니다."

"그래서, 정확하게 누구를 오라고 한 것인가?"

"백작님과 팔라디노 경, 그리고 토카라 경 일행 세 분 모두……."

"그거 참."

아버지의 얼굴이 살짝 찌푸려졌다. 아무래도 신전 측이 왜 그런 요구를 했는지 이해할 수가 없어 그러신 모양이다.

"그거, 꼭 가야 합니까?"

아버지가 잠시 생각에 잠기신 사이 내가 남작 마법사 씨에게 묻자, 남작 마법사 씨는 자기가 한 말이 아님에도 불구하고 무척 미안한 표정으로 말했다.

"모든 분이 꼭 와달라고 신전 측에서 강력하게 요청해서 말입니다."

"하아?"

이곳 신전의 권위를 모르지만 남작 씨가 저렇게까지 말하는 거 보면 우리가 가야 되는 건가 보다.

‘아니, 왜 또?’

밝은 빛이 사라지고 나자 제일 먼저 보이는 것은 하얀색으로 도배되다시피 한 내부였다. 그리고 다음으로는 흰색의 펑퍼짐한 가운을 입고 있는 한 사람.

덕분에 제일 먼저 드는 생각은 이곳 청소와 빨래를 담당하는 분들이 뉘신지는 모르겠지만, 정말 엄청 고생하겠다는 거였다.

그만큼 먼지 한 톨도 용납할 수 없다는 하얀색 일색인 공간에서 부드러운 음성이 들려왔다.

“어서 오십시오. 대신전에 오신 것을 환영합니다.”

기다리고 있었던 듯 흰색의 가운을 입고 있는 탐스러운 턱수염의 중년 아저씨가 마법진의 빛이 꺼지자마자 우리를 향해 인사를 건넸고, 우리 일행의 대표로는 아버지가 나서서 답례했다.

“환영해 주셔서 감사합니다.”

“먼 길을 오셔서 피곤하실지 모르겠으나, 아까부터 여러분을 기다리시는 분이 계십니다. 그분을 먼저 뵀었으면 합니다만.”

그 중년 아저씨의 말에 아버지가 기꺼이 고개를 끄덕였다.

“물론입니다. 안내해 주십시오.”

겉으로야 무덤덤한 표정이었지만, 아버지는 속으로 안도의 한숨을 내쉬고 계실 거다. 나 또한 딱 그 심정이었으니 말이다.

대신전, 그것도 천신을 모신다는 오르 신전에서 우리를 부른다는 소리에 아버지와 나는 굳은 표정으로 시선을 교환했다. 아버지가 이 세상으로 나오시면서 피해야 한다고 신신당부한 족속들이 바로 신관이라는 족속이었는데, 그 신관 족속들의 본부라 할 수 있는 신전에서 떡하니 초대장이 날아왔으니 말이다.

가능하다면 그 초대를 단칼에 거절했을 텐데, 우리가 이미 여기 온 것을 보면 예상했듯 아버지에게는 그 초대를 거절할 힘이 없으셨다.

마법사의 나라라고 하며 신전의 힘이 가장 약하다는 이 나라에서조차 국민의 50%가 신을 믿고, 대도시에는 신전이 세워져 있었기에 이 나라의 왕조차도 신전의 부탁을 타당한 이유 없이는 거절 못한다는데, 중앙 공므원인(?) 아버지가 가능할 리 없었다.

이 대신전이라는 곳은 전 세계에 골고루 막강한 파워를 발휘할 수 있는, 몇 안 되는 조직 중 한곳이었던 것이다. 그러니 가능한 한 볼일을 끝내고 이곳을 나가는 것만이 최선의 방법이었다.

다행히 여기서도 우리를 빨리 간나고 싶어한다니 더 이상 바랄 게 없었다.

'거기다 끝까지 내 정체를 들키지만 않는다면 말이야.'

　나는 긴장감에 등이 아직도 **뻣뻣함**을 느끼며 속으로 투덜 댔다.

　우리를 기다리고 계신다는 그분은 쉬지도 못하고 곧바로 만나러 오는 우리를 배려함인지 텔레포트용 마법진이 있는 곳 바로 위층의 응접실에 계셨다.

　"어서 오세요, 여러분. 천신의 종 카에르라고 합니다."

　풍성한 허연 수염을 기른 할아버지가 인자한 얼굴로 허허 웃으며 우리를 반겼다.

　"만나뵙게 되어 영광입니다. 저는……."

　아버지가 대표로 인사하며 막 소개를 하려 하자, 그 신관 할아버지가 손을 들어 막았다.

　"잘 알고 있습니다. 팔라디노 백작님이시죠? 그리고 그 아드님과 아스트라드 국에서 오신 여러분."

　뭐어, 장인 마을에서 남작 마법사 씨가 미리 연락을 했을 테니 우리의 이름을 알고 있는 건 당연한 일일 거다.

　"이렇게 급하게 모셔서 죄송스럽게 생각합니다. 그리고 그에 응해주신 여러분께 정말 감사드리고요."

　절대 무시하지 못하리라는 걸 예상하고 부른 거였으면서 저리 말하니 입에 발린 의례적인 말이라 생각하고 싶었지만, 할아버지의 눈이 진심으로 미안한 기색이라 나는 툴툴거리고 싶었던 마음이 사르르 녹는 것 같았다. 이 할아버지야말로 신을 모신다는 사람의 정석이 아니겠는가.

하지만 아버지는 신관 할아버지의 미안한 미소에 넘어가지 않은 모양이다. 정중하게 답하면서도 곧바로 본론을 꺼낸다.

"아닙니다. 그런데 실례지만 저희를 왜 부르신 겁니까? 도저히 짐작이 가지 않습니다만……."

어찌 보면 좀 무례하게 여겨질 정도로 아버지는 직선적이었다. 그래도 신관 할아버지는 이해한다는 표정으로 고개를 끄덕이는 거였다.

"예, 저도 사안이 시급하니 말을 돌리지 않겠습니다. 단도직입적으로 말씀드리자면, 여러분께 부탁드릴 것이 있어서 모셨습니다."

의아한 시선으로 자신을 바라보는 우리 일행을 하나하나 둘러본 신관 할아버지는 숨을 깊이 들이마시더니 심각한 어조로 입을 열었다.

"한 물건을 어떤 곳에다 가져다주셨으면 합니다."

그 말에 우리 일행은 황당하다는 시선으로 신관 할아버지를 바라봤다. 그리고 그건 나 역시 마찬가지였다.

'아니, 우리보고 택배 회사 역할 좀 해달라고 부른 거란 말이야?'

그런 걸 가지고 다른 나라에 있는 사람을 부르다니—우리는 마르타 국에 있었고, 대신전은 이웃 나라인 녹스 국에 있었던 것이다—해도 해도 너무하다는 생각이 들었다.

하지만 이 신관 할아버지는 우리의 반응을 예상했다는 표정이었다.

"당혹스러워하실 줄은 압니다. 하지만 지금 저희 신전에서는 그럴 수밖에 없는 입장에 처해 있습니다. 그래서 무례를 무릅쓰고 이런 부탁을 드리기 위하여 제가 여러분을 모신 것입니다."

"그… 입장이 어떤 것인지 여쭈어봐도 되겠습니까?"

아버지의 질문에 신관 할아버지는 기꺼이 고개를 끄덕였다.

"물론입니다. 여러분은 당연히 들을 권리가 있으니까요."

그 말에 나는 '설명 안 듣고 거절하면 안 되나요?' 라고 묻고 싶은 심정이었다. 하지만 나를 제외한 아버지와 토카라 경 일행은 눈을 빛내며 신관 할아버지를 주목하고 있었으니, 나는 속으로 한숨을 내쉬며 질문을 삼킬 수밖에 없었다.

'어휴, 귀찮은 일임이 분명한데, 이 사람들은 귀찮은 일을 떠맡는 게 그리 좋은감?'

이런 내 심정과는 아랑곳없이 신관 할아버지의 입이 천천히 열렸다.

"여러분도 아시다시피 마족이 이 세상에 출현하여 대신전을 노리고 있는 상황입니다. 이럴 때 응당 저희 대신전에서는 비상경계령을 내리고 마족을 잡는 데 온 힘을 기울여야 하겠으나… 문제는 한 달 후에 성 바우어 축제가 시작된다는 것입니다."

　　신관 할아버지의 말에 일행이 모두 '아아~' 하면서 이해했다는 표정이었다. 뭐가 뭔지는 모르겠지만, 그 축제가 엄청 대단한가 보다. 적이 나타났는데도 포기를 못한다니 말이다.

　　그사이에도 신관 할아버지의 말은 계속되고 있었다.

　　"저희도 무척 고민을 했답니다. 마족이 나타났음을 선포하고 축제를 포기하느냐, 축제를 지속하느냐 하고 말입니다. 그러던 중 한 가지 방법을 생각해 낸 거지요."

　　"저희에게 물건을 전달하게 하는 방법 말씀이십니까?"

　　아버지의 말에 신관 할아버지가 고개를 끄덕였다.

　　"바로 그것입니다. 이건 극비입니다만, 여러분께만 특별히 말씀드리겠습니다. 설마 다른 곳에 알리지는 않으리라 믿고 말입니다."

　　신관 할아버지의 말에 아버지와 토카라 경이 진지한 얼굴로 고개를 끄덕였다.

　　"물론입니다. 제 마나에 대고 맹세합니다."

　　"저희도 저희 검에 대고 맹세합니다."

　　마법사는 마나에, 기사는 검에 대고 맹세하다니… 그럼 나는 맹세할 때 뭘 걸어야 하는 걸까나?

　　하여간 아버지와 토카라 경의 말에 신관 할아버지는 만족스러운 표정으로 고개를 끄덕이며 재차 입을 열었다.

　　"여러분의 맹세를 받아들이겠습니다. 사실 마족과 저희 신관들 사이가 원래 안 좋긴 하지만, 마족이 저희 대신전을 노리는 이유가 또 있습니다. 바로 저희 신전에서 가지고 있는 어떤 물건 때문이지요. 이 물건이 무엇인지까지는 말씀드리지 않겠습니다."

신관 할아버지가 거기까지 말하자 아버지가 알겠다는 듯 고개를 끄덕였다.

"그럼 저희가 전달해야 할 물건이 바로 그 물건이라는 말씀이시군요."

"그렇습니다. 마족이 일차적으로 원하는 물건이 대신전에 없다는 것을 알면, 그걸 찾을 때까지는 대신전을 공격하지 않을 테니까요. 그사이 저희는 축제를 끝내고 마족이 나타났음을 공포하고 경계령을 내리는 겁니다. 그 일을 여러분께 부탁드리는 이유는, 여러분은 이미 그 마족들과 한 번 만나 겨루어 보신 분들이기 때문입니다. 한 번 상대했으니 다시 한 번 더 상대할 수 있지 않겠습니까?"

신관 할아버지의 말에 나는 정말 황당함을 감출 수 없었다. 아니, 그렇게 계획 같지 않은 계획으로 마족들을 정말 막을 수 있으리라고 생각한단 말인가?

하지만 신관 할아버지는 그 계획에 대한 믿음이 대단한지 한 치의 흔들림도 보이지 않는 거였다. 그리고 더 놀라운 건 아버지였다.

"알겠습니다. 그 부탁, 받아들이겠습니다."

'뭐어엇?'

나는 속으로 비명을 질렀건만,

"저희도 마찬가지입니다. 부탁을 받아들이겠습니다."

토카라 경의 말에 나는 정말 뒤로 넘어가고 싶은 심정이었다.

'토, 토카라 경마저……'

지금은 내가 나설 자리가 아님을 분명히 인식하고 있기에 나는 타 들어가는 속을 부여잡고 끙끙대고 있었다.

하지만 또 한편으로는 나도 뻔히 보이는 허술한 계획인데 설마 아버지가 알아채지 못할 리가 없다는 생각이 들었다. 뭔가 아버지가 따로 생각하신 거 있는 모양이다… 라고 생각해서 그나마 가만히 있는 거지, 그게 아니었으면 발언권이고 뭐고 탁자라도 뒤집었을 거다.

"여러분이 부탁을 들어주시다니 정말 다행입니다. 얼마나 기쁜지 모르겠습니다. 감사합니다."

아버지와 토카라 경의 허락에 신관 할아버지는 정말 기쁘다는 듯 환하게 웃으며 말했다.

"대신 저희 신전에서는 여러분께 가능한 한 최대한의 지원을 약속드리겠습니다."

"그거 정말 감사하신 말씀입니다."

"그럼 잠시만 쉬고 계시겠습니까? 여러분께 소개할 사람도 있고 준비해야 할 것도 있으니, 자세한 이야기는 그 후에 다 같이 하도록 하지요."

신관 할아버지의 말에 일행은 기꺼이 고개를 끄덕였다.

"알겠습니다. 저희도 먼 길을 와서 피곤하니 좀 쉬고 싶군요."

"저분이 숙소로 안내해 드릴 것입니다."

그리 말하며 신관 할아버지가 가리킨 곳에는 아까 우리를 이 응접실로 안내해 왔던 중년 아저씨가 서 있었다.

그 중년 아저씨를 따라간 곳은 그 위층.

아무래도 이 건물은 손님들을 위해 만들어진 건물인 모양이다.

숙소는 커다란 거실 하나에 2인용 침실이 세 곳이나 딸린 형태였다. 아무래도 일행을 함께 있을 수 있도록 신전 측에서 배려를 해준 모양이었다.

그리고 거실에는 우리를 위한 푸짐한 식사까지 차려져 있었다.

"목욕 준비도 다 되어 있습니다. 부디 편히 쉬시기 바랍니다."

이런 걸 바로 완벽한 준비라고 하는 것이겠지?

중년 아저씨가 숙소에 대해 이것저것 가르쳐 준 후 방을 나가자마자 나는 아버지를 바라봤다.

"아버지, 정말 그 일을 할 셈입니까?"

"이미 한다고 했잖느냐."

"아니, 그런 허술한 작전으로 정말 그 수상한 조직이 대신전을 습격하는 걸 뒤로 미룰까요?"

“그럴 게다. 놈들은 대신전 대신 우릴 습격할 테니까.”

“예? 아니, 왜요?”

“일단 이야기는 여기까지. 자세한 건 나중에.”

아버지가 그리 말씀하시며 엄지로 방문을 가리키시기에 나는 입을 다물었다. 아무래도 ‘벽에도 귀가’ 있기 때문인가 보다. 게다가 아버지의 폼을 보니 정말 따로 무슨 생각이 있기는 있으신 것 같다.

‘하지만… 도대체 어찌 된 영문인지 원…….’

복잡하다는 시선으로 아버지를 바라보자 아버지가 내 어깨를 툭툭 두들기셨다.

“정치란 그런 거야. 아니, 웬만한 인간 세상이 다 그럴걸? 첫 경험이 강렬하겠지만 신고식을 한다 생각해라. 어쨌든 이 세상에 나온 걸 환영한다, 애야.”

‘저, 정치? 아니, 대신전이랑 정치랑 무슨 상관이래? 아니, 아버지 나라에서 대신전의 부탁을 무시하기 어려우니까 정치랑 연관이 되는 건가? 끄응…….’


『아사라』 제2권 끝

# 화산검종

## 華山劍宗

한성수 新무협 판타지 소설

문피아 최단기간 골든 베스트 1위!!
선호작 1위!! 평균 조회수 3만의
### 『화산검종』!!!

『무당괴협전』, 『태극검해』, 『만검조종』……
연이은 대작들의 감동을 넘어설 또 하나의 도전!!

### 작가 한성수가 야심차게 준비한 구대문파 시리즈의 출사표!!

그날 나는 죽었고 모든 것은 변하기 시작했다!

오 년 전의 싸움으로 내공이 전폐되고 목숨보다 소중했던
자하신공과 자하구벽검을 잃었다.
저주처럼 심장에 틀어박힌 구마련주의 마정을 품은 채
화산에 드리운 그늘을 벗기 위해 산을 내려온 운검.

하지만 그것은 끝이 아니라 또 다른 시작이었다!!

# 적포용왕

김운영
新무협 판타지 소설

『신마대전』『흑사자』의 작가 김운영.
그가 낚아 올리는 무협의 절정!
낚시 신동 백룡아! 장강에서 천존과 맞짱 뜨다!

## 적포천존(赤布天尊)

고금제일강(古今第一强)
인칭타자연재해(人稱他自然災害)
40세 이후로 상대가 누구든 몇 명이든,
한 번도 패하지 않고 모두 이긴 적포천존.
70세 중반에 반로환동하여 무림인들을
절망에 빠뜨린 그가 말년에
제자를 만들어 말년에 호강할 계획을 세운다?!

천하에 두려울 것이 없는 '자연재해' 와
그의 제자들이 무림에 나타났다!

천사무영검(天使無影劍).
삼천 명의 피와 원혼으로 만들어진 악마의 병기.
그것은 검이되, 진화하는 생물이다.

전 꽤 긴 시간을 살아왔다고요.
혼돈(混沌)에서 하늘과 땅이 갈라져 나오고
그 사이에서 여러분이 태어났잖아요.
전 그전부터 있었어요.
그러니까 그게 깊은 어둠만이 존재할 때니까,
굉장히 오래된 거죠.

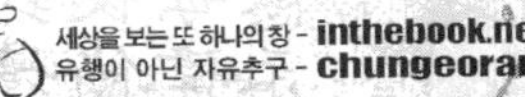


Book Publishing CHUNGEORAM

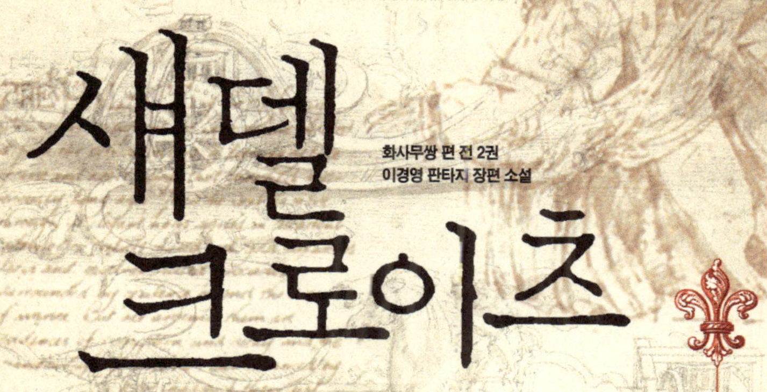

# 섀델 크로이츠

화사무쌍 편 전 2권
이경영 판타지 장편 소설

『가즈나이트』의 명성과 신화를 넘어설
이경영의 판타지의 새로운 상상력!

자신만의 독특한 세계관을 창조한 작가
이경영의 새로운 도전과 신선한 충격.

바란투로스의 특수부대 섀델 크로이츠의 리더 파렌 콘스탄.
야만족을 돕는 안개술사를 물리치기 위해 아시엔 대륙에서 온
불을 뿜는 요괴 소녀 카샤.
너무나 다른 두 사람이 운명의 길에서 만나다.
친구란 이름으로 시작된 모험, 그 앞에 놓인 난관과 운명의 끈은
어떻게 될 것인지……

"질투가 날 만도 하지.
요괴가 산신령을 엄마로 두는 건 흔한 일이 아니거든.
괜찮다, 파렌. 본좌가 아는 요괴들 전부 본좌를 질투하고 부러워하니까."
소녀는 손에 잔뜩 받은 빗물을 홀짝 마셨다.
파렌은 그 순수함에 웃음을 흘렸다.
그는 지금까지 자신이 봤던 그녀의 기이한 행동들을 어렴풋이나마 이해할 수 있을 것 같았다.
그렇게 친구가 된 둘은 그 길로 긴 여행을 떠나게 된다.

본문 중에-

세상을 보는 또 하나의 창 - inthebook.net
유행이 아닌 자유추구 - chungeoram.net

Book Publishing CHUNGEORAM

# Rhapsody Of Cardinal

# 카디날 랩소디

송현우 판타지 장편 소설

## 놀라운 경험(the enormous experience)!

He created a completely new world.
It is a place who have never known and where never been able to imagine.
This splendid world will introduce the enormous experience for the person only who reads.
그 누구에게도 알려진 것이 없으며 상상조차 할 수 없었던 새로운 세계를
작가는 완벽하게 창조해내었다.
이 멋진 세계는 독자들만이 체험할 수 있는 놀라운 경험으로 인도할 것이다.

판타지는 허구다? 아니다. 판타지는 일상이다.
우리의 삶은 연속된 판타지의 연장선상에 놓여 있고,
상상은 우리의 일상을 더욱 살찌운다.
『카디날 랩소디(Rhapsody of Cardinal)』를 경험하는 독자들은
더욱 풍부한 일상 속에서 새로운 삶을 경험할 것이다.
멋진 만남! 흥미로운 경험! 이것이 『카디날 랩소디』가 가진 장점이며,
작가 송현우가 독자들에게 바라는 꿈이다.

세상을 보는 또 하나의 창 - inthebook.net
유행이 아닌 자유추구 - chungeoram.net
Book Publishing CHUNGEORAM

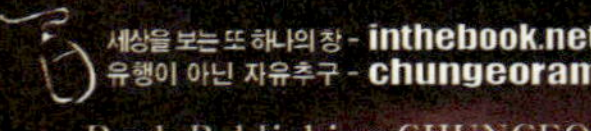